Impressum

Alle Rechte am Werk liegen beim Autor
J., Jaliah
El Puerto – Der Hafen 7
Böse Überraschungen

Berlin, Februar 2018
Erstauflage
Lektorat: Günter Bast, Theresa Wahl, Srwa Latif
Cover/Bildgestaltung: Wolkenart – Marie Katharina Wölk
Covermodell El Puerto 2,4,6,8: Yves Len Unser
Facebook: Yves-Len Unser, Instagram: yvesunser

©2018
Herstellung und Verlag: BoD – Books on Demand, Norderstedt.
ISBN 978-3-7460-7883-0

www.jaliahj.de

El Puerto

Der Hafen 7

Böse Überraschungen

von

Jaliah J.

El Puerto - Der Hafen 1

Ein Neuanfang

El Puerto - Der Hafen 2

Geliebter Feind

El Puerto - Der Hafen 3

Gefährliche Geheimnisse

El Puerto - Der Hafen 4

Die Schatten der Vergangenheit

El Puerto - Der Hafen 5

Gefährliche Rache

El Puerto - Der Hafen 6

Die Wege der Liebe

El Puerto – Der Hafen 7

Böse Überraschungen

LOS PUENTES

GONZALES & ANNA   BRUNO † & MARIA   RUBÉN & AMA †

VIDAL & ELIAN   DANTE, SUELA & SOFIA   DALILA †, DELICIA & BENITO

SERGIO † & VALENTINA   PAOL †   NORA †

PONCE (CUCA), PIERO † & PAOLO †   5 SÖHNE, DIE DIE GESCHÄFTE
IM AUSLAND LEITEN

WEITERE WICHTIGE PERSONEN

AARON - VIDALS BESTER FREUND

NACHO - VERRÄTER DER CINCO SOMBRAS

CINCO SOMBRAS

RAMIRO & LEIRE †   RAMIRO & ANGELINA †   REHAN & EVA †

ALEJANDRO, SANTOS & PONCE   BELINDA   LEVI

RAUL † & ALICIA   RAFAEL † & PILAR †   ROSA †

ROMAN, ALENA & PETRO   ADRIAN †

WEITERE WICHTIGE PERSONEN

SUERTE - GUTER FREUND DER FAMILIE

'Wenn du Puerto Rico einmal in dein Herz geschlossen hast,

wird es dich nie wieder loslassen!'

8

»Bist du dir wirklich sicher?« Belinda sieht unschlüssig auf das bereits von Jacob ausgefüllte Blatt.

»Absolut, Belinda, du bist genau das, was unsere Schule als Schulsprecherin braucht.« Belinda sieht sich im vollen Gang um und danach Jacob, mit dem sie in eine Klasse der mittleren Stufe geht, in die Augen, die sie hoffnungsvoll ansehen.

Belinda hat nicht eine Sekunde daran gedacht, für die Wahl zum Schülersprecher zu kandidieren. Sie hat auch eigentlich gar keine Lust darauf, daran teilzunehmen, doch Jacobs Vorschlag überrascht sie jetzt doch schon sehr. »Wie kommst du darauf, mich da anmelden zu wollen? Ich meine, ich gehöre nicht zu den beliebtesten Schülern, ich bin nicht besonders laut und halte mich lieber aus Problemen raus und ...«

Jacob legt den Arm um sie und begleitet Belinda zu ihrem Spind. »Du schätzt dich völlig falsch ein, meine Liebe. Die Jungs sind verrückt nach dir, du verteilst hier einen Korb nach dem anderen, eben weil du nicht eine der Cheerleader-Prinzessinnen bist und trotzdem zu den schönsten Mädchen der Highschool zählst.«

Aaron und Tyler, die zwei beliebtesten Footballspieler der Schule laufen an ihnen vorbei und lächeln Belinda an, sie grüßt zurück und schüttelt leicht den Kopf, während sie ihr Chemiebuch in den Spind räumt und ihr Mathebuch herauszieht.

»Das macht mich doch nicht automatisch zu einer geeigneten Kandidatin für das Amt des Schulsprechers.« Belinda denkt nicht, dass sie so beliebt ist, wie Jacob es gerade darstellt, ja, es gibt hin und wieder eine Einladung für ein Date, oder sie hört, dass jemand auf sie steht, doch bisher ist nie wirklich etwas daraus geworden.

»Aber alle mögen dich, die Jungs, die Coolen genauso wie die Nerds, eben weil du zu keiner der Gruppen gehörst und trotzdem zu allen nett bist. Selbst die zickigen Diven mögen dich, genauso auch die übergewichtigen Diätjunkies oder die lederhosentragenden Feministen, du wärst als Kandidatin für alle eine gute Wahl. Niemand hat ein Problem mit dir.«

Belinda lacht und schließt ihr Fach. »Und nur weil ich mit niemandem ein Problem habe, befördert mich das gleich zur Schulsprecherin? Ist die Highschool schon so tief gesunken, dass das schon eine besondere Eigenschaft ist? Mit niemandem ein Problem zu haben?«

Jacob zuckt die Schultern. Es klingelt. Sie hat jetzt Mathe, Jacob nicht, wahrscheinlich geht er zu irgendeinem Debattierkurs. Er ist ihr Klassensprecher und sehr engagiert, was diesen ganzen Schulkram angeht, umso mehr verwundert es Belinda, dass er sie ausgewählt hat.

»Du weißt doch, Süße, die Highschooljahre sind die schwersten.« Belinda steckt den Zettel in ihr Mathebuch. »Was ist denn mit den üblichen Kandidaten? Sherin, Aaron, die ganze beliebte Fraktion, die sonst jedes Jahr darum kämpft?« Jacobs Grinsen wird breiter, so breit, dass es fast schon wahnsinnig aussieht.

»Nachdem letztes Jahr eine der Kandidatinnen vor Erschöpfung zusammengebrochen ist, wollen sie dieses Jahr ein Zeichen setzen und nehmen alle nicht teil. So ein stiller Protest gegen das System, als würden sie etwas davon verstehen. Sie haben ja auch alle an dem Cafeteria-Boykott teilgenommen, um das Hähnchen zurück auf den Speiseplan zu bekommen, du weißt doch, wenn ein dummes Schaf vorausläuft … folgt ihm die Herde blind ins Verderben.«

Belinda atmet tief aus. »Überlege es dir, ich habe bereits alles ausgefüllt. Wir brauchen ein paar gute Kandidaten, sonst will der Direktor die Wahl dieses Jahr ausfallen lassen und Sherin die Schreckliche würde weiter herrschen.« Belinda lächelt matt, sie mag Jacob und seine Art von Humor, er war immer nett zu ihr und sie haben auch schon einmal für ein Referat zusammengearbeitet. Belinda würde ihn zu ihren Freunden zählen, deswegen nickt sie auch. »Okay, ich denke darüber nach und sage dir morgen Bescheid.«

Den ganzen restlichen Schultag denkt Belinda über Jacobs Worte nach, sie bemerkt das erste Mal, dass wirklich alle Leute ihr zulächeln, sie grüßen. Belinda gehört keiner der vielen Gruppen der Highschool an, doch wie Jacob es gesagt hat, versteht sie sich eigentlich mit allen, vielleicht ist das wirklich eine positive Sache, die sie nicht unterschätzen sollte.

Sherin, die gerade noch Schulsprecherin ist, achtet wirklich mehr darauf, dass die Lehrer nicht vergessen, die Trainingszeiten der Cheerleader und Footballspieler zu berücksichtigen, als sich wirklich um alles zu kümmern, was die anderen Schüler auf dem Herzen haben, für Sherin besteht die Highschool nur aus ihren Freunden, alles andere ignoriert sie eher.

Auch den Nachmittag über macht sie sich ihre Gedanken, will sie das? Könnte sie das? Möchte sie so viel Zeit investieren? Eigentlich nicht, sie hält sich gerne aus Problemen heraus, doch wenn jeder so denkt, gibt es natürlich auch keine Veränderungen.

Ihre Mutter ist geschäftlich unterwegs und kommt erst am nächsten Tag zurück, so kann Belinda sich bei ihr keinen Rat holen, da sie auf einer Messe ist. So geht das nicht mal am Telefon und deswegen ist Belinda am nächsten Tag auch noch genauso unschlüssig wie vorher, als sie zu ihrem Klassenraum geht, um mit Jacob zu sprechen. Sie hat den von Jacob für sie ausgefüllten Zettel in der Hand und will gerade in den Klassenraum, da hört sie das laute Lachen von Jacob und seinem besten Freund Carlo.

»Die sind alle so naiv, ich habe die besten Kandidaten, dieses Jahr werde endlich mal ich an die Reihe kommen.« Belinda stockt und geht schnell zur Seite, sodass Jacob sie nicht sehen kann, sie aber noch genau hört, was er mit Carlos bespricht. »Wie viele hast du jetzt zusammen?« Jacobs Stimme wird leiser, doch Belinda versteht ihn noch gut genug.

»Drei, die verpickelte Sabrina, den unterbelichteten Casper und Belinda, das ruhige, liebe Mäuschen. Der Direktor hat gesagt, die Wahl findet erst ab vier Kanditen statt. Keiner wollte mitmachen, doch den Dreien musste ich nur ein wenig erzählen, wie toll sie doch sind und dass sie nur ein wenig an sich selbst glauben müssen und schon haben sie mir aus der Hand gefressen. Sie alle haben keine Chance, du darfst mich ab jetzt Schulsprecher nennen und wenn du nett bist, teile ich dich beim nächsten Ball für die Getränke ein und sehe weg, wenn du Bier in die Becher schüttest.«

Beide lachen und klatschen sich ab, Belinda aber kann kaum atmen, sie kann nicht glauben, was sie da gerade gehört hat. Sie hat nicht im Traum daran gedacht, dass Jacob sie nur benutzt. Sie dachte die ganze Zeit, er wäre ein Freund und würde sie mögen.

Die Lehrerin kommt von hinten und schiebt Belinda mit in den Klassenraum, die noch völlig versteinert vor der Klasse steht. Jacob sieht zu ihr und stellt ihr wortlos die Frage: Und? Belinda schüttelt nur den Kopf und setzt sich auf ihren Platz in die hinterste Reihe. Es dauert eine Weile, bis sie das verdaut hat, obwohl man davon nicht sprechen kann, sie fühlt sich grauenhaft. Immer wieder sieht sie zu Jacob und kann nicht glauben, dass sie auf ihn hereingefallen ist, dass sie wirklich geglaubt hat, er wäre ihr Freund.

Belinda zerreißt den Zettel, nach dem Unterricht will Jacob noch einmal mit ihr sprechen, doch Belinda murmelt nur leise, dass sie nicht teilnehmen wird und weg muss. Sie kann ihm nicht einmal mehr in die Augen sehen, eine bittere Enttäuschung setzt sich in ihre Brust, die nicht wieder verschwinden will.

Der Tag zieht sich ewig hin und als Belinda aus dem Schulgebäude kommt und das Auto ihrer Mutter sieht, breitet sich eine große Erleichterung in ihr aus, die aber die Enttäuschung trotzdem nicht mindern kann. Sobald Belinda sich setzt und ihre Mutter sie ansieht und fragt was los ist, kann sie sich nicht zurückhalten und dicke Tränen bahnen sich ihren Weg über ihre Wangen.

Belinda möchte das gar nicht, sie kommt sich idiotisch vor, wegen so etwas zu weinen, doch sie kann nicht anders, sie ist einfach nur enttäuscht. Sie erzählt ihrer Mutter alles, auch wenn sie sich gleichzeitig schämt, so naiv gewesen zu sein und auch wirklich daran geglaubt zu haben, sie könnte eine gute Schulsprecherin sein und dass Jacobs Worte wahr sind.

»Vielleicht solltest du jetzt erst recht kandidieren, zeig es diesem Kerl und ...«

Ihre Mutter versucht Belinda zu trösten, bei der langsam die Tränen trocknen. »Nein, im Grunde will ich das ja gar nicht. Ich bin einfach enttäuscht, ich habe Jacob vertraut, ich dachte, wir sind Freunde und er ...« Belinda findet keine Worte, doch ihre Mutter nickt nur, mit einem Wissen, das sie sich in ihrem Leben angeeignet haben muss.

»Ich hoffe wirklich, dass es deine letzte Erfahrung dieser Art sein wird, doch ich bezweifle es leider. Es passiert immer wieder, dass wir Menschen vertrauen und sie uns hintergehen. Es tut weh, doch es hilft dir gleichzeitig zu lernen, etwas vorsichtiger zu sein und in Zukunft genauer zu überprüfen, wem du dein Vertrauen schenkst und wem nicht. Auch wenn es jetzt wehtut, versuche es als Lehre für die Zukunft zu sehen.«

Belinda nickt und sieht trotzig aus dem Auto, als ihre Mutter losfährt. »So etwas wird mir garantiert nie wieder passieren!« Ein mildes Lächeln legt sich auf die Lippen ihrer schönen Mutter und sie sieht ihr in die Augen. »Ich hoffe es, mein Engel, ich hoffe es wirklich.«

Doch in den Augen ihrer Mutter erkennt Belinda, dass sie nicht daran glaubt, dass Belinda diese Enttäuschung nie wieder spüren wird.

Kapitel 1

Es ist fast wieder der gleiche Weg, den sie hinter sich lassen, wieder hält Alejandro im Parkhaus und sie fahren mit dem Taxi in die Nähe des Hafens, danach laufen sie über versteckte Wege zum Gebäude, in dem zur Zeit Vidal lebt. Als sie schnell hinein huschen, stehen sie vor Vidal und Elian, die beide unten in der Lagerhalle am Tisch sitzen und auf sie gewartet haben. Belinda sieht sofort nach oben, wieso ist Vidal nicht dort? Die Wohnung ist offen und alles ist weggeräumt, offenbar hat Vidal nicht vor, länger hier zu bleiben und hat nur noch auf sie gewartet.

Es ist erst ein paar Tage her, dass sie Vidal gesehen hat, doch wieder sieht er erholter aus. Man erkennt im Gesicht noch ein paar Schrammen, doch auch er trägt eine graue Jogginghose, somit sieht man die Schusswunde an seinem Bein und die anderen Verletzungen nicht und durch das weiße Shirt, das er trägt, sind auch die meisten Verletzungen am Oberkörper verdeckt.

Als er sich jetzt mit Elian, der eine schwarze Jeans und ein rotes Shirt mit V-Ausschnitt trägt, erhebt, sind das wieder die mächtigen Anführer der Puentes, von der Verletzbarkeit und dem verwundeten Vidal, den sie angetroffen haben, als er sie das erste Mal gerufen hat, bemerkt man nicht mehr viel.

Doch auch wenn er wieder wie der Alte aussieht, hat sich vieles geändert, das sieht man, als Vidal Belinda in die Augen blickt und sich sein Blick sofort verändert. Sie weiß, dass all das nicht leicht ist, doch sie geht sofort zu Vidal und küsst ihn auf den Mund, er umarmt sie kurz, küsst ihre Wange und Belinda begrüßt auch Elian mit einem Kuss auf die Wange.

Als sie sich umdreht, sieht sie, dass Alejandro zu Boden blickt, fast, als wolle er das alles verdrängen, doch daran muss sich ihr ältester Bruder einfach gewöhnen, er muss es einfach …

Alejandro will gerade ansetzen, etwas zu sagen, da geht die Tür erneut auf und plötzlich steht Vidals Vater vor ihnen und flucht leise. »Was für ein Scheiß-Aufstand, um zu meinem Sohn zu kommen, das muss sofort aufhören! Wir verstecken uns nicht!« Er sieht zu seinen Söhnen, dann erst zu Belinda, die noch immer sehr nah bei Vidal steht, dann erst zu Alejandro, der ihnen gegenüber steht.

Belindas Herz beginnt wieder zu rasen, Vidals Vater hat viel von seinen Söhnen, besonders das herrische Auftreten und sie schluckt leise, als sie jetzt sein Blick trifft, natürlich weiß er, wer sie ist und was Vidal für sie getan hat. »Sieh an, die Feinde sind auch schon im Haus.« Er sieht zu Alejandro, Vidal lächelt Belinda ermutigend zu, doch sie kann sich nicht mehr bewegen, keinen Millimeter, sie ist einen Augenblick wie erstarrt, dann stellt sie sich ganz automatisch zwei Schritte von Vidal weg und zu Alejandro hin, was alle im Raum zur Kenntnis nehmen, doch sie kann gar nicht anders, Belinda könnte mit der Ablehnung von Vidals Vater, die sie sicherlich bekommen wird, gar nicht umgehen.

Gonzales geht zu Vidal und sieht sich seinen Sohn genau an, er hat ihn ja zuletzt an dem Tag gesehen, als er hier schwer verletzt eingetroffen ist, gleichzeitig wendet er sich an Alejandro. »Wo bleibt dein Vater, ist er sich zu …?«

Im selben Augenblick geht die Tür erneut auf und Belinda atmet schockiert aus, ihr Vater auch noch? Was soll das hier für ein Treffen werden? Sie bekommt Panik. Ihr Vater ist nicht alleine, Ponce ist bei ihm und ihr jüngster Bruder schenkt Vidal, Elian und Gonzales einen so tödlichen Blick, dass Belinda sich verzweifelt zu Alejandro umdreht.

Was passiert hier gerade?

»Sieh an, dafür, dass all das hier streng geheim ist, werden immer mehr eingeweiht, ich habe dir doch gesagt, dass du niemals einem Sombras trauen kannst, Vidal. Niemals!« Belindas Vater und Ponce stellen sich zu Alejandro, da Belinda sich auch wieder näher zu ihnen gestellt hat, steht ihr Vater nun neben ihr und stellt sich einen Schritt vor sie, was niemandem hier entgeht. Auf seinem Gesicht liegt ein belustigtes Lächeln. »Gonzales, es ist wie immer ein Vergnügen, dich zu treffen!«

Nun wendet sich das erste Mal Vidal an seinen Vater, wenn die Väter auftauchen, schweigen die Söhne meist erst einmal. »Ponce war dabei, als wir Benjamin erschossen haben, deswegen weiß er auch von allem.« Der Vater von Vidal und Elian stellt sich zwischen seine Söhne und wenn man sich die drei so nebeneinander ansieht, kann man erahnen, wie mächtig diese Familie wirklich ist. Nur Belindas Familie beeindruckt das natürlich überhaupt nicht, sie sind nicht weniger mächtig und ihre Erscheinung ist genauso imposant.

Nun sieht Gonzales das erste Mal richtig zu Belinda. Sie spürt seinen Blick auf sich und erwidert ihn, er ist der Vater des Mannes, den sie liebt und wenn Vidal und sie auch nur den Hauch einer Chance haben wollen, muss sie sich mit ihm auseinandersetzen, mit all der angestauten Wut hier im Raum. »Ramiro, wie ich sehe, ist deine Familie angewachsen. Sie sieht ihrer Mutter sehr ähnlich.«

Belinda und Vidal tauschen einen Blick aus, Vidal sieht sie zuversichtlich an, fast so, als wolle er ihr sagen, alles wird gut, doch Belinda glaubt das nicht und das muss Vidal auch in ihrem Blick sehen. Offenbar kannte Gonzales ihre Mutter, Belinda fällt wieder ein, dass ihre Väter ja sogar mal befreundet waren, Vidal hat es ihr erzählt, als er ihr die Feindschaft zwischen den Familias versucht hat zu erklären.

Sie sollen damals größere Geschäfte einer Familia zusammen gefeiert haben und auch zusammen Geschäfte abgeschlossen haben, bis sie sich irgendwann gegeneinander gewandt haben, damals wird Gonzales wahrscheinlich auch ihre Mutter getroffen haben.

Ihr Vater tritt noch einen Schritt vor und verdeckt Belinda nun fast. Wenn sie etwas in dieser Zeit gelernt hat, dann, dass sie für ihren Vater der wundeste Punkt ist. Er versucht sich immer sofort vor sie zu stellen, bei seinen Söhnen weiß er, dass die sich wehren können. Er versteht nicht, dass Belinda gerade gar nicht in Gefahr ist, auch wenn Gonzales sie nicht gerade zu mögen scheint, Vidal würde nicht zulassen, dass jemand ihr etwas tut. Niemals!

»Ja, das hat dein Sohn leider auch schon sehr früh bemerkt!« Belinda würde am liebsten die Augen verdrehen und setzt schon an, um ihrem Vater etwas zu sagen, doch Gonzales ist schneller, scheinbar kommen die beiden jetzt so richtig in Fahrt. »Oh, so wie ich das verstanden habe, verdanken wir die Tatsache, dass deine hübsche Tochter noch hier bei uns ist, meinem Sohn und auch deine Nichte lebt nur noch dank meines anderen Sohnes, also frage ich mich, was genau dieses Treffen hier noch soll? Ich denke, dass du somit so tief in meiner Schuld stehst wie ...«

Alejandros Handy klingelt und stoppt all das zum Glück. »Das ist der Grund, wieso wir das hier einberufen haben. Es gibt Neuigkeiten und wir müssen den Plan ändern.« Er geht zur Tür und öffnet sie, nachdem es auf seinem Handy geklingelt hat.

Hier im Raum stehen so viele unausgesprochene Fragen, so viel Wut und Hass, dass sie alle wirklich nichts mehr verwundern sollte, doch als jetzt Roman, Alena, ihre Mutter und Emilia durch die Tür kommen, sind sie alle, wirklich alle, verwundert.

»Alena!« Belinda reagiert als Erste wieder, sie umarmt ihre Cousine, die sie jetzt schon länger nicht gesehen hat. Alena sieht müde aus, sie trägt nur eine schwarze Leggings und ein schwarzes Top, in der Hand hat sie einen Pullover zusammengerollt. Doch egal wie müde Alena aussieht, man bemerkt sofort, dass es ihr wieder etwas besser geht. Ihre Haare sind ein wenig gewachsen, viele Wunden verheilt, selbst die Wunde an der Nase, die so tief und groß war, ist schon ziemlich gut abgeheilt. Sie hat ein wenig zugenommen und ihr Blick wirkt klarer, auch wenn man in ihren schönen grünen Augen wieder sofort die Angst und die Panik erkennen kann, niemand weiß, ob sie diese jemals wieder loswerden wird.

Sie hatten, nachdem Benjamin Belinda gefangen gehalten hatte, kurz miteinander gesprochen, doch es war nur sehr kurz und nun drückt Alena Belinda an sich, sie sieht sich verwundert um und Belinda spürt, wie sich Alena versteift, als ihr Blick zu Elian geht. Auch Belinda blickt sich zu ihm um. Alena und Elian sehen sich in die Augen und das nicht nur einen winzigen Augenblick, bis Roman alles unterbricht.

»Ich verstehe immer noch nicht, was sie mit unserem Scheiß zu tun haben.« Alejandro deutet Roman, ruhig zu bleiben, als er laut wird, im gleichen Moment wird nun auch Vidal ungeduldig. »Es war abgemacht, dass niemand sonst von alldem erfährt und nun wächst euer Kreis immer mehr.«

Alejandro stellt sich in die Mitte, offenbar ist er der Einzige, der in der Lage ist, wenigstens ein bisschen zwischen ihnen allen zu vermitteln. »Es ist nicht nur unser Scheiß, deswegen sind wir hier, es ging nicht anders. Roman hat die drei gerade vom Flughafen abgeholt. Sie mussten über Umwege fliehen, nur Roman wusste davon und hat es mir gesagt, ich musste ihn deswegen über all die Geschehnisse informieren, denn nun hat sich auch für unsere Familie alles geändert ...«

Elian unterbricht ihn. »Vor was mussten sie fliehen?« Anstelle von Roman antwortet Alena und sieht Elian dabei fest ins Gesicht. »Vor Benjamin, er hat mich gefunden. Ich habe doch gesagt, dass er niemals aufhören wird und niemand ihn stoppen kann.«

Elian sieht ihr in die Augen. »Benjamin ist tot, Alena, ich habe dir gesagt, dass ich ihn töten werde und das habe ich getan, zusammen mit Alejandro.« Zum Glück scheint niemand wirklich zu stören, wie vertraut Elian mit Alena spricht, doch Belinda bemerkt diese Vertrautheit zwischen ihnen sofort, alle anderen versuchen nur zu verstehen, was passiert ist.

»Das glaube ich nicht!« Offenbar wussten nur die drei Frauen nichts davon, dass Benjamin tot ist, Roman scheint schon darüber

Bescheid zu wissen. Belinda erinnert sich an das Gespräch heute mit Alejandro in seinem Garten.

»Doch, das ist er, wir haben seine Leiche aufbewahrt, es ist wichtig, dass du sie siehst, damit du wirklich glauben kannst, dass es vorbei ist. Einige sollten ihn sehen, um wieder richtig schlafen zu können, auch die Frau, die er bis vor wenigen Tagen noch gefangen gehalten hat ...« Belinda sieht zu Alejandro. »Er hatte wieder eine Frau in seiner Gewalt?« Ihr Bruder deutet zu Ponce.

»Ja, diese Alina aus dem Obdachlosenheim. Ponce hat sie sofort zu einem Arzt gebracht.« Belinda kann das nicht glauben, noch eine? »Was hat er ihr angetan? Wie geht es ihr jetzt?« Ponce zuckt die Schultern. »Ich weiß nicht, ich habe sie dort abgegeben und bin zurück, um Benjamin zu schnappen.« Nun wendet sich auch Alena zu Ponce um. »Hast du danach nicht einmal nach ihr gesehen?« Ponce hebt die Arme. »Ich kenne sie doch gar nicht weiter ...« Belinda sieht vorwurfsvoll zu ihrem jüngsten Bruder. »Das ist doch egal, Ponce.«

Gonzales mischt sich ein. »Dieses Familiendrama ist ja ganz nett, doch was bedeutet das Neues? Was ist jetzt so wichtig daran?« Alejandro räuspert sich. »Alena ist sich absolut sicher, dass der Brief von Benjamin geschrieben oder diktiert worden sein muss, als er noch gelebt hat ...« Wieder mischt sich Alena ein. »Es kann nur von ihm kommen, da standen Dinge drin, die nur er wissen kann.«

Belinda versucht zu begreifen, was da passiert sein kann, doch Alejandro ist schneller. »Alena denkt, dass Benjamin persönlich da war und den Brief in ihrem Zimmer abgelegt hat, was nicht sein kann, er war hier, das wissen wir ja nur zu gut. Das bedeutet, dass ... einer unserer Männer den Brief für ihn dort hingelegt hat.«

Belinda sieht erst zu Alejandro, dann zu ihrem Vater, nicht auch noch bei ihnen! Vidal räuspert sich. »Denkt ihr also, dass es bei euch auch einen Verräter gibt?« Man sieht Belindas ältestem Bruder an, wie schwer ihm die nächsten Worte von den Lippen gehen.

»Nicht irgendeinen Verräter. Bei uns gibt es den engsten Kreis mit uns sechs, dann folgt ein weiterer enger Kreis und der war eingesetzt, um Alena und die Klinik zu bewachen. Es sind genau zwanzig Männer, die eigentlich unser vollstes Vertrauen haben. Es war gerade erst ein Wechsel von zehn, die zurück nach Puerto Rico geflogen sind und zehn, die gerade angekommen sind, also kann es rein theoretisch jeder der zwanzig gewesen sein.«

Gonzales verschränkt die Arme vor der Brust. »Also haben wir alle Verräter in unseren engsten Reihen, wir müssen nur noch herausfinden, wer das ist.« Ramiro nickt. »Wir gehen davon aus, dass diese Verräter zusammenarbeiten ...« Elian sieht zwischen allen hin und her. »Benjamin hat angedeutet, dass es viel größere Ausmaße hat, als wir uns vorstellen können. Nehmen wir an, diese Verräter arbeiten zusammen, all das würde wenigstens erklären, wie Benjamin uns so lange entwischen konnte. Das alles kann niemals nur das Werk eines kranken Mannes gewesen sein, Benjamin war nur ihr Spielball, auf den wir uns konzentriert haben, sodass sie freie Hand hatten, all das zu planen und vorzubereiten.

Sie haben Artur, Adrian und Dalila auf dem Gewissen und all die anderen, die gestorben sind oder verletzt wurden.« Alena sieht zu Boden, Roman stellt sich neben sie und legt ihr den Arm um. »Sie haben versucht, die Familias zu schwächen, dann sollten wir aufeinander losgehen und uns gegenseitig zerstören, sodass sie danach eine neue Familia stellen können, die unsere Positionen einnehmen kann. Zumindest vermuten wir das.

Eigentlich war das alles gut durchdacht, nur dass wir ihnen auf die Schliche gekommen sind, bevor sie ihren kranken Plan durchziehen konnten, aber sie hätten es fast geschafft. Wäre Vidal wirklich gestorben, wäre der Krieg nicht aufzuhalten gewesen und niemand hätte sie jemals entlarven können.«

Belinda versucht krampfhaft, sich die engsten Mitglieder ihrer Familia vor Augen zu führen. Wer von ihnen kann für all das verantwortlich sein? Sie traut es niemandem zu.

Ramiro tritt vor. »Es ist schwer zu glauben, dass wir von unseren eigenen Männern so hintergangen werden, für jede Familia hier, doch wir müssen all das endgültig beenden, erst danach kann wieder alles zum normalen Alltag zurückkehren. Ab sofort werden alle Geschäfte eingestellt, vertrauliche Informationen werden nur noch über die Personen ausgetauscht, die jetzt hier im Raum sind und über dieses Treffen wird niemandem gegenüber sonst ein Wort verloren, ist das allen klar?«

Ihr Vater sieht sich zu ihnen um, Roman hebt die Hände. »Verdammt, was ist mit Santos, Levi, Suerte … wir können das alles doch nicht vor ihnen verheimlichen?« Alejandro unterbricht ihn. »Das müssen wir, fürs Erste. Glaub mir, sie werden es später verstehen.« Auch Gonzales sieht sich zu seinen Söhnen um. »Das Gleiche gilt auch für uns, all das bleibt erst einmal unter uns. Vidal wird heute in die Cuidad zurückkehren. Wir werden allen sagen, dass Benjamin tot ist und der Krieg nicht stattfinden wird … und dann warten wir erst einmal ab. Egal wer dahinter steckt, diese Informationen werden Panik unter ihnen verbreiten und wenn Menschen Panik haben, machen sie Fehler. Wir müssen sie nur noch dabei erwischen.«

Belindas Vater nickt, offenbar treffen die beiden ältesten Anführer gerade Vereinbarungen, er scheint etwas in seinem Kopf abzuwägen.

»Ich habe auch eine Idee gehabt. Wir werden Alena, Alicia und Emilia an einem sicheren Ort verstecken und dann zurück in die Cuidad gehen und sagen, dass die Frauen verschwunden sind, dass wir sicher sind, dass sie vor etwas geflohen sind. Wir haben die restlichen Männer aus der Klinik bereits wieder einfliegen lassen. Wir werden allen sagen, dass wir abwarten müssen, bis sich die Frauen bei uns melden. Wir werden aber natürlich so tun, als suchen wir sofort nach den Frauen. Die Verräter werden sich garantiert auch auf eigene Faust auf die Suche nach den Frauen machen und nicht abwarten. Sie werden verhindern wollen, dass wir erfahren, dass Alena den Brief bekommen hat.«

Alena sieht wieder auf. »Ich konnte nur fliehen, weil sie dachten, ich hätte den Brief noch nicht gelesen, ich bin mir sicher, wenn sie gewusst hätten, dass ich den Brief bereits gelesen habe, hätten sie mich nicht mehr gehen lassen ...« Belinda will sich gar nicht vorstellen, was Alena erneut für eine Angst gehabt haben muss, als sie den Brief gefunden hat, doch trotz allem wirkt sie gefasst, zumindest gefasster als beim letzten Mal, als Belinda sie gesehen hat.

Elian unterbricht sie. »Und ihr wollt Alena jetzt quasi als Köder einsetzen?« Man sieht, dass ihm das nicht gefällt und auch Belinda hat dabei kein gutes Gefühl. »Wir werden die drei gut verstecken, niemand kommt an sie heran.« Elian ist noch nicht überzeugt. »Und wer soll auf sie aufpassen? Keiner kann hier momentan irgendwem hundertprozentig trauen, außer den Leuten hier im Raum, wobei die meisten hier bis aufs Blut verfeindet sind. Keine guten Voraussetzungen und selbst wenn, ist das zu wenig, um solch eine Aktion zu starten.«

Roman sieht zu seiner Schwester. »Ich tue es nicht gerne, aber ich muss ihm recht geben, Alena, meine Mutter und Emilia müssen für die nächsten Tage komplett untertauchen, niemand darf wissen, wo sie sind. Doch wie sollen wir sie schützen und gleichzeitig darauf achten, wer sie sucht und wer sich vielleicht irgendwo mit anderen trifft, um sich neu zu besprechen? Und bei all den Sachen, die jetzt passiert sind, müssen sich die Verräter neu beraten.«

Vidal reibt sich die Stirn und sieht zu Belinda. Sie kann nicht glauben, was das alles bedeutet, dass es Verräter unter ihnen gibt. Doch im selben Moment merkt auch niemand so richtig, dass gerade die beiden verfeindeten Familias zusammenarbeiten. Elian meldet sich wieder zu Wort. »Ich weiß einen Ort, wo sie niemals jemand vermuten wird!« Roman will etwas sagen, doch Ramiro kommt ihm zuvor.

»Wir müssen uns alle nächsten Schritte gut überlegen, dafür sind wir hier, es muss alles genau durchgeplant werden. Wir dürfen jetzt keine Fehler mehr machen, das können wir uns nicht leisten. Niemand von uns hat Erfahrungen damit, von den eigenen Leuten hintergangen zu werden und auch nicht darin, mit der anderen Familia zusammenarbeiten zu müssen … doch ungewöhnliche Zeiten fordern ungewöhnliche Maßnahmen, daran werden wir uns für die nächsten Tage gewöhnen müssen, das Wichtigste bei alldem aber ist:

All das … Vidal, Benjamins Tod, Alena, dass kein Krieg aufkommt … all das wird die Verräter Fehler machen und eine Panik unter ihnen aufkommen lassen, die sie entlarven wird. Wir müssen uns nur noch zurücklehnen und ihnen dabei zusehen, doch ihr müsst euch darauf gefasst machen, dass es nicht schön wird, die Wahrheit zu erfahren und dass sich ab jetzt … alles ändern wird!«

Gonzales nickt und sieht Belindas Vater in die Augen, vielleicht ist dieser Augenblick seit vielen Jahren der erste, in dem die beiden derselben Meinung sind. Einen Moment sind alle ruhig, sie sehen zu Alena, ihrer Mutter und Emilia, die erschöpft vor ihnen stehen.

»Wir dürfen auch nichts mehr dem Zufall überlassen, alles muss genau durchdacht sein. Wir sind zu oft auf die Verräter hereingefallen. Belinda hat mir gesagt, dass unser größter Fehler ist, dass die Familias sich mehr darauf konzentriert haben sich zu bekämpfen, als auf Benjamin und die Verräter und sie hat recht. Wir hätten vieles verhindern können, wenn wir in dieser einen Sache zusammengearbeitet hätten. Danach wird alles wieder beim Alten bleiben, doch dieses Mal bekämpfen wir zusammen die Verräter.« Belindas Vater sagt die Worte und Gonzales nickt.

Alejandro meldet sich zu Wort. »Wir müssen alles genau durchplanen und jetzt entscheiden, um später so wenig wie möglich den anderen in die Quere zu kommen.«

Roman spürt ebenfalls, wie erschöpft die drei Frauen sind und deutet ihnen, sich hinter Vidal, Elian und seinem Vater auf die Stühle zu setzen.

Belinda weiß, wie sehr besonders Roman Vidal und vor allem Elian nicht ausstehen kann, doch auch das ist ein kleines Zeichen des

Entgegenkommens, er zeigt ihnen, dass er ihnen ein klein wenig vertraut, zumindest so viel, die Frauen bei ihnen sitzen zu lassen aber das auch sicher nur jetzt in dieser Situation, doch der Hass zwischen den beiden Familias ist so mächtig, dass Belinda über jede Annäherung froh ist, mag sie auch noch so winzig sein.

Belinda geht mit ihnen und setzt sich neben Alena, die immer wieder zu Elian sieht. Sie haben sich jetzt eine Weile nicht gesehen und Belinda weiß, wie wichtig Alena dieser Kontakt war. Die Männer machen es sich auch etwas bequemer, was bedeutet, dass das Treffen noch nicht zu Ende ist. Roman lehnt sich gegen eine Wand bei den Frauen und setzt sich halb auf eine Heizung, Gonzales beginnt, im Raum auf und ab zu laufen, während sich Alejandro gegen die Tür lehnt und alles genau beobachtet.

Sie alle scheinen ihren Gedanken nachzugehen, man sieht ihnen an, dass sie zwar alle ein Ziel haben, aber sie noch nicht wirklich wissen, wie sie es angehen sollen.

»Zumindest einen der Verräter werden wir hoffentlich bald haben. Ich habe im Krankenhaus angerufen und gefragt, ob man dort Aufnahmen der Gänge macht und sie filmen diese tatsächlich. Sie brauchen ein paar Tage, um uns das Videomaterial zukommen zu lassen, weil es auf einer Festplatte gespeichert wird, die man erst entnehmen kann, wenn sie voll ist, aber spätestens dann wissen wir, welcher Mann in Alenas Zimmer gegangen ist. Die Verräter ahnen nicht, dass sie gefilmt wurden, ich selbst wusste es nicht, es war nur so ein Gefühl, dass ich lieber nochmal nachgefragt habe.

Wir werden diese paar Tage nichts sagen, ihnen nur Angst machen, indem wir so tun, als würden wir die Frauen suchen und unbedingt herausbekommen wollen, was passiert ist. Die Männer, die zurückgekommen sind, sagen, dass die drei Frauen spazieren gehen wollten und nicht mehr zurückgekommen sind. Sie behaupten, alles abgesucht zu haben und dass es keine Spur von ihnen gibt. Alle gehen davon aus, dass sie geflohen sind, vielleicht sogar entführt wurden, nur die Verräter wissen, dass es nicht sein kann und dass sie geflohen sein müssen, weil Alena den Brief doch gelesen hat.

Sie wissen, dass die drei hierher kommen werden, sie werden alles absuchen, auf jeden Flug achten, der ins Land kommt, jedes Schiff überprüfen, es dürfte nicht so schwer sein, sie dabei zu erwischen. Wir sollten uns aber sehr bedeckt halten. Ich habe Petro mit einigen Männern nach Österreich geschickt, sie sollen dort nach den Frauen suchen, wir müssen alles so echt wie möglich halten. Niemand darf einen Verdacht haben. Ich möchte nicht riskieren, dass sie fliehen, ich will sie in die Hände bekommen. Ich möchte sehen, welcher Hund es aus unserer Familia zugelassen hat, dass Benjamin Alena ...« Roman hat sich schon einige Gedanken gemacht, doch bei den Erinnerungen an Alenas Gefangenschaft bricht er ab.

Alejandro nickt. »Das denke ich auch, so werden wir unsere Verräter auf jeden Fall schnappen. Sobald wir wissen, wer es ist, werden wir ihn ausfragen und hoffentlich auch herausbekommen, wer bei euch dabei ist. Was wir zu tun haben, ist, ein gutes, sicheres Versteck für euch drei zu finden, unsere Augen offen zu halten und aufzupassen.« Vidal sieht sich zu ihnen um, er sieht zu Alena und Belinda und wendet sich dann wieder zu den Männern um.

»Ich werde jetzt gleich in die Cuidad fahren, dass ich da wieder auftauche, nachdem alle dachten, ich bin tot, wird alles aufwirbeln, besonders wenn wir zeitgleich verkünden, dass Benjamin tot ist. Ich schätze, dass die Verräter nervös werden, aber sie werden auch vorsichtiger sein. Es wird mir schwerfallen, doch ich werde nicht sagen, dass ich weiß, dass unsere Männer auch dahinterstecken, dass ich die Gespräche über den Deal mitgehört habe. Ich werde mir nichts anmerken lassen.

Sie wollten Krieg zwischen den Familias und den wird es nun nicht geben, außerdem scheinen sie sehr scharf auf den Deal zu sein, der bald stattfinden wird. Er bringt mehrere Millionen ein und ist einer der größten seit langer Zeit.«

Gonzales hebt die Hand. »Wir müssen ihnen jetzt nicht alle Details dazu sagen.« Ramiro legt den Kopf schief. »Ich denke, du weißt, dass es meiner Familie gut geht und wir nicht auf eure Deals angewiesen sind.« Wäre das alles nicht so eine ernste Situation, würde Belinda die Augen verdrehen, die beiden Ältesten führen sich am stursten auf, sie haben doch gerade wirklich andere Probleme.

Da sie mit Emilia, Alena und ihre Mutter hinter Vidal sitzen, kann sie sein Gesicht nicht sehen, doch er wird sicher ähnlich wie sie denken. Er fährt einfach fort. »Wenn sie so sehr auf den Deal hinarbeiten, wollen sie den wahrscheinlich als Grundkapital für ihre neue Familia nehmen, die sie vermutlich planen, oder das Geld was man bei dem Deal bekommt auf jeden Fall als Grundlage, für was immer diese Verräter planen, benutzen. Sie hätten sich erst zu erkennen gegeben, wenn sich beide Familias so sehr bekriegt haben, dass nicht mehr viel von ihnen übrig ist, ich schätze, so sah ihr Plan aus und nun gibt es keinen Krieg. Ich werde diesen Deal einige Tage nach vorne verlegen, sodass sie unter Druck geraten.

Sie müssen schneller handeln, sich treffen, einen neuen Plan erstellen. Sie dürfen nicht einmal ahnen, dass wir etwas wissen, nur so können wir sie in Ruhe dabei beobachten, wir müssen nur wachsam sein und dürfen niemand weiteren einweihen. Niemand darf wissen, dass wir zusammenarbeiten und dass wir wissen, dass es Verräter in beiden Familias gibt.«

Alle Männer nicken, endlich sind sich alle mal einig. Belindas Herz schlägt schneller, als Vidals Stimme so rau und mächtig durch den Raum tönt. Sie liebt es, ihn wieder so zu erleben, ihn so lebendig und kraftvoll zu sehen. Sie denkt daran, wie es sie zerrissen hat, als sie am Telefon von Camilla gehört hat, dass sie die Trümmer des Bootes gefunden haben und jetzt ihn hier so zu erleben, lässt sie wieder freier atmen, auch wenn es solch eine merkwürdige und gefährliche Situation ist, in der sie sich befinden. Ihr

Vater sieht zu ihnen und Belinda in die Augen, bevor auch er etwas sagt.

»Wir müssen es unbedingt schaffen, alles im Auge zu behalten, es darf uns nicht noch einmal etwas entgehen, dafür müssen wir auch ständig im Kontakt stehen und unsere neuen Informationen austauschen. Am besten läuft das weiter über Alejandro und Vidal, Elian, Ponce oder Roman. Wir sind für solch eine Aktion eigentlich zu wenige, wir wissen noch nicht einmal, wie viele Männer involviert sind, deswegen müssen wir umso wachsamer sein. Vielleicht waren sie auf so etwas vorbereitet und haben noch einen Plan, man muss ihnen alles zutrauen.«

Er sieht zu Alena, ihrer Mutter und Emilia. »Wir müssen euch drei jetzt erst einmal gut verstecken.« Alenas Mutter nickt. »Ja, ich habe auch kein gutes Gefühl bei alldem. Ich habe mich nicht einmal getraut, die Augen zu schließen, seit wir geflohen sind. Wir müssen unbedingt ein wenig zur Ruhe kommen.«

Roman sieht kurz auf sein Handy und dann wieder zu Alena. »Am besten ein Hotel oder ...« Alejandro schüttelt den Kopf. »Da sind sie nicht sicher, wir haben niemanden, der sie bewachen kann. Wir alle müssen die Verräter suchen, wir können niemandem trauen und ich werde sie garantiert nicht alleine irgendwo zurücklassen.« Roman reibt sich die Stirn. »Und wenn ich bei ihnen bleibe? Ich könnte so tun, als würde ich sie irgendwo suchen, im Ausland.«

Ramiro schüttelt den Kopf. »Wir brauchen dich, Roman, und jeder weiß, dass du, wenn Alena und deine Mutter wirklich verschwunden wären, ausrasten und ganz Puerto Rico auf den Kopf stellen würdest, wir müssen das alles so echt wie möglich halten und ...«

Elian meldet sich nun auch mal wieder zu Wort und sieht dabei einen kleinen Augenblick nach hinten zu Alena. »Ich weiß, wo niemand sie vermuten wird und wo sie sicher sind. Sie müssen auf unser Gebiet!«

Kapitel 2

Selbst Vidal sieht nun fragend zu seinem Bruder, während Roman sofort wieder auf 180 ist. »Oh natürlich, wir schützen sie vor Verrätern und Benjamins Leuten und geben sie euch mit, unseren Feinden … Das ist die beste Lösung, bei der wir alle gut schlafen können.« Auch Alejandro sieht nicht begeistert aus, doch er hört Elian wenigstens zu, während Ramiro und Ponce aussehen, als würden sie zusammen mit Roman gleich über Elian herfallen.

»Genau deswegen wird sie niemals jemand bei uns vermuten. Ich habe am Anfang an die Holzhütte im Wald gedacht, doch Alejandro hat recht, keiner kann sie bewachen und wenn immer jemand dahin muss, um Essen und Trinken vorbeizubringen, besteht eine zu große Gefahr, dass er dabei gesehen wird und jemand ihm folgt.«

Alejandro stemmt seine Hände in die Hüften und sieht zu Elian. »Auch wenn es eigentlich gegen alles spricht, wofür wir stehen, ist wahrscheinlich genau deswegen die Idee, dass sie sich auf eurem Gebiet verstecken, am besten. Besonders bei meiner Tante wird das niemals jemand glauben. Sie werden alles absuchen, aber niemals damit rechnen, dass sie auf dem Cinco Sombras-Gebiet sind. Sie wissen, dass sie dort getötet werden können und dass besonders meine Tante dieses Risiko niemals eingehen wird, sie wissen ja nicht, dass wir zusammenarbeiten. Wo könnte man sie verstecken, wo sie auch wirklich sicher sind und keinem eurer Männer in die Hände fallen?«

Gonzales und Vidal sehen sich an. »Das wird schwer, unser Gebiet ist sehr groß, theoretisch könnte man überall ein Versteck finden, doch sie sind immer ungeschützt und könnten entdeckt werden.« Ramiro unterbricht sie. »Wir werden ein Versteck auf unserem Gebiet oder der neutralen Zone finden. Vielleicht ein leeres Wohnhaus.«

Auch Belinda überlegt, wo sie die drei am besten unterbringen, wo ihnen keine Gefahr droht, doch so einfach ist es wirklich nicht. Allein schon, sie hier ungesehen wegzubekommen, wird sehr schwer.

Schließlich meldet sich Elian wieder zu Wort, nachdem er eine Weile relativ unbeteiligt gewirkt hat. »Es gibt keinen sicheren Ort, überall müssten sie bewacht werden, weil immer jemand auftauchen könnte. Selbst wenn sie nicht in einem Hotel sind, sondern irgendwo in einem Haus ... sie müssen mit Essen und Trinken versorgt werden und man müsste immer wieder zu ihnen und so riskieren, dass jemand der Person folgt. Ihr seht ja, wie kompliziert das auch hier mit Vidal war und keiner von uns weiß, wie viele Tage das gehen wird.

Bei der Bombenexplosion in unserer Cuidad haben einige Häuser etwas abbekommen. Meines auch, das obere Stockwerk wurde renoviert, es ist so gut wie fertig, nur die Böden müssen noch an einigen Stellen ausgebessert werden, deswegen ist es noch eine Baustelle. Ich halte mich da momentan kaum auf, es ist alles abgesperrt, doch es ist wieder bewohnbar.

Seit der Sache mit Vidal sind die Bauarbeiten erst einmal auf Eis gelegt worden. Niemand geht in das obere Stockwerk und niemand wird denken, dass die drei bei uns sind. Niemals. Sie könnten sich frei bewegen, allerdings nur im Haus. Sie haben alles, was sie brauchen und wie gesagt, dort würde sie wirklich niemand vermuten.«

Roman öffnet den Mund, um etwas zu sagen, doch er hält ein. Auch Belinda muss zugeben, dass Elian recht hat, diese Idee ist sehr ungewöhnlich und deswegen so gut, das würde wirklich niemand vermuten.

Vidals Vater bleibt in seiner Bewegung stehen. »Ich weiß, dass wir momentan mit den Cinco Sombras zusammenarbeiten müssen, aber ich hoffe doch, dass meinen Söhnen trotzdem klar ist, dass sie unsere Feinde sind. AUCH ihre Frauen. Sie auf unserem Gebiet zu verstecken, ist schon noch einmal etwas anderes als in unseren Häusern.« Belinda sieht sofort zu Boden und sie spürt, wie Alena neben ihr zusammenzuckt.

Belindas Vater setzt an, etwas zu sagen, doch Vidal kommt ihm zuvor. »Papa, wir bringen gerade all unsere Frauen in Sicherheit in die andere Cuidad und ihr alle seid bei ihnen. Es wird niemanden umbringen, wenn die drei bei uns sind und sie einige Tage ein sicheres Versteck haben. Ich habe auch noch nie gehört, dass eine Frau der Cinco Sombras einen Puentes angegriffen hat.«

Vidals Vater scheint noch immer nicht begeistert zu sein. »Sie verdrehen den Puentes aber offenbar den Kopf und das kann keiner gebrauchen.« Vidal lacht leise auf und so sehr Belinda dieses Geräusch normalerweise liebt, so sehr verletzen sie die Worte von Vidals Vaters. Auch wenn ihr klar ist, dass er so denkt, tut es weh, es zu hören.

»Wie willst du sie zu uns bringen?« Vidal sieht zu Elian, er scheint die Idee auch nicht so schlecht zu finden. »Wenn du gleich mit Papa in die Cuidad fährst, werden alle so abgelenkt sein, dass niemand darauf achten wird. Ich fahre bis direkt vor das Haus und halte am Seiteneingang. Da sind sie so schnell in meinem Haus, dass niemand es sehen wird, sie alle werden im Versammlungshaus sein und schockiert feststellen, dass du von den Toten auferstanden bist.«

Ramiro räuspert sich. »An und für sich ist die Idee nicht schlecht, sicherlich am sichersten, doch ich bezweifle, dass es gut ist, wenn jemand der Cinco Sombras auf eurem Gebiet ist, auch wenn sie versteckt sind, da stimme ich deinem Vater ausnahmsweise mal zu.« Elian zuckt die Schultern. »Es wäre am sichersten.«

Alejandro seufzt leise auf. »Er hat recht, Papa, es ist am sichersten und es ist genau die Frage, die wir uns schon von Anfang an hätten stellen sollen. Hören wir auf das, womit wir geboren wurden, auf unsere Feindschaft, oder arbeiten wir in diesem einen Punkt zusammen? Wenn wir jetzt etwas anderes finden und den dreien irgendetwas passiert, nur weil wir wegen dieser Feindschaft auf die sicherste Variante verzichtet haben, möchte ich nicht dafür verantwortlich sein.

Ich würde nicht sagen, dass ich Vidal und Elian vertraue, doch Elian hat schon mehrfach bewiesen, dass er auf Alena aufpasst und sie vertraut ihm. Wir können darüber denken, was wir wollen, aber Vidal liebt Belinda und ich bin mir sicher, dass er auch gut auf euch drei aufpassen wird. Wir werden uns den Arsch aufreißen, dass all das in den nächsten Tagen zu Ende ist, doch solange ist diese Lösung die beste. Möchtest du für deine Mutter, Alena und Emilia noch irgendein Risiko eingehen, Roman?«

Alejandro sieht ihren Cousin an und Belinda erkennt in seinem Gesicht das, was wohl alle gerade in ihrem Herzen austragen werden, den Kampf zwischen dem, was sich richtig anfühlt und was sie wissen, was das sicherste wäre. Es ist völlig normal, dass wenn jemand sein Leben lang darauf aus ist, jemand anderen als Feind zu sehen und dann soll man der Person von einem auf den anderen Tag trauen, dass das nicht so einfach geht. Doch man sieht Roman, Ponce und auch ihrem Vater an, dass sie wissen, dass sie ihren Feinden etwas für sie unbezahlbar Wertvolles anvertrauen müssen, wenn sie den sichersten Weg gehen wollen.

Letzten Endes ist es Alena, die die letzten Zweifel nimmt. »Ich gehe mit zu Elian. Ich weiß, dass ihr alle euch hasst und dieser Hass nicht unbegründet ist. Ich kenne alle Geschichten der Toten, die dieser Krieg gefordert hat und niemand hier erwartet, dass dieser Krieg von heute auf morgen beendet ist, doch ich habe ewig nicht mehr richtig geschlafen. Ich bin müde von alldem, was in letzter Zeit passiert ist und das geht nicht nur mir so.« Alena sieht zu ihrer Mutter, Belinda und Emilia.

»Elian hat mich aus dem Feuer und vor Benjamin gerettet. Belinda war schon so oft bei Vidal und es ist nie etwas passiert. Ich vertraue Elian und weiß, dass wir dort sicher sind und es wäre wirklich gut, einfach mal keine Angst haben zu müssen und dort Ruhe zu haben. Ich möchte in kein Hotel, wo wir bei jedem Laut im Flur Angst haben müssen, dass wir entdeckt wurden.«

Die Männer sind ruhig, alle sehen zu Alena und dann sagt auch ihre Mutter etwas. »Ich würde am liebsten einfach nach Hause gehen, aber ich weiß, dass das nicht geht. Wenn Elian denkt, dass wir bei ihm sicher sind, dann bleiben wir dort. Natürlich hat er recht, dort würde uns nie jemand vermuten. Vielleicht ist das die beste Lösung und wahrscheinlich ist es doch auch nur für ein paar Tage.«

Roman sieht zu Alejandro und er sieht Elian und Vidal in die Augen. »Ich weiß nicht, ob wir ihnen generell trauen können, doch ich muss zugeben, dass ich ihnen momentan mehr traue als unseren eigenen Männern. Sie hätten schon längst die Chance gehabt, uns zu schaden, Belinda war bei ihnen und Elian hatte mehr als einmal die Möglichkeit, Alena etwas zu tun. Ich hoffe, ich täusche mich nicht, aber ich denke, im Moment ist es wirklich am besten, sie verstecken sich da. Wir sind ja immer mit ihnen in Kontakt und merken schnell, wenn etwas nicht stimmt.«

Ponce zieht die Augenbrauen hoch. »Dann haben wir vielleicht mal einen Grund, die Cuidad anzugreifen.« Belinda sieht ihren jüngeren Bruder mahnend an. Doch letztlich wissen sie alle, dass die letzten Worte ihre Väter haben und erst jetzt merkt Belinda, dass sich die beiden abschätzig ansehen. »Was sagst du?« Belinda erkennt die gepresste Stimme ihres Vaters kaum wieder und sie spürt, wie schwer es ihm fällt, jetzt hier mit Gonzales zu reden und vielleicht auch ein wenig auf ihn angewiesen zu sein.

»Ich bringe meine Frau und die anderen weg. Ich habe es noch nie gut gefunden, dass unter allem am meisten unsere Frauen leiden. Keine von ihnen hat das verdient. Für mich haben sie nichts mit dem Krieg zu tun. Wenn die drei bei uns versteckt werden, hast du mein Wort, dass ihnen nichts passiert und meine Söhne auf sie aufpassen werden. Das gilt aber nur für die Frauen und hat nichts mit dem Rest der Familia zu tun.« Ramiro nickt. »In Ordnung, wir wissen das zu schätzen und ich denke, dass sich das alles in den nächsten Tagen klären wird und wir endlich wieder zum normalen Alltag zurückkehren können.«

Elians Handy klingelt und unterbricht das, was sicherlich noch vor einer Stunde niemand für möglich gehalten hätte: Die beiden Familias arbeiten nicht nur zusammen, sie helfen sich und vertrauen einander. Belinda sieht zu Alena und lächelt sie aufmunternd an. Elian blickt von seinem Handy auf. »Wir müssen langsam los, ich habe gesagt, dass sich alle in einer Stunde versammeln sollen. Ich werde mit den Frauen einige Minuten später eintreffen, dass Vidal wieder da ist, wird sie alle genug ablenken. Und jeder sollte jetzt auf die Reaktion aller achten und niemandem mehr trauen, der nicht in diesem Raum ist.« Ponce sieht zu Alejandro. »Was ist mit Santos? Levi? Suerte … das …« Alejandro seufzt leise auf. »Sie werden es verstehen, es muss jetzt sein. Ich muss Belinda zurückbringen. Morgen früh beginnt alles und wir müssen dafür sorgen, dass all dieser Wahnsinn in den nächsten Tagen für immer zu Ende ist.«

Alena ist viel zu müde, um allem noch richtig folgen zu können, es wird verabredet, wer auf was zu achten hat und erst, als alle aufstehen und Ramiro Alena fest an sich drückt, wird sie wieder richtig wach. Ramiro ist ihr Onkel und sie liebt ihn über alles, doch noch immer fallen ihr diese Berührungen nicht leicht.

»Meldet euch, sobald etwas ist. Schreibt mir, wenn ihr da seid.« Alena nickt und umarmt ihren Bruder, der ihre Wange küsst. Alena schließt ihre Augen, am liebsten würde sie einfach bei ihm bleiben. Es hat so gutgetan, ihn nach all den schrecklichen Stunden, in denen sie wirklich Angst hatte, wiederzusehen, doch sie weiß auch, dass sie bei Elian sicher sind.

Alle verabschieden sich, immer wieder müssen sie versprechen, sich zu melden, es fällt ihrer Familie unheimlich schwer, sie zurückzulassen. Alejandro geht zuerst mit Belinda hinaus. Es geht auf einmal so schnell, dass Belinda und Vidal nicht einmal mehr ein Wort gewechselt haben und Alena sieht sofort an seinem Blick, dass ihm das gar nicht passt, doch er sagt nichts und sieht Belinda und ihrem Bruder nur hinterher. Dann brechen Ramiro, Roman und Ponce auf, nachdem Ramiro ihre Mutter lange umarmt und ihr einiges gesagt hat. Auch sie ist so erschöpft, dass Alena nicht weiß, ob sie all das so wirklich mitbekommt.

Emilia steht völlig abseits in der Ecke, Alena geht zu ihr und legt den Arm um sie. »Wir können uns bald ausruhen.« Sie sieht das hübsche zarte Mädchen mit der hellen Haut und den großen Mandelaugen an und erkennt die Tränen in ihren Augen. »Ich habe doch mit alldem nichts zu tun, vielleicht sollte ich einfach gehen und ...« Alena sieht zu, wie die Männer, die sie über alles liebt, den Raum verlassen, sie konnte sehen, dass Roman kurz mit Emilia gesprochen hat, auch die anderen haben ihr zugenickt, doch so richtig zu ihnen gehört Emilia für keinen Mann so wirklich.

»Das geht nicht, sie wissen, wer du bist und wenn du ihnen in die Hände fällst ... wäre das nicht gut. Es sind sicher nur ein paar Tage und dann können wir alle uns hoffentlich wieder freier bewegen.«

Nun wenden sich Vidal, Elian und deren Vater zu ihnen um und sehen sie an. Elians Vater stößt einen kleinen Fluch aus und geht vor, während Vidal ihnen andeutet zu kommen. »Na dann mal los!«

Sie gehen zusammen durch eine kleine Seitenstraße zu zwei Autos, Elian hält ihnen die Tür zu den hinteren Sitzen auf, die Scheiben sind dort getönt und Alena seufzt leise auf, als sie sich in das kalte Leder setzt. Den Wetterumschwung vom kalten Österreich in die tropische Hitze hat sie unterschätzt.

Elian steigt vorn ein und gibt auch sofort Gas. Alena sieht aus dem Fenster, Vidal und sein Vater steigen in das andere Auto. Vidal setzt sich genau wie sie auf den abgedunkelten Rücksitz. »Fahren wir jetzt in die Cuidad?« Elian sieht durch den Rückspiegel und genau in Alenas Augen, die sich zu ihm gewendet hat. »Zuerst halten wir kurz. Ich möchte, dass ihr Benjamin seht und begreift, dass er keine Gefahr mehr für euch ist.«

Auch wenn Alena noch so müde ist, beginnt ihr Herz sofort zu rasen, es kann nicht sein. Benjamin ist so stark, so mächtig, niemand kann ihn besiegen, das hat er lange genug bewiesen, die Männer müssen sich täuschen, sie haben vielleicht nur einen Mann getötet, der ihm ähnlich war. Benjamin ist der Teufel und einen Teufel besiegt man nicht so einfach.

Sie sagt kein Wort, doch sie erkennt in Elians Augen, dass er weiß, dass sie es nicht glaubt. Er hat es ihr gesagt, er hat ihr versprochen, Benjamin zu töten und Alena zu rächen, doch sie kann nicht glauben, dass es ihm auch gelungen ist.

Alena unterbricht den Augenkontakt, sie möchte nicht, dass er ihre Zweifel bemerkt, doch je weiter sie fahren, desto schneller schlägt ihr Herz. Ihre Mutter greift nach ihrer Hand. »Ist er es auch wirklich? Wieso habt ihr ihn nicht ... beseitigt? Was werden wir jetzt sehen?« Man hört einen gewissen panischen Unterton. Elian und ihre Mutter hatten schon im Krankenhaus miteinander zu tun und Alena weiß, dass sie ihn mag, weil er Alena über die allerschlimmste Zeit hinweggeholfen hat.

»Wir haben ihn auf dem Friedhofsgelände in einem Kühlhaus aufbewahren lassen. Wir denken, es ist wichtig, dass einige ihn sehen, um zu begreifen, dass von ihm keine Gefahr mehr ausgeht.« Ihre Mutter nickt. »Du hast recht, vielleicht hilft es wirklich.« Emilia sieht aus dem Fenster. »Weiß Sofia schon davon?« Elian fährt auf das Puentes-Gebiet und Alena sieht aus dem Fenster, sie war erst einmal hier.

Damals hat sie sich aus dem Krankenhaus mit einem Taxi zu der Cuidad fahren lassen. Jetzt stehen hier überall die Männer der Puentes und nicken, als sie Elian im Auto erkennen. Alena kann zum Glück nicht gesehen werden. »Nein, außer denen, die gerade im Lager waren, weiß noch niemand, dass er tot ist, doch das wird sich gleich ändern. Sofia ist aber in der anderen Cuidad bei der Familie.«

Er wartet keine Antwort von Emilia ab und sie hatte auch nicht vor zu antworten. Elian zieht sein Handy heraus und wählt eine Nummer, dann sagt er der Person, dass die Männer von allen Wachposten in die Cuidad fahren sollen. Im Versammlungshaus ist gleich ein wichtiges Treffen, an jedem Wachposten soll nur ein Mann zurückbleiben, es wird nicht lange dauern.

Es ist dunkel und Alena erkennt nicht viel von dem Gebiet, sie sieht aber den Friedhof, den Elian ansteuert, auch sein Vater biegt hier ein. Als sie aber vor einem kleinen Gebäude halten, bleiben Vidal und sein Vater im Auto, während Elian, Alena, ihre Mutter und Emilia aussteigen. Ein Mann sieht sie verdutzt an, er sitzt in einem kleinen Vorraum und liest eine Zeitung. Elian weist ihn an, sie nach hinten zu bringen, was er auch sofort tut.

Sie gehen zu einem Raum, in dem eine angenehme Kälte herrscht und wo sich viele Fächer befinden. Alena kennt das von Kriminalserien, sie weiß, dass in den Fächern die Toten gekühlt werden. »Zeig uns den Toten!« Emilia und ihre Mutter gehen dem Mann hinterher, während Alena vor der Tür stehenbleibt, die sich sofort wieder selbst schließt.

Sie kann nicht, ihre Beine tragen sie nicht weiter. Ihr ganzer Körper beginnt zu kribbeln, der Gedanke, dass dort in dem Raum Benjamin liegt, schaltet alles in ihr aus. Selbst wenn er tot ist, die Erinnerung, die Angst und die Schmerzen sind noch so stark, dass sie sich nicht einmal traut, den Raum zu betreten. Die Tür geht wieder auf und Elian kommt zu ihr und bleibt genau vor ihr stehen.

»Ich kann das nicht.« Alena sieht ihm in die Augen. Als Alena ihn im Lager nach den Wochen, die sie in Österreich verbracht hat, wiedergesehen hat, hat sie gespürt, wie sehr Elian ihr gefehlt hat. Es gab keinen Tag, an dem sie nicht an ihn gedacht hat, nicht diese Wärme und Nähe vermisst hat, doch sie wusste, dass das alles nur war, weil er Mitleid mit ihr hatte und ihr helfen wollte, sie weiß auch jetzt, dass er ihr helfen möchte, doch sie kann das einfach nicht.

Sie sieht ihm in die dunklen Augen, die sie mit einer Ruhe ansehen, die auch ihren Herzschlag wieder ein wenig beruhigt, doch noch nicht genug, um sich wieder bewegen zu können.

»Ich weiß, dass du Angst hast, Alena, aber du musst mir jetzt vertrauen.« Alena erinnert sich, wie Elian sie aus dem Affenhaus gerettet, durch das Feuer gebracht und sie gebeten hat, ihm zu vertrauen. Sie kann ihm vertrauen, das weiß sie, also seufzt sie nur leise aus und sieht auf die Hand, die er ihr entgegenstreckt. »Es wird schwer für dich sein, aber es wird dir helfen, darüber hinwegzukommen.« Alena atmet noch einmal tief ein und legt ihre Hand in die von Elian, der sofort seine ganze Hand um ihre legt. Ihre Mutter und Emilia kommen heraus, sie sind beide blasser, aber sehen beide zufrieden aus. Emilia nickt. »Er ist es, Alena. Er ist wirklich tot!« Ihre Mutter bekreuzigt sich. »Ich hoffe, er wird für immer in der Hölle leiden.«

Elian tritt in den Raum und nimmt Alena mit sich. Als sich die Tür hinter ihr schließt und ihre Mutter und Emilia auf dem Flur lässt, schlägt Alenas Herz sofort schneller. Nur noch Elian und sie sind im Raum und der Mann, der vor einer Bahre steht, auf der ein sehr heller Körper liegt.

Jeder Schritt hin zu dieser Bahre ist für Alena ein Kampf. Elian ist neben ihr und hält ihre Hand. Je näher sie kommen, desto deutlicher erkennt Alena es: Dort auf der Bahre liegt wirklich Benjamin. Sie bekommt kaum noch Luft. Als sie an der Bahre ist und vollständig auf ihn sehen kann, muss sie um jeden Atemzug kämpfen. Elian spürt das, lässt ihre Hand los, stellt sich hinter sie und legt seine Hand an ihren Rücken.

»Er ist tot, er kann dir nichts mehr tun, siehst du.« Alenas Herz schnürt sich zu, als sie ihn wiedersieht. Erinnerungen stürmen auf sie ein, wie er sie auf einer ähnlichen Bahre festgeschnallt hat, dieses kranke Grinsen, was er immer auf den Lippen hatte, sein Geruch, seine Stimme, sein krankes Lachen. Alena beginnt zu zittern, sie kann nicht aufhören, in das blasse Gesicht von Benjamin zu sehen. Ein Tuch liegt auf seiner Stirn und je mehr sie zittert, umso näher tritt Elian und beruhigt sie mit seiner vertrauten Wärme.

Er beugt sich zu ihrem Ohr. »Er wird dir nie wieder etwas tun, Alena. Ich habe es dir geschworen und ich verspreche dir, dass du wieder glücklich wirst, dass du wieder lachen kannst und all das hinter dir lassen wirst.« Alena wendet sich von Benjamin ab und der Mann schiebt die Bahre wieder hinein.

Sie spürt die Tränen, die in ihre Augen steigen, sie kann nicht einmal mit dem toten Benjamin in einem Raum sein, doch sie nickt, als Elian ihr in die Augen sieht. Sie wird all das niemals vergessen und auch nie wieder die alte Alena sein, doch das ist etwas, mit dem sie sich abgefunden hat.

Elian bringt sie aus dem Raum, seine Hand bleibt an ihrem Rücken und Alena genießt diese einfache Berührung. Wie kann das sein? Sie kann Berührungen nicht ertragen, die Nähe der Menschen kaum noch aushalten, doch bei solch einer einfachen Geste von Elian fühlt sie sich so wohl, dass sie eine richtige Kälte an der Stelle verspürt, als er die Hand wegnimmt und sie wieder ins Auto steigen.

Ihre Mutter fragt, wo Vidal und sein Vater sind, das Auto ist weg, als sie herauskommen und Elian erklärt, dass sie vorgefahren sind, um alle abzulenken und zum Versammlungshaus zu locken. Keiner sagt mehr ein Wort, sie alle haben mit dem zu kämpfen, was sie gerade gesehen haben und dem, was das für Erinnerungen bei ihnen ausgelöst hat, doch sie fahren auch nicht mehr lange, da sagt Elian ihnen, sie sollen versuchen, sich ein wenig zu ducken.

Sie versuchen, sich klein zu machen, Alena hört, wie Elian einem Mann sagt, dass er zum Versammlungshaus soll, er zieht sich nur kurz um und kommt auch gleich. Dann fahren sie ein Stück und

Elian hält. Es ist ganz still, es dauert einen kleinen Augenblick, dann öffnet Elian die Beifahrertür und sagt ihnen, sie sollen schnell ins Haus laufen.

Erst geht Emilia, dann ihre Mutter und dann sie. Elian ist direkt hinter ihr und schließt die Tür. Sie sind in seinem Haus, es hat geklappt. Alena atmet tief durch. Elian macht das Licht an. Sie stehen direkt in der Küche, von der eine Nebentür hinausführt, die Elian nun verschließt. Alena sieht sich um, das Haus ist sehr edel und teuer eingerichtet, ähnlich wie ihres. Sie gehen in einen gemütlichen Wohnbereich, der direkt neben der Küche liegt. Hier sind große graue, sehr bequeme Sofas und Sessel, ein Kamin, ein riesiger Fernseher und einige Bilder, die Elian mit seinen Eltern, seinem Bruder und einigen anderen Männern zeigen. Die gesamte vordere Front ist verglast, doch es ist zu dunkel, um etwas im Garten zu erkennen.

Elian hat im Flur zwei Jalousien heruntergefahren, von kleinen Fenstern neben der Eingangstür, dann kommt er wieder zu ihnen.

»Ihr könnt euch im Haus frei bewegen, achtet nur darauf, dass man euch durch die Fenstern zur Straße nicht sieht. Im Garten und den Fenstern zur Gartenseite kann euch niemand sehen. Ich lasse jetzt das Licht an, weil ich in der Cuidad bin, doch ansonsten müsstet ihr versuchen, wenn es dunkel ist, wenig bis gar kein Licht zu benutzen.« Er zeigt zur Küche.

»Auf dem Herd steht frisches Essen, jeden zweiten Tag kommt jemand, räumt auf und kocht, sie ist immer für zwei Stunden da, doch momentan nur im unteren Bereich, in der Zeit müsst ihr euch oben einfach ruhig verhalten. Nehmt euch Essen und Trinken, es ist von allem genug da.« Er deutet ihnen, nach oben mitzukommen.

Sie müssen ein wenig aufpassen, der Boden ist an manchen Stellen nass und kaputt und man riecht, dass hier frisch gestrichen wurde. Elian geht in ein Zimmer und kommt mit einem neuen Shirt heraus. »Nehmt euch alle ein Schlafzimmer, macht es euch gemütlich. Im hintersten müssten im Schrank noch ein paar Sachen von meinen Cousinen hängen, wenn sie mal zu Besuch sind, schlafen sie meistens bei mir oder Vidal. Ansonsten nehmt euch einfach Shirts von mir, Duschzeug und alles andere ist in jedem Bad ...«

Er zögert, sieht sie an und erkennt, wie fertig sie alle sind. »Ich muss jetzt zu dem Treffen und komme direkt danach wieder. Versucht, leise zu sein.« Alena sieht zu ihrer Mutter, die dankbar nickt und als sie wieder zu Elian sieht, geht er schon die Treppen hinab. Sie hören die Tür zugehen und dann nichts weiter als Stille, bis ihre Mutter ein leises Gebet spricht und auch Alena atmet tief ein.

Sie sind auf dem Gebiet ihrer Feinde und das in den schwersten Zeiten, die ihre Familia jemals hatte.

Kapitel 3

Elian ist in einem absoluten Gefühlschaos.

All das hat begonnen, als sie geglaubt haben, Vidal wäre tot. Noch niemals hat er sich so hilflos und machtlos gefühlt. Es war nichts mehr da, kein gutes Gefühl, wenn er bei der Familia war, nichts. Aber auch als er Vidal im Lagerraum lebendig vorgefunden hat, hat sich das nicht wieder gelegt, im Gegenteil. Nun wissen sie, dass es Verräter unter ihnen gibt und das macht Elian wahnsinnig.

Früher hat er diese Art von spontanen Treffen geliebt, es immer gemocht, wenn sie alle zusammen waren. Er hätte seine Hand ins Feuer gelegt für seine Familia, aber nun zu wissen, dass er sich damit furchtbar verbrannt hätte, setzt ihm schwerer zu, als er es für möglich gehalten hätte.

Dazu kommt jetzt noch, dass Alena wieder da ist. Es ist einfach, sich einzureden, dass all das nur eingebildet ist, dass es nichts zu bedeuten hat, wenn die Person, um die es geht, nicht in der Nähe ist, sollte es zumindest, doch nicht einmal das ist Elian wirklich gelungen.

Er hat ständig an Alena gedacht, immer wieder sich selbst verflucht, dass er sie zum Abschied küssen musste, was all diese Gefühle, die sie in ihm erweckt hat, nur noch intensiver werden lassen.

Elian ist nicht naiv, er weiß, dass das zwischen ihnen nicht sein kann und darf, dass da nichts ist, was jemals eine Bedeutung haben darf, er würde niemals zulassen, dass er so unberechenbar wird, wenn es um Alena geht, wie es bei Vidal ist, wenn es um Belinda geht. Er wird immer für Alena da sein und will einfach nur, dass sie glücklich ist, das alles hat er sich all die Tage immer wieder selbst in Gedanken zugesprochen. Doch dann stand sie plötzlich in der Lagerhalle, die eingeschüchterten, schönen grünen Augen haben die seinen gefunden und er hat jedes Wort von dem vergessen, was er sich so gut eingeprägt hatte.

Es wäre so viel besser, wenn Alena nicht gerade bei ihm zuhause wäre, all das wird es nur noch komplizierter machen, doch es ist das Sicherste für sie und Elian wird alles dafür tun, damit sie in Sicherheit ist.

Er beeilt sich, zum Versammlungshaus zu kommen, er trifft niemanden mehr auf der Straße, dafür sieht er, dass der gesamte Platz vor dem Haus mit ihren Männern gefüllt ist. Ganz vorn in der Mitte steht Vidal, der gerade von Dante umarmt wird. Während auch Aaron seinem Bruder die Arme umlegt und man bei vielen die Erleichterung sieht, bei einigen aber auch große Verwunderung, da niemand damit gerechnet hat, dass Vidal überlebt hat, bahnt sich Elian den Weg nach vorne und sieht dabei jedem ins Gesicht.

Wer von diesen Männern, die schon so lange mit ihnen arbeiten und leben, denen er blind vertraut, hintergeht sie? Wer von den engeren Kreisen? Er sieht zu Dante, Aaron, Benito, Cuca und atmet tief aus, er weiß nicht einmal so richtig, ob er es wirklich wissen möchte.

Je näher er kommt, desto unruhiger wird er. Er geht zu den engeren Kreisen und sieht Dante in die Augen. Er sieht ein paar Tränen in seinen Augen und weiß, dass Dante wirklich erleichtert ist. Er liebt Vidal, sie alle stehen sich sehr nah, er vertraut ihm blind, genau wie den anderen vieren und doch weiß er, dass einer von denen ihnen ein Messer in den Rücken rammen möchte und das macht ihn fertig.

Vidal kommt kaum dazu, etwas zu sagen, Elian stellt sich zu seinem Vater, der genau wie er regungslos in die Menge sieht. Als nach und nach wirklich alle verstanden haben, dass Vidal überlebt hat und wieder da ist, kehrt allmählich Ruhe ein und sein Vater erhebt die Stimme. »Wir haben heute den erlösenden Anruf bekommen, dass Vidal einige Kilometer von hier entfernt an den Strand gespült wurde, das ist zwar schon einige Tage her, doch er war schwer verletzt, und bis seine Retter verstanden haben, wer er ist und Vidal die Kraft hatte, uns anzurufen, hat es etwas gedauert.«

Einige Männer pfeifen und Dante legt den Arm um Vidal, der nun auch ein wenig vortritt. »Es tut mir leid, wenn ich einigen von euch Sorgen bereitet habe und auch, wenn ich einigen Hoffnung gemacht habe, dass ich nun endgültig weg bin ...« Elian sieht sofort zu ihm, doch viele Männer lachen. Elian räuspert sich, nur sein Vater und er wissen, wie wahr diese Worte leider sind, für alle anderen ist das nur Vidals Humor, den sie alle schon immer geliebt haben.

»So ein kleiner Wichser wie Benjamin bringt mich nicht um, ich habe noch einige Verletzungen, aber die werden heilen. Er hingegen ist tot, wir haben die Leiche heute, bevor wir hergekommen sind, identifiziert. Wir haben ihn jetzt an der Haibucht wieder ins Wasser geworfen, damit die armen Kerlchen gefüttert werden und wir keinen Platz irgendwo in Puerto Rico für seine sterblichen Überreste verschwenden müssen. Nicht einmal das hat er verdient.«

Wieder pfeifen viele Männer begeistert, doch Elian sieht sich unter den Männern um, nach entsetzten oder erstaunten Gesichtern, wem passt es gar nicht, ihren wichtigsten Komplizen verloren zu haben? Wer weiß, dass Benjamin nach der Explosion noch gelebt hat und dass er anders ums Leben gekommen sein muss? Elian sieht die Reihen ab, aber es sind einfach zu viele Männer hier.

Einige lachen, viele freuen sich, richtige Enttäuschung, Überraschung oder Wut erkennt er nicht, aber diese Verräter werden sich auch nicht so leicht etwas anmerken lassen, doch sie wissen es jetzt und ab jetzt beginnt ihr Spiel, nun werden sie sie verfolgen.

Vidal stimmt die Männer darauf ein, dass nun das Schlimmste überstanden ist und alles sich wieder normalisieren wird. Man sieht seinem Bruder nichts an, wüsste Elian es nicht besser, würde er ihm auch sofort jedes Wort abkaufen. Der Arm seines Vaters trifft seinen. »Entspann dich ein wenig, Elian, du siehst so aus, als würdest du gleich in die Menge schießen.«

Er verkneift sich eine Antwort darauf, sein Vater kennt sie. Vidal lässt eine größere Menge Bier holen und jeder Mann bekommt eine Flasche, sie alle heben es und Vidal setzt ein Lächeln auf seine Lippen, was Elian durchatmen lässt, er erkennt darin, wie wütend sein älterer Bruder wirklich ist. Auch er hebt ein Bier und sieht wie sein Vater und Vidal in die Runde, den Männern ins Gesicht, unter denen sich Verräter verstecken.

»Es wird nicht nur alles wieder zum Alten kommen, es wird besser. Es steht ein großer Deal bevor, von dem bisher nur die engsten Kreise wussten. Ich habe heute dafür gesorgt, dass dieser Deal noch schneller über die Bühne geht, denn damit haben wir für immer ausgesorgt und können in noch höheren Dimensionen denken. Auf euch, auf uns, auf die Los Puentes und darauf, dass die verfluchte Seele Benjamins in der Hölle schmort und dort immer und immer wieder im Feuer verbrannt wird!«

Zustimmendes Gemurmel, Elian tut so, als würde er einen großen Schluck nehmen, doch das tut er nicht. Er muss einen klaren Kopf behalten. Sollen sich alle die Kante geben, vielleicht kann er dann besser das wahre Gesicht von einigen sehen. Auch sein Vater trinkt nicht, ob Vidal wirklich trinkt, kann Elian nicht sagen, es sieht zumindest so aus. »Was ist mit dem Krieg? Greifen wir trotzdem an?« Cuca sieht zu ihnen und Elian sieht seinem Cousin in die Augen: Niemals, er ist es niemals.

Vidal schüttelt den Kopf. »Nein, es war meine eigene Entscheidung, mich gegen Belinda eintauschen zu lassen. Ich werde mich mit Alejandro besprechen, die Zusammenarbeit, die es wegen Benjamin vielleicht ein wenig gab, ist vorbei, genauso wie die verstärkte Abgrenzung der Gebiete. Es ist vorbei, dieses Thema ist Geschichte und wir machen weiter wie vorher, als hätte es diesen Wahnsinnigen niemals gegeben.«

Wieder sieht sich Elian genau in der Menge um, doch die Männer, die für all das verantwortlich sind, werden nicht so dumm sein und jetzt falsch reagieren, aber sie müssen hinter ihrem Rücken reagieren, sie müssen sich besprechen und neu planen und dabei werden sie sie erwischen.

Doch auch wenn es in Elian brodelt, als er alle dabei beobachtet, wie sie sich langsam verteilen, immer wieder jemand Vidal umarmt und sich viele um ihn scharen, sieht er auch, dass vielen der Männer wirklich ein Stein vom Herzen fällt und sie froh sind, Vidal wieder bei sich zu haben und auch, dass ein Krieg abgewendet wurde, der ganz Puerto Rico hätte zerstören können.

Es wird laut Musik angestellt, Chicas werden geholt. Ihre Mutter kommt dazu und spielt das Spiel mit, natürlich ist sie in alles eingeweiht und auch ihr sieht man an, dass es ihr zu schaffen macht. Die Männer werden denken, es ist die Freude und gleichzeitig die Trauer der letzten Tage, die sie so fertig gemacht haben, doch Elian weiß, dass es auch die Tatsache ist, dass sie nun nicht mehr ihren eigenen Männern trauen können.

Sie bleiben eine Stunde, dann ziehen sich ihre Eltern zurück. Elian hat sich zu Dante und Cuca gesetzt. Camilla kommt dazu und auch sie umarmt Vidal lange, bevor Dante glücklich verkündet, dass nun endlich die Hochzeit der beiden stattfinden kann. Er strahlt übers ganze Gesicht, man sieht ihm an, wie glücklich er ist, dass Vidal überlebt hat und er schafft es sogar, Elian ein Lächeln abzugewinnen. Nach noch einer halben Stunde hat Elian genug, er will außerdem nachsehen, was mit den drei Frauen ist, die er in seinem Haus versteckt.

»Gehst du schon? Dein Bruder lebt, du müsstest gar nicht mehr aufhören zu feiern.« Benito setzt sich zu ihnen, eine Chica bei sich und Elian spürt Vidals Blick auf sich. »Ja, ich bin durch. Die letzten Tage waren nicht leicht … als wir dachten … egal, ich habe nur wenig geschlafen und jetzt, wo er wieder da ist, kann ich all diesen Schlaf beruhigt nachholen, also kommt nicht auf die Idee, mich zu wecken, es sei denn, die verdammte Welt brennt gerade ab.«

Camilla lacht und auf Dantes Gesicht bildet sich ein zufriedenes Grinsen. »Mir geht es auch so, heute wird die schönste Nacht seit Langem. Ich habe das Gefühl, mir sind Steine von den Schultern gefallen.« Elian sieht zu Vidal und nickt dann noch einmal in die Runde. »Felsbrocken ... treibt es nicht zu bunt.«

Elian geht, doch er hat schon geahnt, dass es nicht so einfach wird. »Warte.« Vidal ist ihm gefolgt und als sie etwas abseits der Feier stehen, hält er ihn auf.

»Ich weiß, dass es nicht leicht ist, Elian, doch du musst versuchen, das Ganze ein wenig überzeugender zu spielen. Man sieht dir an, dass du das nicht gerne machst und ...« Elian unterbricht seinen älteren Bruder, wenn er das früher immer getan hat, hat Vidal ihm jedes Mal gegen den Hinterkopf gehauen, nicht sehr kräftig, doch er wollte ihm zeigen, dass Elian das lassen soll, natürlich tut er das heute nicht mehr, doch Vidal kneift seine Augen zusammen.

»Nicht magst? Ich hasse es, Vidal, am liebsten würde ich jedem Einzelnen meine Waffe an den Kopf halten, bis ich die Scheißkerle habe. Mich macht es krank, dass wir vielleicht heute mit ihnen angestoßen haben, dass wir es vielleicht niemals ganz herausbekommen oder uns jemand entwischen kann. Ich frage mich auch ... ich kann keinen von denen allen noch richtig ins Gesicht sehen, wie soll das danach werden? Selbst wenn wir die Verräter finden, denkst du, du kannst danach noch irgendwem der anderen hundertprozentig vertrauen? Es können sich immer wieder welche gegen uns stellen.«

Vidal nickt. »Glaub mir, Elian, ich denke auch sehr viel darüber nach, sehr viel, doch das werden wir dann sehen, wenn es soweit ist. Jetzt werden wir uns darauf konzentrieren, sie zu schnappen und das werden wir, das sind wir allen schuldig, die Benjamin auf dem Gewissen oder verletzt hat. Ruh dich aus, ab morgen werden wir sie jagen, wie sie versucht haben, uns zu jagen.«

Vidal umarmt Elian, sie wissen, das viele sie dabei beobachten, immerhin weiß Elian angeblich ja auch erst seit heute, dass Vidal überlebt hat. Doch nicht nur deswegen schließt Elian einen kurzen Augenblick die Augen. »Ich bin froh, dass du da bist. Wenigstens ein Mensch, bei dem ich weiß, dass er mich niemals hintergehen würde.« Vidal lächelt und sieht Elian noch einmal in die Augen. »Niemals!«

Alena lässt ihre nackten Füße auf dem weichen Teppich im Badezimmer entlangstreichen. Elians Haus ist sehr stilvoll eingerichtet, das hätte sie ihm gar nicht zugetraut, aber wahrscheinlich wird jemand anderes das Haus eingerichtet haben, hier wurde wirklich auf jedes Detail geachtet. In jedem Zimmer hängt zudem ein Bild der Familia. Ihre Mutter und Emilia haben sich in andere Zimmer zurückgezogen, eigentlich hatten sie überlegt, alle zusammen in einem Zimmer zu schlafen, falls doch irgendetwas ist, jemand sie hier findet, doch dann haben sie beschlossen, dass jeder ein eigenes Zimmer nimmt, alle aber nebeneinander und alle ihre Zimmer zuschließen. Sicher ist sicher, allerdings muss Alena sagen, dass sie sich eigentlich ziemlich wohl fühlt und keine Angst hat. Sie muss nur ignorieren, dass da draußen die Feinde ihrer Familia sind.

Alena sieht noch einmal in den Spiegel. Ihre Mutter hat einen Jogginganzug aus dem Schrank der Cousinen von Elian genommen, Emilia eine schwarze Leggins und ein weiteres schwarzes Shirt, während Alena eine kurze Sweatshorts und ein weites weißes Shirt abbekommen hat, viel mehr war nicht dabei, doch das ist in Ordnung. An Alenas Beinen ist fast alles abgeheilt, es ist ihr nicht unangenehm, wenn jemand ihre Beine sieht.

Anders ist es bei ihrem Gesicht. Sie cremt sich ein und kann die Narbe über ihrer Nase einfach nicht ignorieren. Sie wird immer blasser und der Arzt hat ihr versprochen, dass man sie irgendwann nur noch aus der Nähe erkennen kann, doch sie wird für immer, wenn sie in den Spiegel sieht, an den Horror erinnert, den sie wegen Benjamin durchleben musste. Doch auch wenn nicht, sie würde all das auch so nicht vergessen.

Die Ärzte haben recht, ihre äußeren Wunden heilen, ihre Haare wachsen wieder … doch alles andere ist zerstört. Die Chance, dass sie jemals Kinder bekommen kann, ist sehr gering, doch wie soll sie das auch tun? Sie hält Berührungen und zu viel Nähe nur sehr schwer aus. Sie hat immer davon geträumt, eine große Familie zu haben, früh zu heiraten, einen Mann zu finden, den sie über alles liebt, einfach glücklich zu sein, doch all das hat Benjamin ihr genommen, alles.

Alena kämmt ihre dunklen, lockigen Haare durch, die ihr schon wieder bis fast zur Schulter gehen. Sie hat sogar daran gedacht, sie sich noch einmal abzuschneiden, sie fand es gar nicht so schlecht. Früher war sie so stolz auf ihre langen Haare, sie hat sie sehr gepflegt und viel Geld für Pflegeprodukte ausgegeben. Nun hat sie bereits festgestellt, dass ihre Haare noch nie so schön geglänzt haben wie zurzeit, seitdem sie einfach nur ein normales Shampoo benutzt.

Alena bindet sich einen Zopf und schaltet das Licht im Bade-zimmer aus. Wie kann sie sich wegen solcher dummen Sachen überhaupt noch Gedanken machen? Manchmal kommen diese Angewohnheiten einfach von früher durch, es erinnert sie dann immer daran, wie leicht und unbeschwert ihr Leben früher war. Sie hatte nicht viele Sorgen, hatte nie Angst oder Zweifel an sich selbst.

Sie sieht auf ihren Bauch, von den Operationen hat sie unter ihrem Bauchnabel eine Wunde, die am schlechtesten von allen ver-heilt und durch die Anstrengungen der letzten Tage und die lange Strecke die sie gerannt sind, ist sie teilweise wieder aufgegangen. Alena hat die Wunde mit einem Handtuch ein wenig saubierge-tupft, doch sie hat das Gefühl, das wird nicht reichen. Fürs Erste hat es aber wenigstens aufgehört zu bluten.

Alena atmet tief aus. Das Schlafzimmer, in dem sie sich schlafen legen wird, ist auch sehr schön eingerichtet, sehr hell, ein großes weiches Bett lacht sie förmlich an und sie realisiert, dass sie, seitdem Benjamin sie gefangen genommen hat, nicht einmal in einem normalen Bett geschlafen hat. Sie hat nur im Krankenhaus übernachtet, zwar in etwas bequemeren Betten als die normalen Krankenhausbetten, aber sie kann es kaum erwarten, wieder in solch einem Bett zu liegen.

Ihr Magen knurrt, Emilia und ihre Mutter haben sofort, nachdem Elian gegangen ist, etwas gegessen. Alena hat sich erst einmal ein wenig im Haus umgesehen und dann geduscht, nun geht sie leise auf den Flur und klopft an Emilias Tür. »Schläfst du schon?« Keine Antwort, sie hört auch keine Dusche, sie hat sich Zeit gelassen und die anderen werden währenddessen schnell geduscht haben und nun endlich den Schlaf nachholen, den ihr Körper dringend braucht.

Alena wird nur noch eine Kleinigkeit essen und dann auch schlafen gehen. Sie ist sehr vorsichtig, sobald sie auf die Treppen kommt, die ins untere Geschoss führen. Zwar kann man sie nicht sehen, aber man sollte sie auch nicht hören. Nur in der Küche brennt leichtes Licht und Alena belässt es auch dabei. Als sie gerade die letzte Stufe nehmen will, geht die Tür auf und Elian tritt ein. Alena weicht zurück, damit man sie durch die geöffnete Tür nicht sehen kann, doch Elian schließt diese sehr schnell und sieht ihr dann in die Augen. »Ist alles in Ordnung?«

Alena nickt und deutet zur Küche. »Ich wollte nur etwas essen und dann schlafen gehen.« Elian begleitet sie zur Küche, dabei erhascht Alena wieder einen Hauch seines Duftes. Sie liebt diesen Geruch. Während ihrer Gefangenschaft hat sie so viele Gerüche wahrgenommen: Dreck, Blut, verbranntem Fleisch, sie wird niemals Benjamins Geruch vergessen, eine Mischung aus Schweiß und etwas, was kaum zu definieren war.

Sie war ein paar Tage in seiner Gewalt, doch für Alena war es wie eine Ewigkeit. Es hat alles Dagewesene weggespült, ihr jegliches

Zeitgefühl genommen und eine normale Zukunft unmöglich gemacht. Doch dann war da auf einmal Elian, er hat Alena in all dem Dreck gesehen, hat sie befreit, auf seine starken Arme genommen und Alena hat wieder etwas Neues gerochen.

Etwas Mächtiges, Reines, Anziehendes, Alena hat die Augen an seiner Brust geschlossen und wusste, es wird alles gut und dieses Gefühl hat sie die ersten Tage wie einen Anker gebraucht und auch jetzt entspannt sie sich sofort und fühlt sich wohl wie schon lange nicht mehr. Nicht einen Tag hat sie sich in Österreich so wohl gefühlt wie jetzt, als sie mit Elian in seine Küche geht.

Er schaltet das Licht in der Küche an, doch es ist zum Glück nicht zu grell, Alena ist zu müde dafür. Er deutet ihr, sich auf einen Hocker an der Bartheke der Küche zu setzen und beginnt, das Essen zu erwärmen. »Erzähl mal, wie war es in Österreich? Man sieht dir an, dass dir der Aufenthalt dort sehr gutgetan hat.« Alena sieht an sich herunter, sie hat keine Ahnung, wovon er da spricht, aber auch Roman hat ihr gesagt, dass sie mittlerweile wieder viel besser aussieht.

»Es war kalt, aber sonst eigentlich ganz gut. Ich hatte jeden Tag Therapiesitzungen und die Ärzte haben sich sehr gut um meine Narben gekümmert. Mit einer gewissen Creme und einem speziellen Laser kann man die Narben fast komplett verschwinden lassen, es sieht ganz gut aus. Die auf der Nase wird noch dauern, aber die Ärzte sind zuversichtlich.« Elian schaltet auch den Backofen an und sieht dann zu ihr.

»Das ist egal, Alena, was ist mit dir? Geht es dir besser? Kannst du schlafen?« Alena sieht auf die schwarz glänzende Küchenplatte. »Sie versuchen mir zu sagen, dass ich lernen muss, damit zu leben. Ich kann das was passiert ist nicht mehr ändern, aber ich kann dafür sorgen, dass es mir jetzt nicht mehr schadet und ich lerne, damit weiterzuleben.« Elian sieht sie noch immer an, obwohl das Essen langsam zu dampfen beginnt. »Das hört sich doch gut an.«

Sie lächelt. »Ja, ich verstehe auch, was sie mir sagen wollen, doch es ist nicht so einfach umzusetzen. Niemand weiß wie es ist, tagelang so …. es kann niemand wissen wie es ist, lauter Sachen von ihm eingepflanzt bekommen zu haben. Ständig diese Experimente. Ich habe gespürt, wie er alles in mir zerstört hat, ich durfte nicht einmal die Augen schließen, ständig seinen Blick auf meinem nackten Körper … ich habe mich nie frei gefühlt. Auch wenn ich wusste, dass ich gerettet bin, hatte ich immer das Gefühl, noch bei ihm in Gefangenschaft zu sein. So als müsste ich nur auf den Tag warten, an dem er mich wieder holen kommt. Als ich den Brief gesehen habe, wusste ich, dass es soweit ist.«

Elian wendet sich ab, gibt eine großzügige Kelle des Essens auf einen Teller und legt das aufgewärmte Brot dazu. Er selbst tut sich nichts auf.

»Hast du keinen Hunger?« Elian schüttet den Kopf.

»Ich habe schon gegessen.« Er gibt ihr alles und gießt ihr noch ein Glas Limonade ein. »Jetzt ist er tot, denkst du, du kannst dich jetzt endlich wieder frei fühlen?« Alenas Magen knurrt bei diesem leckeren Duft. »Ich weiß es nicht. Ich hoffe es. Es ist für mich auch so schwer zu verstehen, also ich meine … all die Männer, ich kennen fast jeden von ihnen schon so lange, ewig. Haben wirklich welche von ihnen mit Benjamin zusammengearbeitet? Sie wussten, dass ich bei ihm bin, wo ich bin und was er mit mir macht und haben es zugelassen? Ich kann das nicht glauben, mein Verstand weigert sich, das zu glauben.«

Elian bleibt bei ihr stehen. »Glaub mir, ich weiß, wie du dich fühlst. Ich kann meinen eigenen Männern momentan nicht einmal mehr in die Augen sehen. Es fällt mir schwer, mit ihnen zu reden und mich zurückzuhalten.« Alena nickt. »Ich kann mir nicht vorstellen, dass nach alldem die Familias noch so weiterbestehen werden, das wird tiefe Risse überall verursachen.« Elian sieht ihr in die Augen und Alena erkennt, dass er genauso denkt und dass es ihn sehr trifft, was mit seiner Familia passiert.

»Darüber möchte ich noch gar nicht nachdenken, wir werden jetzt erst einmal die Verräter finden, alles andere zeigt sich dann.« Das Handy von Alenas Mutter klingelt, sie muss es hier liegen gelassen haben, es ist Roman. Sie alle hatten kein Handy mehr, weil sie sie auf der Flucht zurücklassen mussten. Bevor sie aufgebrochen sind, hat Roman ihnen sein Zweithandy gegeben. Sie sollen nur abnehmen, wenn sie die Nummer kennen, also wenn Ramiro, Ponce, Roman oder Alejandro anrufen und es ist klar, dass sie das oft tun werden. Elian deutet ihr, dass er nach oben gehen will und Alena nimmt das Gespräch an, während sie den Teller leert. Es tut so gut, wieder richtiges puertoricanisches Essen zu genießen.

Ihr Bruder fragt, ob alles in Ordnung ist. Alena sagt ihm, dass sie alle geduscht und gegessen haben und ihre Mutter schon schläft, sie ist auch nur am Gähnen, der gefüllte Magen macht es ihr noch schwerer, die Augen offen zu halten. Roman merkt das und sagt ihr, dass sie ihn morgen gleich anrufen soll, wenn sie wach sind.

Alena verspricht es ihm und legt auf. Dann ordnet sie das Geschirr in den Geschirrspüler und schaltet das Licht aus, bevor sie nach oben geht. Alena kann in keinen dunklen Räumen sein, nur weil im oberen Stockwerk noch Licht brennt, hält sie es aus, die Treppen hochzugehen, auch wenn das gesamte untere Stockwerk dunkel ist.

Ihr Schlafzimmer liegt genau neben dem, das noch offen steht und wo nun Elian an der Tür erscheint und zu ihr sieht. »War das dein Bruder?« Sie nickt und versucht zu ignorieren, dass Elian nur eine kurze Sportjogginghose trägt und sonst nichts. Er muss schnell geduscht haben. Alena sieht ihm in die Augen. »Ja, er macht sich Sorgen.« Elian hebt ein wenig die Augenbrauen. »Würde ich an seiner Stelle auch tun.« Alena lächelt, sie spürt dieses lächerliche Verlangen in sich aufkommen, ihn darum zu bitten, wieder bei ihr zu bleiben.

Kapitel 4

In den ersten Nächten konnte sie nicht schlafen, wenn er nicht da war und wenn Alena daran denkt, wie friedlich sie geschlafen hat, als sie in seinen Armen gelegen hat, würde sie jetzt am liebsten mit ihm in einem Bett schlafen, doch sie weiß, dass das nicht geht und sie sollte ihn nicht in solch eine Situation bringen. Elian ist mehr als nur einfach nett und Alena weiß, dass er das nicht sein bräuchte und schon gar nicht dürfte.

Elian setzt an etwas zu sagen, da stoppt er. »Du blutest.«

Sie sieht nach unten und wirklich, ihre Wunde hat wieder zu bluten begonnen und hat das weiße Shirt rot gefärbt. »Meine Wunde, sie ist nicht so gut verheilt gewesen und durch das viele Rennen und alles ...« Elian sieht auf den Blutfleck und deutet zu ihrem Schlafzimmer. »Ich hole Verbandszeug.«

Alena geht in ihr Zimmer und sieht auf ihrem Bett das enge weiße Top liegen, das sie vorhin nicht anziehen wollte, nun streift sie sich schnell das blutige Shirt ab und zieht das Top an. Auf ihren Armen waren zwei tiefere Wunden, die Narben ergeben haben, aber diese sind so schmal und hell geworden, dass, wenn Alena mal wieder in die Sonne geht, sie nicht mehr zu sehen sein werden.

Es hat sehr lange gedauert, bis die Wunden verheilt waren, die sie von den Fesseln bekommen hat, doch langsam erkennt man auch die nicht mehr. Die frischeste Narbe stammt von der zweiten Operation, die sie in Österreich noch einmal über sich ergehen lassen musste und die noch nicht wieder richtig verheilt ist.

Sie krempelt das Top so hoch, dass man ihren Bauchnabel und die blutende Wunde darunter sehen kann.

Alena greift nach einem neuen Handtuch und drückt es darauf. »Lass das lieber, zeig es mir.« Elian steht hinter ihr, sie dreht sich zu ihm um, doch sie schafft es nicht, das Handtuch herunterzunehmen, um ihm diese hässliche Verstümmlung ihres Körpers zu zeigen. Elian sieht ihr in die Augen, er scheint zu spüren, dass es ihr nicht leicht fällt. Seine Hände greifen nach ihren und langsam entfernt er sie und das Handtuch von der Wunde.

»Ich habe dich da herausgeholt, Alena, ich habe schon alle Wunden an dir gesehen und für mich bist du noch immer dieselbe Schönheit wie die, die mir damals fast den Hals umgedreht hat in der Tankstelle.« Er hat recht, sie hat sich schon so vor ihm erniedrigt, das macht jetzt auch nichts mehr aus.

Alena sieht nicht hin, als Elian die Wunde betrachtet, doch sie spürt seine warmen Hände an ihrem Bauch. Sie spürt, wie zart seine Finger an ihrem Bauchnabel vorbeigleiten und um die Wunde herum. Elian kniet sich vor sie und Alena atmet tief ein. Er hat ein Spray bei sich und sieht zu ihr nach oben, Alena gibt sich einen Ruck und sieht nach unten, direkt in seine schönen dunklen Augen.

»Ich muss das desinfizieren. Das kann brennen.« Alena nickt und schließt die Augen, als es furchtbar zu brennen beginnt, nachdem ein kalter Strahl auf die Wunde trifft. Elian tupft vorsichtig um die Wunde herum, dann legt er Kompressen darauf und einen langes Schutzpflaster, das die gesamte Wunde umschließt. »Ich wechsle das morgen, wenn es dann nicht besser ist, müssen wir irgendwie dafür sorgen, dass sich das ein Arzt ansieht.«

Er steht auf und Alena nickt nur noch. Es ist ein merkwürdiges Gefühl, diese Sehnsucht, die sie verspürt. Niemand darf sie anfassen und bei Elians Berührungen wünschte sie, sie würden niemals aufhören, sie kann es sich nur so erklären, dass sie von ihm gerettet wurde und sie ihn deswegen als etwas anderes sieht als alle anderen.

Elian steht genau vor ihr und blickt ihr in die Augen. »Du solltest dich ausruhen und schlafen.« Alena nickt und weil sie weiß, wie unvernünftig das langsam wirken muss, fügt sie schnell etwas hinzu. »Danke, mal wieder hilfst du mir. Danke, dass du uns hier bleiben lässt und dass du dich wieder so um mich kümmerst.« Alena spürt, dass Tränen in ihr aufsteigen und bricht schnell den Augenkontakt ab. Sie will nicht mehr weinen, doch es ist ein unbeschreibliches Gefühl, nach so langer Zeit Berührungen wieder zulassen zu können, ohne dabei Herzrasen und Schweißausbrüche zu bekommen. Jetzt wird ihr bewusst, dass sie insgeheim immer den Wunsch hatte, ihn wiederzusehen.

Elian sagt nichts, er nimmt sie in die Arme und es ist genau das, was sie gebraucht hat. Alena schließt die Augen, sie legt ihren Kopf auf seine warme Brust und atmet tief seinen Geruch ein, genießt die Berührung ihrer Haut. Elian umfasst Alena ganz, sie spürt seine Lippen an ihren Haaren und eine kleine Weile stehen sie beide nur so da. Vielleicht hat er diese Nähe auch genauso vermisst wie Alena? Wahrscheinlich bildet sie sich das nur ein, doch es tut gut und ihr Arzt hat gesagt, dass sie alles, was sich gut anfühlt, unbedingt zulassen soll.

Sie möchte nicht aus dieser Umarmung, doch Elian löst sie und sieht Alena noch einmal in die Augen. »Es gibt nichts, für was du dich bedanken sollst.« Plötzlich ist wieder diese Kälte da und Alena reibt sich die Arme. »Geh ins Bett, ruh dich aus. Dein Körper braucht das.« Sie nickt und legt sich ins Bett. Auf dem Nachttisch brennt eine schwache Lampe, Alena lässt sie an. »Schlaf gut.« Alena schließt die Augen, als sie in das weiche Bett steigt. Traumhaft. »Du auch.«

Elian ist schon halb aus dem Zimmer, da hört Alena doch auf ihr Herz. Könnte sie noch eine Nacht mit Elian zusammen in einem Bett oder auch nur in einem Raum verbringen. Könnte sie doch nur diese tiefe Ruhe wiederfinden, die nur Elian in ihr auslöst …

»Elian … » Er stockt und dreht sich zu ihr um. »Ich … also …« Sie darf das nicht. Im Krankenhaus hat sie ihn schon in solch eine Situation gebracht und das möchte sie nicht mehr. Nur weil ihre Gefühle verrückt spielen und er sich um sie kümmert, darf sie das nicht ausnutzen. »Schon gut, schlaf gut.« Elian bleibt noch eine Sekunde stehen, sieht zu ihrem Bett und geht dann hinüber in sein Zimmer.

Alena schließt die Augen, aber obwohl sie im weichen Bett liegt und todmüde ist, kann sie nicht sofort schlafen. Während alle anderen Türen geschlossen sind, sind ihre und die von Elian weit geöffnet und ein Funken Hoffnung bleibt, dass er doch noch einmal zurückkommt, doch irgendwann siegt über all das die Erschöpfung des Körpers und Alena schläft ein.

Lilly sieht, dass noch Licht auf ihrer Terrasse brennt. Sie läuft barfuß die Glastreppen ihres kleines Ferienhauses hinab. Es ist traumhaft hier, sie haben ein Haus direkt am Meer, völlig abgelegen, weit weg von allen anderen. Man hört nur die Wellen des Meeres. Die ersten Tage sind Santos und sie kaum weg gewesen, sie haben diese Ruhe und sich einfach nur genossen, haben viel gegessen, zusammen gekocht, waren schwimmen und haben einfach die Seele baumeln lassen.

Lilly genießt jede Sekunde, heute waren sie in einer kleinen Stadt in der Nähe, haben neue Lebensmittel gekauft und in den kleinen Läden ein paar Dekorationssachen für Santos' Haus gekauft, sie sind den ganzen Tag dort entlang geschlendert und gerade erst nach Hause gekommen, Lilly war gleich duschen und sieht jetzt, wie Santos im großen Rattansessel auf ihrer durch kleine Laternen beleuchteten Terrasse sitzt.

Sein Handy liegt vor ihm auf dem Tisch und er betrachtet das Meer. Obwohl Santos immer schon braun war, hat auch er noch einmal mehr Farbe abbekommen, Lilly ist schon wieder fast so braun, wie sie es immer war, als sie noch hier gelebt hat. Santos bemerkt sie gar nicht, er scheint völlig in Gedanken zu sein. Erst als Lilly sich auf seinen Schoß setzt und ihre Arme um seinen Nacken legt, sieht er sie an und lächelt.

»Ist alles in Ordnung?« Er räuspert sich und sieht zum Telefon. »Ja, ich habe mit Alejandro gesprochen. Es ist viel los. Es scheint nie aufzuhören. In den letzten Monaten ist mehr in der Familia passiert als die ganzen letzten Jahre zusammen. Hier merke ich erst, unter was für einer Spannung ich die ganze Zeit stand und wie sehr das einen mitnimmt. Erst wenn der Körper zur Ruhe kommt, zeigt sich, was man die letzten Wochen alles durchgestanden hat.«

Er streicht Lilly nachdenklich die Haare nach hinten. »Das einzig Gute ist, dass du wieder bei mir bist, alles andere, Adrian, Alena, es ist so viel Schlimmes passiert … doch noch etwas ist positiv: Wir haben Belinda gefunden, doch nun lebt unsere Schwester auch in diesem Wahnsinn und selbst sie ist schon von Benjamin gefangen genommen worden. Es geht Schlag auf Schlag und ich frage mich, wann Ruhe einkehrt und auch, wie es dann um die Familia steht.«

Lilly sieht Santos in die Augen. »Das wird auf jeden Fall eine ganze Weile dauern, bis nach alldem der Alltag wieder zurückkehrt und vielleicht wird sich auch einiges ändern, doch der Kern bleibt gleich, Santos. Den Kern von allem bilden dein Vater und ihr Brüder, das ändert sich nicht und das ist das, woran sich alle festhalten können. Egal, wie sehr alles durcheinandergewirbelt wurde.« Lilly beugt sich vor und küsst seine Wange. Wie sehr sie diesen Mann liebt.

»Ich kann mir nicht vorstellen, dass all das so spurlos vorbeigeht. Wie auch bei meinem Körper und allem anderen werden wir erst merken, was alles für Wunden geschlagen wurden, wenn alles zur Ruhe kommt. Ich habe ein ungutes Gefühl, ich weiß nicht, ob die Familia das alles so einfach wegstecken wird, wie alle im Moment noch glauben.« Sie nickt.

»Ja, aber denk doch an uns, wir waren so lange getrennt, niemand hätte daran geglaubt, dass wir noch einmal zusammenfinden, alles war bei uns kaputt und durcheinandergewirbelt, doch der Kern, das was uns ausmacht, diese tiefe Liebe zwischen uns, die schon seit unserer Kindheit zwischen uns ist, dieses Band, was uns verbindet, all das konnte dem nichts anhaben, sodass wir wieder zusammengefunden haben, egal was passiert war und ich bin mir sicher, dass das auch in der Familia so sein wird, vertrau einfach ein wenig darauf, dass alles gut wird, sieh uns doch an.«

Sie lächelt und Santos sieht ihr in die Augen. »Du hast keine Vorstellungen, wie sehr ich dich liebe, mein Engel, und du hast recht! Außerdem werde ich mich um all das kümmern, wenn wir zurück sind, jetzt muss ich mich um wichtigere Sachen kümmern.«

Schneller als Lilly reagieren kann, hat er sie auf seine Arme gehoben und trägt sie ins Haus. »Wo hast du die selbstgemachte Erdbeersoße hingetan, die wir vorhin gekauft haben? Ich möchte noch etwas davon probieren.« Lilly lacht leise, als seine Hände ihr umgebundenes Handtuch ungeduldig öffnen.

»Ich habe gerade geduscht, du wirst doch nicht ...« Santos greift nach der Soße, die auf der Küchentheke steht und bringt Lilly mit einem süßen Kuss zum Schweigen, er trägt sie nach oben und legt sie aufs Bett, und als die kalte Soße auf ihren warmen Körper gleitet, ist sie froh, dass er nicht auf sie gehört hat.

Elian hat in der Nacht sehr schlecht geschlafen, immer wieder war er kurz davor, doch zu Alena hinüberzugehen. Natürlich weiß er, dass sie ihn bitten wollte, bei ihm zu bleiben und er hätte das auch gerne getan, doch sie wissen beide, dass es nicht gut wäre und sie versuchen sollten, Abstand zu halten.

Elian wird immer für Alena da sein, doch das bedeutet ja nicht, dass sie nicht trotzdem gewisse Grenzen einhalten können, die es ihnen leichter machen. Er hat viel an sie gedacht, sehr viel, als sie in Österreich war. Ihm ist klar, dass Alena sich schon einen Platz in seinem Herzen reserviert hat. Er hat sie schon beim ersten Mal, als er sie gesehen hat, einfach nur wunderschön gefunden.

Elian meint es völlig ernst, hätte er sie damals nochmal gesehen und sie würde nicht zu den Cinco Sombras gehören, hätte er dafür gesorgt, dass sie seine Freundin wäre, zumindest, dass sie sich beide besser kennenlernen und Zeit miteinander verbringen. Alena hat ihn vom ersten Moment an beeindruckt, doch einen Platz in seinem Herzen hat sie erst später bekommen, wahrscheinlich, als er sie aus der Hölle gerettet und gesehen hat, was sie durchmachen musste.

Es fällt Elian schwer, zu beurteilen, ob es bei ihm nur das ist, dieses Gefühl, dass er Alena beschützen und helfen muss oder ob noch andere Gefühle dabei sind. Er weiß, dass sie bei ihrer Familie sicher ist, doch er muss trotzdem ständig an sie denken. Er hat sie geküsst und noch sehr oft daran gedacht. Er hat es immer sehr genossen, sie beim Schlafen zu beobachten und in ihrer Nähe zu sein.

Als sie gestern ins Lager gekommen ist, hat sein Herz sofort schneller geschlagen und er muss zugeben, dass er noch viel intensiver auf sie reagiert hat als damals in der Tankstelle. Alena ist in seinen Augen immer wunderschön, doch sie sieht jetzt schon wieder so viel lebendiger aus als in den Tagen nach ihrer Befreiung.

Sie hat wieder ein leichtes Glänzen in den Augen, die Wunden sind fast alle verheilt, die Narben sind nur sehr dezent und man achtet kaum auf sie. Alena hat wieder etwas zugenommen, langsam erkennt man ihre weiblichen Rundungen wieder und als er ihr den Verband angelegt hat, haben ihre Wangen einen schönen Rotton angenommen. Elian hat die gleiche Sehnsucht in ihren Augen gesehen, die er die ganze Zeit verspürt hat, er konnte nicht anders und musste sie in den Arm nehmen.

Er liebt ihre Nähe. Als er ihre Haut berührt hat, die empfindliche Stelle unter ihren Bauchnabel, die eine tiefe Wunde trägt, musste er sich wirklich zusammennehmen, um wieder aufzuhören, über ihre weiche Haut zu streicheln. Es fiel ihm viel zu schwer, sie wieder aus seinen Armen zu lassen, sodass er nun genau weiß, dass er aufpassen muss, noch die nötige Distanz zwischen ihnen zu halten.

Er flucht leise, er hat gerade mal die Augen offen und denkt sofort an Alena. Er hört Geräusche vom Flur und geht in sein Bad. Er hat gestern Abend schon geduscht, doch er muss wach werden, deswegen duscht er sich schnell ab, zieht sich eine graue

Joggingshorts über und ein weißes Shirt, dann hört er Vidals Stimme.

Er tritt in den Flur und sieht, dass sein Bruder eine Tüte mit Brötchen und Croissants aus seiner Trainingstasche holt. Wenn er in einem der anderen Häuser trainieren geht, benutzt er sie immer. Alenas Mutter nimmt die Brötchen entgegen. Sie ist als Einzige auf dem Flur und bedankt sich, bevor sie Elian einen guten Morgen wünscht. Elian mag sie, sie haben zusammen an Alenas Bett gesessen und sich Sorgen gemacht.

»Kann ich jetzt runtergehen und Frühstück vorbereiten? Alena und Emilia schlafen noch, doch sie werden sicher bald wach werden.« Er deutet Alenas Mutter mitzukommen und zusammen gehen sie ins Erdgeschoss. Niemand kann sie hier sehen, es wird sie auch niemals jemand hier vermuten. »Ihr müsst nur bei der vorderen Front aufpassen, hier hinten kann euch niemand sehen.«

Elian öffnet die Terrassentüren und bringt die Brötchen und Croissants zu einem Tisch im Garten. Niemand kann sie hier sehen und es endet auch kein anderer Garten neben seinem, dort ist nichts, also werden sie hier auch nicht gehört werden, Elian ist trotzdem sicher, dass die Frauen sich ruhig verhalten werden.

Alenas Mutter hilft ihm, Kaffee zu machen und den Tisch zu decken, Elian macht das nie, es ist selten, dass er hier einen Kaffee trinkt, und er schmiert sich höchstens mal einen Toast, bevor er losgeht, er kann sich nicht daran erinnern, dass er jemals am Tisch gesessen und gefrühstückt hat, das muss er immer nur, wenn er bei seiner Mutter ist.

Vidal spricht mit jemandem am Handy und als er auflegt, setzen sie sich mit Alenas Mutter an den Tisch und essen etwas, bevor sie losgehen müssen. »Ich treffe später Belinda, sie bringt einige Sachen für euch mit. Ich hoffe, damit fühlt ihr euch dann wohler. Sollen wir sonst noch etwas besorgen, womit ihr euch hier die Zeit vertreiben könnt? Irgendwelche Filme?« Die Mutter lächelt dankbar.

»Nein, danke. Ich sehe mir immer eine Serie an, aber die habt ihr bestimmt auf dem normalen Sender, Emilia liest viel, vielleicht einfach ein neues Buch für sie und Alena … Alena denkt sehr viel nach, sie ist noch immer nicht ganz wieder bei uns angekommen, so haben es mir die Ärzte erklärt.«

Elian nimmt einen großen Schluck Kaffee, sofort steigen ihm die Bilder von gestern wieder vor sein inneres Auge, wie es sich ange- fühlt hat, sie in seinen Armen zu halten. »Wie kannst du Belinda treffen?« Das würde Elian auch gerne wissen, er hat den hasserfüll- ten Blick von Belindas Vater auf seinem Bruder gespürt und kann sich nicht vorstellen, dass er freiwillig seine Tochter zu Vidal lässt, doch der nickt zuversichtlich.

»Ich habe gerade mit Alejandro gesprochen. Das letzte Mal, als meine Männer mich gesehen haben, war ich bereit, für Belinda zu sterben. Sie alle haben Belinda hier gesehen. Ich weiß, wie tief der Hass zwischen unseren Familias ist, doch ich liebe Belinda über alles und das wissen meine Männer. Wie würde es jetzt aussehen, wenn ich wieder da bin, bereit war für Belinda zu sterben, nicht gestorben bin und sie nicht sehen würde?

Sie wissen, dass ich sie treffen würde, davon könnte mich nie- mand abhalten. Als ich Elian wiedergesehen habe, war eine der ersten Aktionen, dass ich Alejandro angerufen habe, um Belinda zu sehen. Ich wäre als Erstes in eure Cuidad gefahren, egal was passiert wäre, hätte Alejandro nicht zugestimmt, doch er hat es verstanden und auch jetzt weiß er, dass ich recht habe. Wenn ich sie nicht treffen würde, würden alle wissen, dass etwas nicht stimmt.«

Alenas Mutter nickt. »Da hast du recht. Ich habe sehr unter eurer Familia gelitten, wie so viele Frauen. Ich habe jetzt erst meinen zweiten Sohn wiedergefunden und doch habe ich diesen Hass nicht gegen alle eure Männer, das könnte ich auch nicht. Das, was du für meine Tochter getan hast und du für Belinda … es wird euch nie vergessen werden.

Doch ich kenne Ramiro sehr gut, sehr, sehr gut und für ihn ist Belinda alles. Er liebt alle seine Söhne, doch Belinda hat er erst jetzt gefunden und sie ist aus seiner einzig wahren Liebe zu ihrer Mutter entstanden. Man sieht ihm an, wie sehr er seine Tochter vergöttert und ich kann mir nicht vorstellen, dass er dieser Beziehung jemals zustimmen wird und dein Vater sah auch alles andere als begeistert aus.«

Vidal nickt. Er weiß das. »Sicherlich nicht, doch um ehrlich zu sein, erwarte ich auch keine Zustimmung, von keinem von beiden. Es wäre schön, wenn es so wäre, doch ich kann es nicht von ihnen erwarten. Allerdings ist das zwischen Belinda und mir auch nichts, was gegen irgendeine Familia gerichtet ist.

Ich habe Belinda getroffen, bevor ich wusste, wer sie ist, sogar bevor sie wusste, wer sie ist. Als dann nach und nach rauskam, wer Belinda ist und dass sie zu meinen Todfeinden gehört, haben wir versucht, alles abzubrechen, doch die Gefühle waren schon da und ich konnte all das nicht abstellen, nur weil ich dann wusste, wer sie ist.

Ich schwöre, dass ich niemals etwas mit ihr angefangen hätte, hätte ich vom ersten Moment an gewusst, wessen Tochter sie ist, doch ich kann es auch nicht bereuen, ich liebe sie. Sie ist das Beste, was mir jemals passiert ist, ich würde für sie töten und für sie sterben und ich denke, dass mir das mittlerweile auch jeder glaubt.«

Elian weiß, wie sehr sein Bruder Belinda liebt, doch es erstaunt ihn doch sehr, dass er so offen darüber spricht. Dass er es tut, zeigt ihm allerdings auch, dass er Belinda niemals aufgeben wird und Elian hat noch keine Vorstellungen, wie das gut enden kann. Momentan verfolgen sie alle dasselbe Ziel, doch wenn das vorbei ist, werden viele sich gegen Belinda und Vidal aussprechen und Elian kann nur hoffen, dass es dann nicht doch zu einem neuen Krieg kommt.

»Ich denke, das glaubt dir jeder und ich hoffe, dass es reichen wird. Ich hoffe, dass wir endlich wieder gute Sachen erleben, in der letzten Zeit sind ausschließlich schlechte Sachen passiert, man könnte sagen, dass die Familias für all die schlechten Taten der Vergangenheit bestraft werden.« Elian stellt seine Tasse weg. Da könnte sogar etwas dran sein. Er hört von oben leise Stimmen und springt schon fast auf, was Vidal verwundert zu Kenntnis nimmt.

»Na dann mal los, lass uns die Verräter schnappen.« Sein älterer Bruder steht auch auf und nickt. »Mit dem größten Vergnügen.«

Kapitel 5

»Aber wie hast du das geschafft? Ich habe Alejandro gefragt und er hat mir das nicht beantwortet. Ich meine, denkst du, das wird jetzt immer so leicht? Vielleicht ändert sich ja doch einiges.« Vidal lächelt mild, hält sich das Handy ans Ohr und sieht durch die getönten Scheiben. »Er konnte gar nicht anders, er weiß, dass ich dich sehen will und nichts mich davon abgehalten hätte, jeder weiß es.« Endlich sieht er das Taxi, was am Hafen hält und Belinda, wie sie aussteigt, sich umsieht und dabei mit ihm am Handy spricht.

Sie hat eine große Korbtasche dabei, trägt ein weißes Häkelkleid und Flipflops. Ihre braunen Wellen werden vom Wind am Hafen zur Seite geweht und ihre großen Augen sehen sich unsicher um. Vidal liebt sie, mehr als alles andere und es musste erst einiges passieren, damit ihm seine Augen geöffnet wurden, doch nun wird er sie niemals wieder davor verschließen. Sie sieht zu seinem Auto und kommt darauf zu, Vidal beobachtet jeden ihrer Schritte. Er behält aber auch ganz genau seine beiden Männer im Auge, die in einem Café sitzen und sich gerade etwas zu trinken bestellen.

Es sind zwei der Männer, denen er zutrauen würde, dass sie etwas mit den Verrätern zu tun haben, sie gehören zwar nicht zum engeren Kreis, doch sie sind nahe dran und er hatte bei den beiden schon immer ein merkwürdiges Gefühl. Sie waren gerade bei einem Geschäftspartner und haben einige Dinge geklärt, er wollte die Geschäfte mit den Puentes beenden, weil alle dachten, sie haben Vidal verloren. Er hat die beiden unter diesem Vorwand mitgenommen und ihnen jetzt gesagt, sie sollen im Café warten. Wie er es vermutet hat, verwundert es keinen seiner Männer, dass er Belinda trifft, trotzdem beobachtet er sie weiter.

Er möchte sehen, wie sie reagieren, ob er bemerkt, dass sie sich komisch verhalten, einen verdächtigen Anruf machen, sich viel besprechen oder sonst etwas tun. Elian fährt in der Zeit herum und versucht, die Männer im Blick zu behalten, die außerhalb der

Cuidad unterwegs sind, vielleicht erwischt er einige dabei, wie sie ein Treffen einberufen oder sich sonst irgendwie auffällig verhalten. Ihr Vater ist in der Cuidad und beobachtet die Männer darin. Es ist zu wenig, sie sind zu wenige, doch momentan geht es einfach nicht anders.

Belinda kommt bei ihm an und er öffnet ihr die Tür, damit sie sich zu ihm nach hinten setzen kann. Auf ihre schönen Lippen setzt sich ein echtes Lächeln; Vidals Herz schlägt schneller – wie sehr er diese Frau liebt. Er murmelt ein Hallo und küsst sie, was sie leise lachend erwidert.

»Ich war gestern so traurig, weil ich nicht wusste, wann wir uns wiedersehen. Ich hatte ja nicht geahnt, dass du das schon längst geplant hast. Ich kann nicht fassen, dass wir uns jetzt so einfach treffen können. Alejandro meinte, er lässt uns eine Stunde, dann kommt er. Er tut so, als hätte er dann gemerkt, dass ich weg bin und wird herumfragen, er ist gespannt, wer weiß, wo ich stecke.«

Vidal zieht Belinda auf seinen Schoß, ihre Nasenspitzen berühren sich, während sie in ihrem dünnen Sommerkleid auf seinem Schoß sitzt. Er sieht ihr in die Augen. »Nicht schlecht, dein Bruder denkt mit, so merkt er vielleicht gleich, wer dir gefolgt ist. Sie werden sicher alles tun, um diesen Krieg doch noch zu bekommen und Alejandro sagen, dass du dich weggeschlichen hast, um mich zu sehen, so werden sie gleich eine Chance vermuten, neues Feuer entfachen zu können, doch du solltest dir nicht soviel Hoffnung machen, dass es so bleibt.«

Belinda lächelt. »Das habe ich schon so einige Male getan. Heute hat es doch auch geklappt und ich hoffe einfach darauf, dass sie sich daran gewöhnen werden, an uns gewöhnen werden.« Vidal denkt an ihre vielen geheimen Treffen und legt seine Hände auf ihre Waden. »Das werden sie nicht, Belinda, doch daran dürfen wir auch nicht denken. Sie müssen damit leben, sie werden keine Wahl haben, doch sie werden sich wahrscheinlich niemals damit abfinden. Ich werde kein Geheimnis mehr daraus machen, dass ich dich liebe und du zu mir gehörst, doch dass deine Brüder dich weiterhin einfach so zu mir lassen, wird sicherlich nicht passieren.

Heute ging das nur, weil Alejandro weiß, dass es viel zu auffällig gewesen wäre, wenn ich lebendig wieder aufgetaucht wäre und dich nicht hätte sehen wollen, nachdem ich für dich fast gestorben wäre.« Belinda sieht ihn liebevoll an, doch er erkennt in ihren Augen auch eine Traurigkeit, die er eigentlich nicht gerne in ihren Augen sehen möchte.

»Ich weiß, ich habe unsere Väter gestern selbst erlebt. Aber denkst du, auf Dauer geht das gut? Wenn unsere gesamte Familie dagegen ist? Ich meine, ich bin erwachsen, ich kann mich treffen, mit wem ich möchte, doch ich will auch niemanden von ihnen verletzen oder wütend machen, wir lieben uns, das sollte doch kein Grund sein, dass andere wütend werden.«

Vidal lacht und küsst Belindas Wangen. »Nur bei den wirklichen Liebesgeschichten haben immer alle etwas dagegen, versuche es positiv zu sehen. Denke an Romeo und Julia, Bonnie und Clyde, die bei Titanic ...« Belinda lacht und das Geräusch vertreibt die Traurigkeit in ihren Augen sofort. »Was war denn bitte bei Titanic? Wer hatte da etwas dagegen?« Er kann einfach nicht genug von Belindas Geruch und ihrem Geschmack bekommen, seine Lippen wandern von ihren Wangen zu ihrem Hals. »Der Eisberg.« Sie lacht leise und legt ihre Arme um seinen Nacken.

»Wie geht es meinen Cousinen und meiner Tante?« Er sieht sie verblüfft an. »Denen geht es gut, du zählst doch diese Emilia nicht zu deinen Cousinen? Die Blutergebnisse haben doch gezeigt, dass sie mit niemandem von uns verwandt ist. Konntest du ein paar Sachen für sie einpacken?« Belinda zieht ihre große Korbtasche heraus und eine große Tüte daraus.

»Es ist nicht sehr viel, aber für zwei, drei Tage sollte es reichen, ich habe für Emilia ein paar Sachen von mir herausgesucht. Ich weiß, was die Blutergebnisse sagen, Vidal, aber sie muss doch zu jemandem gehören, wie wird sie sich wohl fühlen, wenn Petro jetzt zu uns gehört und Sofia ihre Mutter gefunden hat und nun ein Teil eurer Familia ist?« Vidal zieht die schwarze Tasche unter dem Sitz hervor, die er gerade von einem Geschäftskunden bekommen hat. Eine kleine Vorfinanzierung ihrer nächsten Projekte. Er platziert die Tüte unter dem Geld und schiebt die Tasche dann zurück. Dabei behält er Belinda weiter bei sich, die Männer im Café amüsieren sich, sie lachen und scheinen sich über irgendetwas lustig zu machen, was sie auf dem Handy entdeckt haben. Vidal legt sich frustriert zurück. Nichts klappt so, wie er es möchte.

»Hier, das hat mir Alejandro noch für euch mitgegeben, es sind die besten Wanzen, die es auf dem Markt gibt, mehr als zwanzig Stück. Die kannst du in Räumen und Autos anbringen, die Empfänger könnt ihr im Haus bei Elian aufstellen und Alena und die anderen können alles den Tag über abhören, so könnt ihr doch überall gleichzeitig sein.« Vidal nimmt die Packung entgegen und verstaut sie auch in der Tasche. »Das ist eine gute Idee, macht er das auch?«

Belinda nickt. »Ja, April und ich überwachen die Sender, er befestigt heute die ersten.« Vidal hebt anerkennend die Augenbrauen. »Das hätte ich deinem Bruder nicht zugetraut.« Belinda legt den Kopf ein wenig schief, doch dann küsst sie Vidal sanft auf die Lippen. »Ich weiß, ihr seid dazu angehalten, euch … zu hassen. Doch ich denke, dass ihr euch ansonsten sehr mögen würdet. Alejandro ist ein toller Mensch und er liebt mich, Vidal, bitte vergiss das nie. Wenn meine Familie etwas sagt oder tut, was nicht immer richtig ist, dann meist, weil sie mich lieben.«

Vidal zieht ihr Gesicht wieder näher zu seinem. »Ich weiß.« Er küsst Belinda und kann nicht verhindern, dass all die Sehnsucht, die er in sich trägt, freigesetzt wird. Sie fehlt ihm, er ist Vidal Puentes und ist es nicht gewohnt, dass er auf etwas, was er so sehr will, verzichten muss, das macht ihn rasend. Als sie den Kuss beenden, fahren seine Lippen ihren Hals entlang. Belindas Stimme ist gezeichnet von Verlangen und Sehnsucht.

»Du fehlst mir. Nach dem, was passiert ist, dass du fast gestorben wärst, davon, dass ich einfach gegangen bin, unser Streit … ich möchte unbedingt einfach nur Zeit mit dir verbringen. Ich würde gerne die ganze Zeit bei dir sein. Am liebsten würde ich jetzt diese paar Tage mit dir auf dem Boot verbringen, von denen wir damals gesprochen haben.« Er küsst wieder ihre Lippen. »Wir werden das mit dem Boot machen.«

Belinda sieht ihm in die Augen und lächelt. »Das erinnert mich daran, wie du mich das erste Mal zu dir ins Auto geholt hast, weißt du noch? Du hast mich gebeten, da zu sein, wenn du wiederkommst ...« Vidal nickt und streicht Belinda eine Strähne nach hinten. »Und du warst da … nur hatte sich alles verändert.« Belinda senkt den Blick und Vidal küsst ihre Stirn. »Ich liebe dich.« Das zaubert ihr ein Lächeln aufs Gesicht und Vidal weiß, dass er töten wird, um Belinda immer so glücklich zu sehen. »Ich dich auch.«

Vidal lehnt sich zurück in das weiche Leder, er verstellt den Sitz ein wenig nach hinten, damit er bequemer sitzt, dabei zieht er Belinda mit sich, die ihre Nase an seinem Hals vergräbt.

Vidal sieht nach draußen zu den Männern. Der Vorteil dieser extra stark getönten Scheiben ist, dass er alles beobachten, aber niemand von außen in den Wagen sehen kann. Sie haben nur zwei solcher Wagen, die komplett mit getönten Scheiben ausgestattet sind und Vidal hat sich heute bewusst so einen genommen.

Die beiden Männer trinken etwas und flirten mit der Bedienung, die ihnen Karten bringt. Sie sehen nicht wie besorgte Männer aus, im Gegenteil, als sich die Bedienung kurz zu ihnen setzt, legt einer von ihnen den Arm um sie, keiner der Verräter würde sich momentan so entspannt geben können. Als sie laut auflachen und ein Kartenspiel beginnen, weiß Vidal, dass sie es nicht sind, er hat auf die Falschen gesetzt.

Belinda sieht ihm ins Gesicht und dann zu den Männern. Sie versteht, was er hier macht. »Die nächste Zeit wird nicht leicht, für keine Familia.« Vidal nickt und sieht wieder zu ihr. »Aber wenn das alles vorbei ist, nehmen wir uns die Zeit und dann erst sehen wir weiter, was wir mit unseren Familien machen.« Belinda nickt und setzt sich wieder auf. Vidals Hände wandern ihre Schenkel entlang, er liebt es, wenn sie so auf seinem Schoß sitzt. »Ich hoffe, wir schaffen es, dass sie sich so lange ruhig verhalten.«

Vidal weiß schon bei Belindas Worten, dass sie das nicht sein werden, sie werden es nicht einfach so hinnehmen, dass Vidal und Belinda jetzt fest zusammen sind, keine Familia.

Doch wie schnell sie sich wieder einmischen, erfährt er bereits eine halbe Stunde später. Vidal und Belinda haben die Zeit genossen. Vidal hat es verrückt gemacht, dass er Belinda nicht so nah sein konnte, wie er es gerne gehabt hätte, doch sie waren sich nah und konnten ungestört Zeit miteinander verbringen.

Belinda hat ihm viel von April und Alejandro erzählt, was sie jetzt so tut, und sie haben sich einfach ein wenig genossen. Eigentlich kann sich Vidal so eine Auszeit nicht leisten, doch er brauchte diese knappe Stunde mit Belinda einfach.

Als dann ein Auto der Sombras zum Hafen gefahren kommt, werden seine Männer wachsam, auch Vidal und Belinda steigen aus seinem Wagen. Sie haben Alejandro erwartet, doch als dann Belindas Vater aussteigt, sind sie wirklich überrascht und Belinda seufzt leise auf. »Denk dran, er tut das alles nur, weil er mich liebt.« Belinda drückt noch einmal Vidals Hand und geht dann zu ihrem Vater, der etwas zu ihr sagt, bevor sie sich in das Auto setzt, mit dem ihr Vater gekommen ist. Ponce ist bei ihm, doch er bleibt im Auto sitzen, während Ramiro zu Vidal kommt.

Sie geben sich nicht die Hände, doch sie sehen sich in die Augen. Vidal ist klar, dass sie jetzt ganz genau von einigen Männern beobachtet werden, deswegen ist er froh, als Belindas Vater andeutet, dass sie ein paar Schritte gehen und sich Richtung Wasser drehen. »Weißt du, Vidal, das mit dir bringt mich in keine gute Lage.« Vidal sieht aufs Meer, Belindas Vater tut es ihm gleich. »Ich denke, die Situation ist für niemanden leicht.« Ramiro nickt.

»Das Problem ist, ich weiß, dass du sie liebst. Das steht außer Frage und wenn ich ganz ehrlich bin, mache ich mir auch keine Sorgen, wenn sie jetzt bei dir ist. Du passt auf sie auf, da bin ich mir sicher. Wenn ich diese ganze Feindschaft mal hinten anstelle, muss ich zugeben, dass ich meine Tochter ohne dich vielleicht gar nicht mehr hätte. Dafür stehen wir alle in deiner Schuld und deswegen atmest du jetzt noch, obwohl Belinda und du euch nicht sehen dürftet, doch ich weiß, dass nicht jeder sich geopfert hätte. Nicht einmal für seine eigene Ehefrau. Ich habe da schon einige Sachen gehört ...«

Vidal wendet sich nun doch wieder zu Belindas Vater. »Ich liebe Belinda und ich werde immer alles für sie tun. Mir ist bewusst, dass niemand sich darüber freut, doch momentan ist mir das egal.« Ramiro sieht sich ein wenig um. »Wir werden hier garantiert beobachtet. Alejandro hat überprüft, ob Belinda jemand gefolgt ist, doch nur Suerte hat das getan und bei ihm hat es einen anderen Grund.« Vidal kann nicht verhindern, dass seine Augen sich verengen. »Ich weiß, er empfindet mehr für Belinda.«

Ramiro sieht ihm in die Augen. »Ja, das tut er, das werden viele tun. Ich habe ihre Mutter über alles geliebt und Belinda ist wie zu meinem Herzen geworden. Du hast keine Vorstellungen davon, wie sehr ich es bereue, nicht miterlebt zu haben, wie sie aufgewachsen ist. Ich liebe sie sehr, wirklich sehr, Vidal, und ich möchte sie nicht verlieren, doch ich weiß, dass das zwischen euch nicht gehen wird, tief in dir weißt du das auch, und all das kann ein Grund sein, dass ich meine Tochter wieder verliere, denn sie versteht diese Feindschaft nicht so, wie wir beide das tun.«

Vidal sieht zum Auto, in dem Belinda sitzt. »Es gab eine Zeit, da haben wir versucht, uns nicht mehr zu sehen, doch es ging uns beiden nicht gut dabei. Dann habe ich von Belinda verlangt, dass sie sich entscheidet, euch aufgibt und bei mir bleibt ...« Vidal sieht, wie sich Ramiros Gesichtsausdruck ändert. »Doch sie konnte es nicht und ich habe sie schon zu sehr geliebt, als dass ich ihr das antun wollte. Sie liebt euch genauso und ich möchte ihr ihre Familie auch gar nicht nehmen. Es wird eine Lösung geben, weil es sie geben muss. Weil wir alle Belinda lieben und keiner sie verlieren möchte ...« Er stockt, doch dann sieht er Ramiro wieder in die Augen.

»Eine Frage: Wenn ich kein Puentes wäre oder es diesen Krieg nicht geben würde, hätten wir dann den Segen von eurer Familie?«

Belindas Vater lacht leise auf, sie beide sehen nun zu den Männern und den Autos. »Ja, vielleicht hättet ihr das sogar. Doch so ist es nicht und unsere Familias stehen gerade vor der schwersten Prüfung, die wir alle bisher hatten.

Ich weiß, dass wir das nicht ignorieren können und wir uns mit Belinda und dir beschäftigen müssen und das klären, sonst ist der nächste Krieg nur eine Frage der Zeit, doch jetzt gerade haben wir keine Zeit dafür, wir sind aufeinander angewiesen und sollten das dünne Eis, auf dem wir alle uns zur Zeit fortbewegen, nicht zusätzlich belasten.

Versucht, das nicht zu vergessen. Je schneller wir alle die Verräter finden, umso schneller sind alle wieder sicher und da sind wir dann ja wieder auf einem gemeinsamen Weg. Wir wollen beide nur, dass Belinda sicher ist, oder nicht?«

Ramiro hebt seine Hand und Vidal weiß, dass es für alle, die sie beobachten, drohend wirken muss. »Dann lass uns dafür sorgen, dass sie in Sicherheit ist! Alles andere wird sich dann zeigen! Doch im Grunde kennen wir beide die Antwort. Eine Beziehung zwischen euch beiden wird es nie geben, nicht, solange es die Familias gibt.«

Vidal sagt nichts mehr dazu, Ramiro nickt noch einmal und geht dann zum Auto. Vidal sieht dem Auto hinterher, bis es weggefahren ist und seine Männer zu ihm kommen. »Der sah ja sehr wütend aus.« Vidal lässt seine Schultern knacken und geht zum Auto. »Interessiert mich nicht!« Und das ist nicht einmal gelogen. Es ist ihm egal, was Ramiro, Alejandro, seine Eltern oder sonst jemand sagt ... er wird Belinda nicht mehr aufgeben!

Elian kommt in sein dunkles Haus und schließt die Tür hinter sich. Die drei Frauen halten sich wirklich an alles, es ist still und von außen sieht man keinerlei Licht, erst jetzt, als er in seinem Flur steht, sieht er ein paar leichte Lichter im oberen Stock. Sie benutzen Kerzen, wenn es dunkel ist und sie Licht brauchen.

Elian schaltet das Licht in der Küche an. Es war ein anstrengender Tag. Er war die ganze Zeit unterwegs, er hat nur zum Essen immer mal wieder kurz irgendwo gesessen und wirklich Ruhe gehabt, ansonsten war er nur auf den Beinen. Zuerst ist er herumgefahren und hat die Männer im Auge behalten, doch er konnte nichts Auffälliges feststellen. Einen Mann hat er eine ganze Weile mit dem Auto verfolgt, er hat sich etwas verdächtig verhalten, sich immer wieder umgesehen, doch am Ende hat er sich nur mit einer Frau getroffen, die er offenbar nicht treffen sollte. Sie haben sich heimlich in ein Hotel zurückgezogen und Elian hat geflucht, weil er erst da so richtig begriffen hat, wie schwer diese Aufgabe wird.

Am Mittag ist er zusammen mit Vidal zu sich gefahren, Vidal hat sich ein wenig hingelegt und ausgeruht, seine Verletzungen sind noch nicht verheilt, er sollte sich noch schonen, doch die momentane Situation lässt es einfach nicht zu. Vidal hat in seiner Trainingstasche einige Einkäufe versteckt, die ihnen Alenas Mutter am Morgen noch gesagt hat. Sie hat auch sofort zu kochen begonnen, während Elian, Alena und Emilia sich um die Aufstellung der Übertragungsgeräte für die Wanzen gekümmert haben.

Eines seiner Schlafzimmer sieht jetzt aus wie ein Überwachungsbüro. Danach haben sie das Essen zu sich genommen, was Alenas Mutter zubereitet hat. Vidal hatte noch einige Sachen von Belinda für die drei dabei und für die nächsten zwei bis drei Tage können die Frauen nun hier ohne Probleme bleiben. Die Frauen sind alle drei sehr zurückhaltend und ruhig in ihrer Gegenwart.

Als danach ihr Vater gekommen ist, haben sie sich nach oben zurückgezogen, während Vidal, Elian und er genau überlegt haben, wo sie welche Wanze anbringen wollen. Danach haben sie sich aufgeteilt und die Wanzen in Autos, im Gemeinschaftsraum und in den verschiedenen Wachstationen angebracht, ohne dass es jemand bemerkt hat, aber das hat viel Zeit und Fingerspitzengefühl gekostet.

Elian hat Alena eines seiner alten Handys mit einer neuen Karte gegeben, mit dem er den ganzen restlichen Tag über mit ihr in Kontakt stand. Es klappt sehr gut mit den Wanzen. Die Qualität ist gut und sie verstehen fast jedes Wort der Unterhaltungen, die in der Umgebung der jeweiligen Wanze stattfinden. Die Frauen haben ihm gesagt, dass sie sich melden, wenn sie etwas Verdächtiges hören. Elian hat noch einmal eine Runde bei ihren Männern gemacht und ist erst jetzt zurück nach Hause gekommen.

Er sieht, dass noch eine Suppe gekocht wurde, nimmt sich aber nur eine der Teigtaschen, die im Kühlschrank liegen, löscht dann wieder das Licht und geht die Treppe in den ersten Stock hinauf. Es fühlt sich merkwürdig an, normalerweise ist er immer allein im Haus, höchstens eine seiner Cousinen, seine Eltern, Vidal oder einer seiner Cousins schläft mal bei ihm, nun aber sind gleich drei Frauen hier, die er alle drei nicht besonders gut kennt. Alena ein wenig, aber gut kennen würde er dazu auch noch nicht sagen, sie haben eine besondere Bindung, weil sie eine besondere Geschichte haben.

Doch er erkennt sofort Alenas blumigen, süßen Geruch im oberen Stockwerk und ein leichtes Lächeln legt sich auf seine Lippen, es war merkwürdig vertraut, den ganzen Tag über mit Alena zu schreiben und im Kontakt zu stehen. Elian geht in das hinterste Zimmer, wo sie alle Überwachungsgeräte aufgebaut haben und findet dort Emilia, die es sich auf einem runden Rattansessel gemütlich gemacht hat. Sie hat eine leichte Decke um sich gebunden und zwei Bücher vor sich liegen, in einem liest sie gerade. Die Empfangsgeräte stehen da und aus zweien hört man Männerstimmen.

Emilia trägt ein schwarzes Tuch um ihre Haare und auch sonst ist alles an ihr in weite schwarze Sachen gepackt, allerdings trägt sie ein T-Shirt, dadurch sieht Elian ihre zarten sehr hellen Arme. Sie nickt ihm vorsichtig zu, als er das Zimmer betritt. »Hallo.« Elian sieht auf die Bücher, Vidal hat sie besorgt und Emilia hat sich wirklich sehr darüber gefreut.

»Ist noch etwas Wichtiges passiert?« Emilia schüttelt den Kopf. »Nein, wir haben uns eingeteilt. Ich habe erst vor einigen Minuten Alena abgelöst, sie hat die ganze Zeit die Gespräche abgehört und ich habe geschlafen. Dann ist Alenas Mutter dran, sie schläft jetzt. Alena hat nur gesagt, dass sie manche Gespräche lieber nicht mit angehört hätte und dass Männer halt manchmal einfach nur … Männer sind.« Ein lautes Fluchen kommt aus einem der Empfänger und Emilia zuckt die Schultern. »Die spielen gerade Karten.«

Elian nickt, er hört einen Moment ein wenig zu, dann sieht er wieder zu Emilia. »Du kannst auch schlafen gehen. Ich bezweifle, dass jetzt noch viel los sein wird, es sind zu wenige unterwegs.« Emilia sieht von ihrem Buch hoch. »Oh, ich habe den ganzen Nachmittag geschlafen, ich werde kein Auge zubekommen und es ist gerade so spannend, ich bleibe trotzdem hier.«

Sie lächelt und Elian erkennt, wie hübsch Emilia ist, vielleicht sollte er sie fragen, warum sie sich so bedeckt, doch er verlässt das Zimmer wieder. »Ich lege mich hin, wenn du müde bist, leg dich auch einfach hin. Gute Nacht.« Er hört noch ein leises »Gute Nacht« und geht direkt in sein Schlafzimmer und unter die Dusche. Die Tür von Alenas Schlafzimmer ist nur angelehnt und alles in ihm drängt ihn dazu, nachzusehen, ob sie schon schläft, doch er lässt es und bleibt lange unter der Dusche.

Er zieht sich ein Shirt über, da fällt ihm Alenas Wunde ein, er sollte sich das noch einmal ansehen, er geht in den Flur, bis vor ihre angelehnte Tür, hält dann aber doch noch einmal ein. Wenn etwas wäre, hätte sie doch etwas gesagt, er hat sie vorhin gesehen und da sah alles gut aus.

Er macht sich lächerlich und er sollte sich endlich ein wenig mehr zurückhalten, sie ist eine Sombras, verdammt. Elian geht zurück in sein Schlafzimmer, doch bis er endlich etwas schlafen kann, dauert es noch eine Weile, auch wenn sein Körper die Ruhe dringend bräuchte.

Kapitel 6

»Was ist all das hier?« Camilla sieht verwundert in den Garten, als sie zurück ins Haus kommt. Sie war den ganzen Abend mit Suela, Sofia, Dantes Mutter und den Tanten zusammen, die alle gekommen sind, um Vidal zu sehen. Sie alle haben gedacht, er wäre tot, aber nun ist ihnen allen ein Stein vom Herzen gefallen. Sie waren alle bei Vidal, auch wenn der immer wieder unterwegs war, doch jetzt am Abend hat er bei ihnen gesessen und sich ein wenig von den Frauen seiner Familia verwöhnen lassen.

Man sieht ihm noch an, dass er Schmerzen hat, doch dafür, dass er tot hätte sein können, hat er das Ganze doch recht gut überstanden. Vor allem hat er seine Liebe zu Belinda nicht mehr verheimlicht. Alle Frauen wussten, dass er sie heute wieder getroffen hat und es deswegen Ärger mit ihrem Vater gab. Vidal hat keine Einzelheiten erzählt, aber ganz klar gesagt, dass er Belinda nicht mehr aufgeben wird.

Camilla hat heute selbst mit Belinda gesprochen und freut sich für die beiden, doch sie hat die Sorgen in den Augen der Mutter von Vidal und auch den Tanten gesehen und ahnt, dass das nicht unbegründet ist. Keine der Frauen hat etwas dazu gesagt, doch in ihren Augen konnte man sehen, wie sehr sie das beängstigt, wahrscheinlich, weil sie schon die Konsequenzen dieser Liebe erahnen.

Es war trotzdem schön gemütlich, sie haben viel geredet und gegessen. Dante, Cuca und Benito waren auch lange bei ihnen, doch irgendwann sind sie gegangen, während Camilla bei den Frauen geblieben ist. Momentan ist sie einfach nur glücklich. Seit gestern, als sie erfahren haben, dass Vidal lebt, ist Dante wie ausgewechselt. Er sprüht wieder vor Liebe und Lebenslust, er hat heute das erste Mal seit langer Zeit aus ganzem Herzen gelacht, und auch Belinda heute so glücklich zu hören, füllt Camillas Herz mit einer Zufriedenheit, die sie selbst nicht für möglich gehalten hätte.

Nun ist sie nach Hause gegangen, nachdem sie von Dante eine Nachricht bekommen hat, dass er auf sie wartet. Alles war abgedunkelt, doch jetzt entdeckt sie tausende von Fackeln im Garten und als sie in den Garten hinaustritt, sieht sie auf viele kleine viereckige Kisten. In den schönen weißen Kisten sind viele rote Rosen und einige weiße, die einen Buchstaben bilden. In jeder Kiste ist ein Buchstabe und alle Kisten zusammen ergeben die Frage, ob Camilla Dante heiraten möchte. Dazu die Fackeln, Camilla treten Tränen in die Augen, aber da spürt sie schon vertraute Hände um ihre Taille.

»Mein erster Antrag war nichts Besonderes und eine Frau wie du hat nur das Allerbeste verdient.« Weiche Lippen küssen ihren Nacken und Camilla dreht sich zu ihm um. »Du bist verrückt ...« Dante lächelt und streicht ihr die Tränen weg. »Dein Antrag war schon perfekt und das hier ist einfach nur ... wunderschön. Wie oft muss ich noch ja sagen, bis du mir glaubst, dass ich nichts lieber auf der Welt wäre als deine Ehefrau. Ich werde dich heiraten, mein Schatz.«

Dante umfasst Camilla ganz mit seinen Armen. »Ich denke, so richtig glauben werde ich es erst, wenn wir vor dem Altar stehen und du mir vor Gott dein Jawort gibst ... bis dahin gehe ich lieber auf Nummer sicher.« Camilla lacht und sieht ihm in die Augen.

Wie sehr sie diesen Mann liebt, es ist kaum in Worte zu fassen. Sie denkt an die vielen Wochen, als sie noch im Casitas gearbeitet hat und Dante so hartnäckig versucht hat, mit ihr zu flirten. Wie lange sie dem widerstehen konnte, obwohl auch sie vom ersten Moment an von diesem hübschen Mann und seinen sanften Augen gebannt war. Als Belinda dazukam, war sie Dante eigentlich schon verfallen, doch richtig bewusst geworden ist ihr das erst, als er verletzt war.

Da sind sie sich näher gekommen, da hat sie den Mord beobachtet und dann ging alles nur noch so schnell und so turbulent, dass Camilla kaum Zeit hatte durchzuatmen, doch all das hat ihre Gefühle für Dante nur noch mehr gefestigt. Sie hat keine Zweifel mehr an ihrer Liebe, niemals wieder. »Du hast keine Vorstellungen davon, wie sehr ich dich liebe.« Camilla küsst Dante und sie schmeckt selbst ihre salzigen Tränen dabei.

Als sie den Kuss lösen, hält Dante sie ganz im Arm. »Ich danke Gott jeden Tag dafür, dass er dich in mein Leben geholt hat und kann es nicht erwarten, dich endlich als meine Ehefrau zu haben und dass lauter kleine lockige Kinder hier herumrennen.« Camilla lächelt. »Meine Mutter würde gerne morgen zur Kirche fahren und den Termin für die Trauung festmachen. In einem Monat kann es dann ungefähr so weit sein.« Camillas Magen rumort sofort. »Bist du dir sicher? So schnell? Was ist, wenn noch etwas passiert? Ich weiß nicht wieso, doch ich habe das Gefühl, dass wir noch nicht alles überstanden haben. Mein Bauchgefühl sagt mir, dass da noch etwas kommt ...« Dante küsst sie und schüttelt den Kopf. »Du bist nervös, mein Engel. Da kommt nichts mehr, Vidal lebt, Benjamin ist tot und die Familia wird aus alldem stärker hervorgehen als vorher. Du wirst sehen. Er küsst sie, und auch wenn Camilla es wirklich wirklich zu verdrängen versucht, sagt ihr Bauchgefühl ihr, dass Dante sich täuscht, all der Wahnsinn ist noch nicht vorbei.

Ponce sieht zu dem Krankenhaus, zurück zu seinem Auto, flucht und geht dann doch in das alte Gebäude, wo er vor einigen Tagen Alina abgegeben hat.

Sie haben viel zu tun, sie haben die Wanzen überall angebracht, überwachen die Männer. Alejandro möchte den Verrätern unbedingt eine Falle stellen, doch noch wissen sie nicht so genau, wie sie es machen sollen. Jeder in der Cuidad ist in Aufruhr, nachdem sie zurückgekommen sind und gesagt haben, dass Alena, ihre Mutter und Emilia verschwunden sind und sie sie suchen. Sie haben sogar Santos und Lilly zurückgeholt.

Es war abgemacht, niemanden mehr einzuweihen, doch bei Santos ging es nicht anders. Er ist ihr Bruder, genau wie auch bei den Puentes sollten alle Brüder Bescheid wissen. Als er alles erfahren hat, konnte er es genauso wenig wie sie glauben. Es war das erste Mal, dass ihr Vater, Belinda, Alejandro, Ponce und Santos alleine eine Besprechung hatten. Santos hat ihnen dann klargemacht, dass sie auch noch nicht alles bedacht haben. Wenn es wirklich Verräter unter ihnen gibt, sind viele ihrer Geschäfte in Gefahr. So einige Deals und Kontakte wickeln die engeren Kreise für sie ab und einer oder mehrere von ihnen sind Verräter.

Alejandro hat sofort ein neues Treffen abgehalten, ab jetzt sind alle Geschäfte auf Eis gelegt, er hat es auf die Suche nach den Frauen geschoben. Alle Geschäftspartner sollen sich an Santos, Alejandro oder ihn direkt wenden.

Das alles belastet nicht nur ihn. Es ist ein ekelhaftes Gefühl, mit den Leuten zu sprechen und genau zu wissen, dass einer oder mehrere Messer in der Hand halten, die sie jederzeit gegen sie verwenden würden. Roman macht Druck wegen der Videoaufnahmen, dass sich Alena und ihre Mutter bei den Puentes verstecken müssen, passt niemandem, auch wenn sie ständig mit ihnen sprechen und es allen gut zu gehen scheint.

Sie überwachen dort die Gespräche und Telefonate, die über die Wanzen eingehen, bei ihnen übernehmen das April, Belinda und jetzt auch Lilly. Bisher ist bei alldem nichts herausgekommen, außer dass sie teilweise nur noch drei bis vier Stunden schlafen, doch es wird nicht mehr lange dauern und dann haben sie die Mistkerle.

Ponce hat heute extra angegeben, im Krankenhaus nach den Frauen zu suchen, Belinda liegt ihm ständig in den Ohren und hat es wirklich geschafft, ihm ein schlechtes Gewissen einzureden. Vielleicht hätte er wirklich mal anrufen und sich nach Alina erkundigen sollen, doch er kennt sie kaum und sie wurde einige Tage festgehalten und immer wieder von Benjamin vergewaltigt. Er wollte sie schwängern und somit seine kranke DNA weitergeben.

Ponce geht direkt zur Information und fragt nach Alina, er kennt ja ihren Nachnamen durch die Unterlagen, die sie durchsucht haben, als sie das Massaker im Obdachlosenheim entdeckt haben. Die Frau an der Information sieht im Computer nach und erklärt Ponce, dass Alina noch am selben Tag wieder gegangen ist. Sie haben alle Untersuchungen gemacht, ihr Medikamente verschrieben und ihr eigentlich geraten, im Krankenhaus zu bleiben, doch sie hat sich selbst entlassen.

Ponce fragt nach, ob sie Alina auf eine Schwangerschaft untersucht haben. Er weiß, dass die Frau ihm solche Informationen nicht geben darf, doch sie weiß wer er ist und sagt ihm ohne zu zögern, dass alles untersucht wurde. Alina wurde immer wieder vergewaltigt, sie hatte einige Verletzungen dadurch, doch sie war nicht schwanger.

Ponce verlässt das Krankenhaus wieder und startet den Motor. Er kennt Alina kaum, doch er ahnt, wo er sie vielleicht finden kann, auch wenn ihm sein Verstand etwas anderes sagt. Nur ein paar Minuten später hält er vor dem Grundstück, auf dem Benjamin sie gefangengehalten hat. Es sieht genauso aus wie damals. Einige Tiere laufen herum, man sieht, dass hier niemand lebt, der Geld hat, trotzdem sieht alles ordentlich und liebevoll aus, das Einzige, was nicht ins Bild passt, ist ein großer Haufen Holz, aus dem ein hohes Feuer aufsteigt.

Ponce lehnt sich in sein weiches Leder und beobachtet, wie Alina aus dem Haus kommt. Sie trägt einen knielangen schwarzen, einfachen Strandrock und ein schwarzes Spaghetti-Shirt.

Ponce schüttelt leicht den Kopf. Wie kann sie hierher zurückkehren, an den Ort, wo Benjamin sie gefangengehalten hat? Er sieht in ihr hübsches Gesicht, sie ist bildschön, ohne Frage, eine typisch puertoricanische Schönheit. Ihre braunen Mandelaugen sehen entschlossen zum Feuer, es erinnert Ponce daran, wie wütend sie ihn bei ihrem ersten Aufeinandertreffen angegangen ist. Sie hat noch immer diese Kraft und die Stärke und fast wirkt es so, als hätte sie all das gut überstanden, doch Ponce weiß, dass das nicht sein kann.

Niemand würde das einfach so überstehen und keine Schäden davontragen. Wenn er an Alena denkt, weiß er, dass Alina vielleicht einfach nur besser dabei ist, zu verdrängen. Sie wendet sich zu einem kleinen Anhänger, der an einem alten Schrotthaufen von Auto angebracht ist und holt einiges daraus, Holzbarren und Kissen und wirft alles ins Feuer, dabei rutscht ihr Top hoch und Ponce sieht ihren flachen Bauch, sie ist sehr schmal gebaut, zart, man würde niemals vermuten, dass so viel Kraft in ihr steckt.

Ponce könnte jetzt einfach weiterfahren, immerhin hat er nun gesehen, dass es ihr gut geht, doch er weiß, dass Belinda ihn dann köpfen wird und außerdem muss er zugeben, dass er neugierig ist, deswegen steigt er aus und erst, als er die Tür zu seinem Auto schließt, bemerkt Alina ihn. Sie sieht zu ihm, dann wendet sie sich wieder ab und blickt ins Feuer.

Ponce fragt nicht nach, er betritt das Grundstück und erinnert sich, dass Benjamin hier Bewegungsmelder angebracht hatte, die ihn gewarnt haben. Nun ist von alldem nichts mehr zu sehen. Alina scheint hier aufzuräumen.

Er stellt sich hinter die zarte Frau, die weiter unbeirrt ins Feuer sieht. Ihre langen Wellen werden von dem wenigen Wind heute etwas zur Seite geschoben und als sie ihr Gesicht zur Seite wendet, kann Ponce ihre feinen Gesichtszüge genau erkennen.

»Was willst du hier?« Ponce sieht auch in das Feuer, wie hält sie diesen Qualm nur aus? »Nachsehen, wie es dir geht. Ich dachte, du wärst noch im Krankenhaus.« Alina dreht sich um, geht an ihm vorbei zum Anhänger und holt neue Sachen, als sie diese aber an ihm vorbeitragen will, stoppt Ponce sie. Er hält ihre Hände fest und Alina lässt alles fallen.

Alinas Hände sind blutig, die muss sie sich durch das Holz aufgekratzt haben. Ponce hat sofort gespürt, wie sie bei seiner Berührung zusammengezuckt ist, doch er hält ihre Hände weiter fest und sieht ihr in die Augen. »Was machst du hier?« Alina deutet zum Feuer. »Aufräumen und von vorne anfangen. Mein Vater hat das immer gesagt.« Sie zieht ihre Hände aus seinen und hebt die Sachen wieder auf. »Es tut mir leid, was mit deinem Vater passiert ist, auch was mit dir passiert ist, Alina, und ich denke, dass du Hilfe brauchst. Das ist zu viel, um alleine damit fertigzuwerden und ...«

Alina wirft alles ins Feuer und noch mehr Rauch bildet sich. »Das tut dir nicht leid, Ponce, oder? So heißt du doch? Wir kennen uns nicht und Menschen wie mein Vater und ich sind für euch doch nur ... lächerliche Bauern.« Sie will wieder an ihm vorbei, doch erneut hindert er sie daran und langsam wird er sauer.

»Wenn es so wäre, wäre ich nicht hier. Wie kommst du da überhaupt drauf? Was tust du hier, Alina? Wieso bist du zurückgekommen?« Er hält ihren Arm fest, doch sie entzieht ihn wieder. »Weil das hier alles ist, was ich kenne und habe und ich mir das nicht kaputtmachen lasse. Ich baue alles wieder auf. Wie ich darauf komme? Bis heute hat sich noch nicht einmal einer um die Leichen im Obdachlosenheim gekümmert. Die Polizei war kurz da und ist nicht einmal rein. Es sind mittlerweile Tiere da drinnen und niemanden interessiert das. Weil die Leute, die da drinnen gestorben sind, in deren Augen keine Menschen waren.«

Ponce atmet tief aus. »Das wusste ich nicht. Ich werde veranlassen, dass sich darum gekümmert wird und wir suchen dir etwas Neues, wo du neu anfangen kannst.« Alinas große Mandelaugen bohren sich nun in seine. »Nein, ich brauche deine Hilfe nicht. Ich reinige hier alles und dann im Obdachlosenheim, bevor ich es neu eröffne.«

Die Frau hat völlig ihren Verstand verloren. »Alina, das geht nicht. Du solltest das nicht einmal mehr betreten. Verbrenne das alles, so finden die Leute alle ihre letzte Ruhe und der ganze Horror ist schnell beseitigt. Du kannst nicht hierbleiben, es wird dich immer alles an ... du weißt ja noch gar nicht, dass er tot ist. Hast du gar keine Angst?«

Nun sieht er etwas in ihren Augen aufblitzen. »Ich werde das Obdachlosenheim niemals abbrennen und aufgeben! Er ist tot?« Elian holt sein Handy heraus, er hat davon Bilder gemacht und zeigt sie Alina, die ungerührt darauf sieht. »Umso besser, dann kann ich vielleicht wieder besser schlafen. Noch ein Grund mehr, hier alles aufzuräumen und von vorne zu beginnen.«

Ponce schüttelt den Kopf. »Das wird nicht reichen, du solltest neu anfangen und ...« Alina geht an ihm vorbei, er kann nicht sehen, wie es im Haus aussieht, doch er ahnt, dass da nicht mehr viel ist, wenn sie klug ist, sollte sie auch das hier alles einfach abfackeln und vergessen. Sie holt die letzten zwei Holzbarren und wirft sie ins Feuer, wenigstens hat sie nichts mehr, was das Feuer noch weiter anheizen kann.

Alina wendet sich zu ihm um und sieht ihn kalt an. »Du solltest mir nicht sagen, was ich am besten tun sollte, du kennst mich nicht!«

Ponce sieht auf die sture Schönheit vor sich, er weiß, dass sie tief in ihrem Innern schwer verletzt ist, doch wer weiß, was für eine harte Schale sie sich zulegen musste, die all das jetzt gut verbirgt. Er schüttelt den Kopf, gibt ihr eine der Karten, auf der seine Telefonnummer steht und sieht ihr noch einmal in die Augen. Zumindest nimmt sie die Karte an.

»Wenn du etwas brauchst, ruf an. Ich würde dir gerne helfen, aber ich kann dich nicht zwingen.« Sie dreht sich wieder um und sieht ins Feuer, Ponce schüttelt den Kopf und geht zu seinem Auto zurück. Sie dreht sich nicht zu ihm, als er wegfährt. Erst fährt er in Richtung Cuidad, doch dann überlegt er es sich doch noch einmal anders und fährt zu dem Obdachlosenheim, in dem er Alina das erste Mal gesehen hat.

Schon von Weitem schlägt ihm dieser unglaubliche Gestank entgegen. Er geht auf das Grundstück und sieht die Ratten aus dem Gebäude rennen. Dann nimmt er eine herumfliegende Zeitung, zündet sie an und beginnt, das Haus in Brand zu setzen. Als alles in Flammen aufsteigt, bekreuzigt er sich, spricht ein Gebet und ruft die Feuerwehr, damit sie den Brand im Auge behält. Er sieht in die Flammen, vor seinem inneren Auge erscheinen noch einmal die Umrisse dieser zarten Schönheit, wie sie in die Flammen sieht. Ponce bekreuzigt sich noch einmal und geht zurück zu seinem Auto. Wenigstens das konnte er für sie tun.

Kapitel 7

Elian würde am liebsten die Tür zu seinem Haus zuschlagen, doch er weiß, dass er nicht allein ist und beherrscht sich. Es riecht sehr lecker hier, heute war die Haushaltshilfe da, die auch immer alle zwei Tage für sie kocht. Alena hat ihm geschrieben, dass sie sich oben ganz ruhig verhalten haben und da die Frau nur unten saubergemacht und gekocht hat, hat sie nichts bemerkt.

Elian hat die Nacht sehr schlecht geschlafen, immer wieder hat er darüber nachgedacht, zu Alena zu gehen unter irgendeinem dummen Vorwand und spätestens jetzt weiß er, dass er versuchen sollte, so viel Abstand wie es nur geht zu ihr zu halten. Momentan ist es natürlich schwer, doch wenn sich alles wieder normalisiert hat, wird er sie ohnehin nicht wieder sehen.

Er ist früh aufgestanden, hat geduscht und ist einfach gegangen. Er hat bei Vidal gefrühstückt, der ihn zwar etwas verwundert angesehen, doch nichts dazu gesagt hat. Auch seine Laune ist nicht die beste. Sie tappen noch völlig im Dunklen, ihr Vater hat eine Liste mit Namen von Männern erstellt, die ihm verdächtig vorkommen. Sie haben sie den Tag heute über beobachtet und verfolgt. Es ist nichts dabei herausgekommen und das frustriert Elian.

Auch bei den Sombras geht es nur schleppend voran, er hat gerade noch mit Alejandro telefoniert. Vielleicht sind die Verräter auch in einer kleinen Schockstarre und brauchen ein paar Tage, um zu begreifen, dass sie handeln müssen, sie dürfen nicht nachlässig werden und müssen weiter alles beobachten. Elian ist ungeduldig, er kann es nicht erwarten, endlich zu erfahren, wer sie hintergeht.

Es ist wieder ganz ruhig im Haus, man sieht nur ganz leichten Kerzenschein im oberen Stockwerk, es ist schon spät, wahrscheinlich schlafen die Frauen bereits, außer diejenige, die auf die Überwachungsgeräte aufpasst. Sie haben sich das eingeteilt, Alena hat ihn auch heute wieder den ganzen Tag darüber informiert, dass es nichts Neues gibt. Es gab einen Streit zwischen zwei Männern, doch als Elian hingefahren ist, hat er erfahren, dass es nur um eine Frau ging.

Er mag es, den ganzen Tag über Kontakt zu Alena zu haben, doch es wird sich nur noch um Tage handeln und all das ist vorbei. Das muss er sich begreiflich machen, was auch immer da anfängt, sich in seinem Herzen aufzubauen, er sollte es nicht zulassen, genau jetzt, wo alle auf Vidal und Belinda schauen, beginnt er sich in Alena zu verlieben, vielleicht hat er das schon längst, vielleicht bildet er es sich auch nur ein, weil sie beide dieser Tag verbindet, als er sie von Benjamin befreit hat, er weiß es nicht und er sollte auch nicht versuchen, es herauszufinden.

Elian geht in die Küche und stockt, die Terrassentür steht offen und an seinem Pool sitzt Alena auf einer Liege und sieht auf den von vielen kleinen Lampen beleuchten Pool. Alles ist dunkel, nur das Licht am Pool lässt sie erkennen. Sie sieht ihm entgegen. Elian flucht leise, er sollte nicken und einfach nach oben gehen, doch fast wie von selbst tragen ihn seine Füße zum Kühlschrank, er holt zwei kalte Dosen Limonade heraus und geht hinaus zu ihr in den Garten.

»Hi, du siehst müde aus.« Alena sieht ihm entgegen. Elian kann nicht anders, als er sie ansieht, muss er lächeln. Sie hat ihre Locken hochgebunden, hat eine kurze Shorts und ein weites Shirt an, sie trägt keinerlei Make-up und doch ist sie für Elian die schönste Frau, die er jemals gesehen hat. Er liebt ihre goldene Haut, diese wunderschönen grünen Augen, ihre kleine Stupsnase und die herz-förmigen Lippen.

»Ich bin nicht müde, ich bin ungeduldig und will endlich Fort-schritte machen, das ist alles.« Er setzt sich genau neben Alena auf die Liege und gibt ihr die Dose. »Ihr habt Benjamin gestoppt und das hat schon sehr lange gedauert, weil er einfach alles durchdacht hat. Auch alles andere, diese ganzen Strukturen, die sich da hinter euren Rücken gebildet haben, all das wird gut durchgeplant sein. Ihr habt den Vorteil, dass ihr von ihnen wisst und sie das nicht ahnen, doch ihr dürft diese Leute trotzdem nicht unterschätzen.«

90

Elian nimmt einen Schluck. »Da hast du recht. Hast du eine Idee, wer aus eurer Familie dahinterstecken könnte?« Alena schüttelt den Kopf. »Ich habe mich immer mit allen gut verstanden … ich dachte immer, sie alle mögen mich. Wie kann die Person mich kennen und zulassen, dass Benjamin mir all das antut? Er oder sie müssen gewusst haben, wo ich bin und was mit mir passiert, als ihr alle nach mir gesucht habt ...«

Da hat sie recht, sie werden die Personen finden und sie werden für all das zur Rechenschaft gezogen werden. »Ich bin einfach nicht der geduldigste Mensch, ich möchte nicht, dass sie sich hier frei bewegen und wir nicht ahnen, was sie als nächstes planen.« Alena lächelt und sieht zum Pool. »Ich finde, du bist ein sehr geduldiger Mensch, wenn ich daran denke, wie ich dich immer gezwungen habe, bei mir zu bleiben und du bei mir geblieben bist, obwohl du selbst Ruhe brauchtest.«

Elian lacht leise und sieht auf ihre schlanken Beine, die durch die kurze Shorts freiliegen, sie hat zugenommen und so langsam sieht man, dass alles heilt. »Du musstest mich nicht zwingen, ich war gerne bei dir. Dein Bruder und deine Cousins habe ich nicht gerne um mich herum gehabt, doch ich habe es trotzdem gerne getan.«

Alena sieht ihm in die Augen. »Du siehst aber sehr erholt aus, wie geht es deiner Wunde?« Elian hört selbst, dass seine Stimme leiser wird, sie sind sich sehr nah und die Gefühle, die Alena in ihm weckt, sind so stark, dass er jede andere Frau schon längst geküsst hätte, doch das hier neben ihm ist nicht jede andere Frau, es ist Alena. Er sieht, wie sie zusammenzuckt, wenn andere sie berühren, er weiß, welche Hölle sie überlebt hat. Seine Nähe und seine Berührungen stören sie nicht, sie zuckt niemals zurück, doch er sollte es trotzdem nicht übertreiben, generell sollte er wieder mehr auf Abstand gehen.

»Ich habe gerade einen neuen Verband raufgetan, sie blutet immer mal wieder. Wenn das alles vorbei ist, sollte wirklich noch einmal ein Arzt drauf gucken.« Alena greift sich automatisch an die Stelle. »Kann ich mal sehen?« Sie zögert eine Sekunde, dann steht sie auf und stellt sich vor ihn. Dadurch, dass sie sich so nah waren, steht sie nun zwischen seinen Beinen. Sie hebt ihr Shirt hoch bis zum Bauchnabel und Elian kann sich gut vorstellen, dass es nicht leicht für sie ist, ihren Körper so zu zeigen. Elian greift nach dem großen Pflaster und zieht es vorsichtig an der Seite auf, dabei berührt er ihre weiche Haut und muss ein klein wenig ihre Shorts herunterziehen. Sie hat recht, es ist noch nicht komplett verheilt, zwischen den Nahtstellen sind immer noch kleine offene Stellen.

»Wie kannst du dir all das ansehen und … als gäbe es all meine Wunden und Narben nicht oder sie stören dich nicht …« Elian sieht hoch in ihre Augen. »Sie sind unwichtig, Alena, sie stören mich überhaupt nicht. Es ändert nichts an dir, gar nichts! Ich bringe dir morgen ein Puder mit, was ich auch schon mal benutzt habe. Das lässt Wunden besser verheilen.«

Er schließt das Pflaster wieder, sie lässt das Shirt nach unten gleiten und setzt sich erneut neben ihn. »Wieso siehst du dich immer um?« Er hat bemerkt, dass Alena das tut, oft tut, unbewusst tut. Egal wo sie ist, sie sieht sich immer wieder um. Alena schüttelt leicht den Kopf. »Das habe ich mir so angewöhnt, mein Psychologe meinte, er wisse nicht, ob das jemals wieder weggeht. Ich muss mich immer wieder vergewissern, dass auch niemand in meiner Nähe ist, der mir schaden kann, der plötzlich auftaucht …

Benjamin hat gerne ein Spiel gespielt, er hat das ganze Licht ausgemacht und ist an mir vorbeigelaufen, immer wieder. Er hatte Stromkabel oder ein Feuerzeug, ein Messer, irgendetwas, und dann habe ich immer wieder von irgendeiner Seite Schmerzen abbekommen. Es war stockdunkel und ich habe mich die ganze Zeit umgesehen, doch ich konnte nicht erkennen, von wo das nächste Mal die Schmerzen kommen würden … ich schätze, das alles kommt daher.«

Elian nickt, auch wenn es ihm schwerfällt, das alles zu hören, ist es gut, dass Alena sich ihm anvertraut und ihm davon erzählt, was ihr alles passiert ist. »Auch das wird vorbeigehen. All das wird bald enden und du wirst irgendwann gelernt haben, dem Leben und den Menschen wieder zu vertrauen.« Sie lächelt und sieht ihm in die Augen. »Ich vertraue dir!« Elian nickt. »Ich weiß.« Wieder sehen sich die schönen grünen Augen um und dann wieder in seine.

»Wenn ich jetzt mal ganz ehrlich bin und auch, wenn ihr alle das nicht hören wollt und nicht so seht … Ich wünschte, ihr würdet sie nicht so schnell finden!« Elian sieht sie verwundert an und Alena senkt den Blick.

»Wieso nicht? Sie tragen auch Schuld an allem, was passiert ist, auch was mit dir passiert ist.« Alena nickt und sieht ihm noch immer nicht in die Augen. »Es ist einfach, die Zeit in Österreich hat mir gutgetan, wirklich, doch die ganze Zeit hatte ich dieses flaue Gefühl im Magen … es ist schwer zu beschreiben und hier bei dir ist es völlig weg. Seit ich hier in deinem Haus bin, fühle ich mich sehr wohl. Ich habe eine innere Ruhe, die ich sonst einfach nicht mehr in mir spüre, seit die Sache mit Benjamin passiert ist. Ich weiß, dass ich das nicht sollte und es nicht gut ist und Milliarden Gründe dagegen sprechen und alles … all das weiß ich, aber ich fühle mich hier wohl und würde gerne noch etwas hier bleiben … bei dir.«

Alena hat den Blick gesenkt, doch ist ihm noch zugewendet. Verdammt! Dass er so empfindet und all das nicht gut ist, ist eine Sache, doch von ihr zu hören, dass sie hier bei ihm bleiben möchte … Elian kann nicht anders, seine Hand geht vorsichtig an Alenas Wange.

Er streicht mit dem Daumen über ihre weiche Haut und sorgt so dafür, dass sie ihm wieder in die Augen sieht und dann beugt er sich zu ihr und küsst sie. Er vereint ihre Lippen, obwohl er genau weiß, dass er das nicht sollte, dass sie noch gar nicht in der Lage ist, diese Nähe zuzulassen, doch er kann nicht anders.

Als ihre Lippen sich berühren und Alena die Augen schließt, würde er sie am liebsten richtig küssen, doch er weiß, wie behutsam er sein muss. Seine Lippen streichen ihre zart, er gibt viele leichte

Küsse auf ihre untere Lippe und spürt wieder, wie verrückt ihn diese Nähe zu Alena macht, er könnte süchtig danach werden.

Alena hat die Augen geschlossen, sie wartet ab, ihre Lippen zittern leicht, doch als sich Elian ein klein wenig entfernt, öffnet sie ihre Augen einen kleinen winzigen Augenblick und dann küsst sie ihn. Noch nie hat sich etwas für Elian so angefühlt. Ihre weichen Lippen berühren seine und Elian erwidert den Kuss, er traut sich nicht, ihn zu vertiefen, doch allein das, was sie in diesem Moment haben, lässt sein Herz rasen, ja, er ist dabei, sich voll und ganz in Alena zu verlieben.

Diese vielen kleinen Küsse, die sie ausgetauscht haben, waren nur ganz kurz und Elian ist noch lange nicht fertig, da hören sie Schritte von oben. Alena beendet den Kuss und sieht Elian in die Augen. In ihrem Blick liegt ein wenig Erstaunen, vielleicht darüber, dass sie diese Nähe zulassen kann, Sehnsucht, wie sie auch Elian verspürt, Alena gleich wieder zu küssen und auch Verwirrtheit, weil sie beide wissen, dass sie das nicht tun sollten.

»Elian?« Emilia kommt die Treppen herunter. »Ich dachte doch, ich hätte dich gehört … ich glaube, ich habe etwas!«

Elian kann eigentlich schnell umschalten, doch es fällt ihm sehr schwer, sich wieder zu konzentrieren, als Alena und er sofort aufstehen und Emilia nach oben folgen. »Da ist einer in einem Auto, er hat plötzlich angefangen zu fluchen und dann hat es sich so angehört, als würde er die ganze Zeit gegen das Lenkrad hauen. Er versucht, jemanden zu erreichen und hat irgendetwas mit Scheiß-Vereinbarungen und Feigling gesagt, da dachte ich, ich hole dich mal lieber.« Sie deutet auf einen Empfänger, aus dem etwas lauterer Atem zu hören ist. »Geh ran, du verdammter …«

Elian erkennt die Stimme sofort. »Das ist Nacho.« Ihnen allen ist klar, dass wenn jemand sie hintergeht, sicherlich auch Nacho mit drinhängt. Allerdings ist er ein Niemand in der Familia, niemand traut ihm, doch sie haben trotzdem eine Wanze bei ihm im Wagen befestigt, weil sie wussten, dass er sicherlich mit drinsteckt.

Alena steht genau neben Elian. »Ich glaube nicht, dass er etwas damit zu tun hat. Auch wenn er mit den anderen Streit hat, wir haben uns immer gut verstanden. Ich glaube nicht, dass er zugelassen hätte, dass Benjamin mir das antut.« Elian will gerade antworten, da scheint die Person, die Nacho erreichen wollte, das Gespräch anzunehmen. Leider haben sie es nicht geschafft, an den Handys Wanzen anzubringen, doch Elian stellt auf ganz laut, vielleicht hören sie, was der andere sagt.

»Na endlich, das wurde aber auch Zeit. Wir müssen uns treffen, so schnell wie möglich!«

Elians Herz beginnt zu rasen. Dieser … sie hören den anderen leider nicht, doch Nacho ist sehr wütend.

»Ich weiß, dass das nicht abgemacht war und wir uns ruhig verhalten sollten, aber falls du es nicht merkst, läuft alles aus dem Ruder! Wir müssen neu planen, oder wir setzen uns jetzt sofort ab und greifen dann richtig an. Benjamin ist nicht mehr da und er hatte den nächsten Part geplant, gerade läuft alles schief, was sagen denn die anderen dazu?«

Elian flucht. »Dieser verdammte Bastard.« Sie haben einen. Er ruft Vidal an. Sie müssen sofort zuschnappen. »In zwei Minuten an den Autos!« Mehr sagt er nicht zu seinem Bruder, um alles mitzubekommen. Mit Hilfe eines Gerätes sieht man, dass sich Nacho in der Nähe des Hafens aufhält. Sie können die Wanzen orten.

Der andere Mann scheint ihn ein wenig zu beruhigen. Also ist Nacho ganz offensichtlich nicht die treibende Kraft in der Gruppe. »Okay, ich verhalte mich ruhig, aber lasst euch etwas einfallen und es muss in den nächsten zwei Tagen passieren!« Das Gespräch wird beendet und man hört, dass Nacho das Auto verlässt. Elian ist schon halb weg, doch er erkennt die Enttäuschung in Alenas Augen über den Verrat von Nacho und hält ein. Elian sieht ihr in die Augen. »Ich werde ihn dafür zur Verantwortung ziehen.«

Er wartet keine Antwort ab, sie dürfen keine Zeit verlieren. Elian rennt zu seinem Wagen, in dem schon Vidal sitzt und ihn fragend ansieht. »Ich wollte gerade nach Hause gehen. Was ist los?« Elian gibt Gas.

»Ruf Alejandro an, wir haben einen!«

Zehn Minuten später halten sie neben Nachos Auto. Elian kennt die Adresse, wo er sein Auto abgestellt hat, es ist ein stadtbekanntes Bordell. Ohne noch länger zu warten, gehen sie hinein. Ein Gemisch aus Schweiß, Rauch und Sex kommt ihnen entgegen und die Frauen sind ganz angetan, dass Elian und Vidal durch die Räume gehen. Sie erhoffen sich ein gutes Geschäft, erst als die Tür erneut aufgeht und Alejandro, Ponce und Roman eintreten, ahnen sie, dass das hier kein guter Abend wird.

Elian tritt alle Türen auf und findet hinter jeder eine andere Art von Perversion. Erst bei der fünften sieht er auf Nachos Hintern und erkennt zwei Frauen, die ihn bedienen müssen. Er dreht sich um. »Was ...?« Elian schlägt ihn so hart zur Seite, dass er für einen kurzen Augenblick das Bewusstsein verliert. Die Frauen schreien. Elian weist sie an, Nacho seine Shorts wieder überzuziehen, dann nehmen Vidal und Roman den Mistkerl in ihre Mitte und schleifen ihn nach draußen und zu dem Lager, in dem sich Vidal einige Tage versteckt gehalten hat und das nur einige Straßen entfernt liegt.

Vidal und Roman lassen Nacho auf einen Stuhl fallen, während Alejandro eine Schüssel mit kaltem Wasser holt, die er ihm über den Kopf schüttet, sodass Nacho wieder wach wird und sie alle verwundert ansieht. »Sieh an, jetzt haben sich die Anführer zusammengetan. Zu welcher Familia gehöre ich nun wohl noch?« Er lacht sie an und dabei erkennt Elian, dass er ihm einen Zahn ausgeschlagen hat.

Alejandro gibt ihm den nächsten Schlag und Nacho blutet an der Lippe. »Du hast das Wort Familia noch nie begriffen, niemanden wundert es, dass du ein stinkender Verräter bist, doch wir wollen wissen, wer zu dir gehört. Wer hat sich dir angeschlossen oder hat ein anderer den ganzen Scheiß angefangen? Wie lange läuft das schon?«

Nacho lacht und wischt sich das Blut weg. »Das trifft euch, oder? Das trifft euch so richtig, eure heilige Familia, alles für den Arsch. Wisst ihr, was das Witzige ist? Nicht ich oder Benjamin sind eure größten Feinde, wir sind nur kleine Figur in diesem ganzen Spiel. Die, die euch richtig treffen, die, die hinter alldem stecken, es wird euch das Herz in der Brust zerfetzen, wenn ihr eines Tages in deren Gesichter seht, allein dafür ist all das hier wert.

Sie haben den Sturz der Familias schon lange geplant, ich kam fast als letzter hinzu und Benjamin haben wir durch Zufall gesehen, den verrückten Mistkerl, der immer um die Cuidad herumgeschlichen ist. Aber glaubt mir, sie hätten euch auch so das Messer ins Herz gerammt.« Vidal kann sich nicht mehr zurückhalten, er greift Nacho an und niemand greift ein. Als er ihn wieder auf den Stuhl setzt, kann er seine Augen kaum noch öffnen, doch noch immer lacht er.

»Rede endlich, Nacho, und wir verschonen dich!« Roman sieht angewidert zu ihm. »Nein, das werdet ihr nicht, das wissen wir alle und ich kann damit leben, ich kann mit alldem leben, glaubt mir. Sie sind noch nicht fertig mit euch und wenn sie fertig sind, liegt ihr am Boden, das ist all das wert!« Ponce hat in der Zeit Nachos Klamotten, die sie mit aus dem Bordell genommen haben, durchwühlt. »Nichts, alle Nummern sind mit Sternen und einem Code versehen, man kann nichts entziffern.«

Nacho lacht. »Und auch die Anrufe könnt ihr nicht zurückverfolgen, wir haben Handys, die sind gegen all das immun, wir haben doch von den Besten gelernt. Und falls ihr denkt, ihr müsst jetzt nur nachsehen, welcher eurer Männer dieses Handy hat, sie alle sehen anders aus und man erkennt es nicht so leicht, wir haben zwei oder mehrere. Diese Geschichte wird noch nicht enden.«

Elian hockt sich hin, um Nacho in die Augen zu sehen. »Weißt du, du bist ein Mistkerl, das werden deine Eltern bei deiner Geburt schon gewusst haben, aber gerade als ich das erfahren habe, war Alena bei mir. Sie wollte das nicht glauben, sie hat gesagt, dass du sie schon so lange kennst, dass du sie magst und du nicht zugelassen hättest, was Benjamin ihr antut. Niemals! Du kannst dir nicht vorstellen, wie enttäuscht sie ist.«

Das erste Mal flackert etwas in Nachos Augen auf, etwas wie Reue. »Alena ... die hübsche Alena, es müssen Opfer gebracht werden.« Roman ist sofort neben ihm und hält ihm seine Waffe an die Schläfe. »Opfer? Du verdammter ...« Plötzlich geht es ganz schnell, Roman will zuschlagen, sie werden ihn quälen, Stück für Stück auseinandernehmen, bis er redet, und Nacho weiß das, er weiß es, weil er es kennt. Er ist zu schnell, er greift nach Romans Hand und drückt mit seinem Finger ab. Der Schuss ist laut und das Blut verbreitet sich vor ihren Füßen.

Er hat sich selbst gerichtet, bevor sie es konnten. »Dieser Feigling!« Alejandro spuckt auf den Boden und Vidal seufzt laut aus. »Er hätte eh nicht geredet. Ich versuche, sein Handy trotzdem auswerten zu lassen. Wir müssen hier weg, bevor uns jemand dabei beobachtet. Ich fahre mit Elian sein Auto ins Meer, wir sagen unseren Männern, dass wir Nacho nach Österreich geschickt haben, um einigen Sachen nachzugehen, damit wir noch ein paar Tage Zeit haben, bevor sie merken, dass er verschwunden ist, doch wir müssen uns beeilen, sie werden bald merken, dass wir ihnen auf der Spur sind.

Alejandro nickt. »Ja, aber sie werden auch Panik bekommen, wenn jetzt auch noch Nacho weg ist, haltet alle eure Ohren und Augen offen!«

Damit gehen die drei aus dem Lager und Vidal sieht Elian in die Augen. »Eine Ratte weniger!«

Kapitel 8

Es ist fast schon wieder Morgen, als Elian endlich nach Hause kommt, alles ist still. Alenas Mutter sitzt gerade vor den Empfängern und liest dabei eine Zeitung. Er erzählt ihr, dass Nacho sich selbst gerichtet hat und sie nichts aus ihm herausbekommen haben. Er bleibt noch kurz bei ihr sitzen, um sich selbst anzuhören, was gerade so los ist, aber sobald er sitzt, spürt er seine Müdigkeit und geht duschen. Als er aus seinem Bad kommt, trägt er bereits wieder eine neue Boxershorts und sieht überrascht auf Alena, die auf seinem Bett sitzt und ihm entgegensieht.

Er schließt die Tür zu seinem Schlafzimmer komplett und spricht leise. »Deine Mutter ist wach, wieso schläfst du nicht?« Sie deutet zur Uhr. »Ich bin seit einer Stunde wach, ich löse sie gleich ab. Sie hat nicht gemerkt, dass ich hier bin, zwischen unseren Zimmern gibt es eine Verbindungstür in den Kleiderschränken, solltest du das nicht wissen? Es ist dein Haus.«

Das hatte er ganz vergessen, einige Schlafzimmer haben Verbindungstüren, falls eines davon später mal zum Kinderzimmer umgebaut wird, seine Mutter hat immer an alles gedacht, als die Häuser gebaut wurden. Elian sieht, wie Alenas Blick verschämt über seinen Körper gleitet, doch dann sieht sie ihm fest in die Augen. »Was war mit ihm? Ist Nacho wirklich einer der Verräter?«

Alena hat seine Nachttischlampe angeschaltet und auch wenn das Licht nur sehr gedämmt ist, kann Elian das enttäuschte Gesicht von Alena sehen, er will sie nicht verletzten. Aber Elian wird immer ehrlich zu Alena sein. »Ja, er war ein Verräter, er hat sich selbst das Leben genommen, bevor wir mehr aus ihm herausbekommen konnten.«

Elian sieht ihr in die Augen, überlegt, was er ihr noch dazu sagen kann, er sieht, dass es sie verletzt und doch hebt sie ihre süße Nase nach oben und atmet tief ein. Sie versucht, stark zu wirken, doch Elian erkennt die Tränen. »Na schön, dann möge er in der Hölle schmoren.« Sie steht vom Bett auf und wendet sich ab, um in ihr Zimmer zu kommen, sie trägt eine rosa Schlafanzughose und ein weißes Top und hat ihre Haare offen, Elian kann einfach nicht genug von diesem Anblick bekommen. Wie kann sie nur denken, die Narben entstellen sie? Alena ist so viel mehr als alle Frauen, die er sonst kennt.

»Alena, warte ...« Er geht ihr die zwei Schritte nach und dreht sie zu sich um, als er ihre Tränen sieht, nimmt er sie in die Arme und spürt ihre warmen Tränen auf seiner Brust. »Ich sollte nicht wegen so etwas weinen. Das ist lächerlich, nur ... weißt du, Nacho hatte damit zu tun, und auch wenn ich nicht immer etwas dazu sage, höre ich doch immer zu. Es sind mehrere Männer darin verwickelt, auch engere Mitglieder meiner Familia, sie alle wussten, was Benjamin macht und haben es zugelassen ... das ist fast noch schlimmer als das, was Benjamin getan hat.«

Elian küsst ihren Scheitel. »Ich weiß, sie sind nicht die Menschen, für die du sie gehalten hast, aber sie haben alle getäuscht und sie werden dafür ihre Strafe abbekommen.« Alena sieht hoch und in seine Augen. »Aber das bringt doch nichts. Fühlst du dich wirklich besser, wenn ihr sie tötet? Ich meine, das ändert doch nichts an dem, was sie getan haben.« Er lächelt mild, sie ist so enttäuscht und wütend, es freut ihn, dass sie wieder fähig ist zu fühlen, egal wie. Die ersten Tage im Krankenhaus kam es ihm manchmal so vor, als wäre sie nur eine Hülle.

»Es ändert nichts an dem, was passiert ist, aber es sorgt zumindest ein klein wenig für Gerechtigkeit.« Alena sagt nichts mehr dazu und sieht auf die Uhr, die auf dem Nachttisch steht. »Du bist müde, geh schlafen ... ich ...« Elian zieht sie mit sich zum Bett. »Ruh dich auch noch ein paar Minuten aus, es ist nicht die erste Nacht, die wir zusammen in einem Bett schlafen.«

Endlich schleicht sich auch ein leichtes Lächeln auf ihre Wange. Elian legt sich hin, Alena legt sich zu ihm. Er weiß, dass er sie nicht überfordern darf, deswegen schließt er die Augen und lässt sie ihre eigene Zeit finden.

Eine kleinen Augenblick später spürt er ihre Wange an seiner Brust und legt den Arm um sie. Elian ist absolut entspannt und das nur, weil Alena bei ihm ist. Er spürt, wie er in einen tiefen Schlaf gleitet, aber auch wenn ihre Nähe noch so harmlos ist, weiß er doch, was sie alles bedeutet. Er zieht Alena noch ein wenig enger an sich, bevor er wirklich einschläft.

»Was ist, wenn das zwischen uns mehr ist? Wenn wir das nicht mehr stoppen können? Wenn es noch zu stoppen wäre, denke ich, wären wir beide jetzt nicht hier, oder Alejandro? Was ist, wenn das mein und dein Leben völlig durcheinander wirft?« April erinnert sich noch zu gut an die Worte und jetzt sitzt sie neben Alejandro im Auto, auf dem Weg zum Flughafen und kann ihn kaum ansehen.

Sie haben es einfach auf sich zukommen lassen, die Zeit, die sie hatten, zusammen genossen. Es war nicht leicht, Zeit zu finden, es ist viel los und April ist mittlerweile so in alles eingeweiht, dass sie es immer versteht, wenn Alejandro die ganze Zeit unterwegs ist, doch dann hat sie bei ihm geschlafen. Sie haben nachts oder abends oder am Morgen Zeit zusammen verbracht und wenn sie zusammen waren, hat Alejandro sie kaum aus dem Armen gelassen.

Es ist nicht mehr zu stoppen, das zwischen ihnen beiden ist viel mehr, als sie beide es geplant hatten, doch kann man so etwas planen? Besonders in den letzten Tagen war viel los und sie haben das Thema, dass Aprils Urlaub heute endet und sie zurück in den Laden muss, so gut es geht vermieden. April hat versucht, eine andere Lösung zu finden, noch etwas bleiben zu können und helfen, die Wanzen auszuwerten, doch es geht nicht.

Es ist niemand da, der ihren Laden übernimmt und wenn April jetzt nicht langsam wieder anfängt, sich um ihren Laden zu kümmern, kann sie ihn schließen. Und das will sie natürlich nicht, genauso wenig möchte sie aber gerade Belinda und Alejandro hier mit alldem alleine lassen.

April fühlt sich schlecht und als Alejandro gestern Nacht angerufen hat, hat sie schnell gespürt, dass etwas nicht stimmt.

Sie ist bei Belinda eingeschlafen und ist nur durch das Handy aufgewacht. Alejandro hat sie gebeten, zu ihm zu kommen. Sie hat sich nicht umgezogen, ist in Schlafshorts und Shirt zu ihm gegangen, als er gerade geduscht und auf sie gewartet hat. Da konnte sie spüren, dass alles anders ist, die Art, wie er sie angesehen hat, wie er sie fest in seine Arme geschlossen und geküsst hat, wie er ihr nur schnell gesagt hat, dass sie nun einen Verräter los sind und sie dann sofort wieder geküsst hat.

Es war anders, komplett anders als das, was sie die letzten Tage hatten. Sie haben sich oft geliebt, April hat es immer genossen. Alejandro ist sehr erfahren, er ist ein guter Liebhaber, manchmal haben sie sich sehr zärtlich, manchmal eher stürmisch und wild geliebt, doch es ist nie so gewesen wie gestern Nacht.

April kann es kaum beschreiben, es ist, als hätte Alejandro sie gestern endgültig zu der Seinen gemacht, sie richtig miteinander verbunden, es ist nicht in Worte zu fassen. Er hat sie inhaliert, noch niemals hat sie etwas so intensiv gespürt wie Alejandro gestern und das fast bis in den Morgen hinein. Er hat sie nicht aus den Armen gelassen, nicht aufgehört, sie zu küssen und sie haben beide nicht geschlafen.

Erst als Belinda angerufen und gesagt hat, sie wollen noch zusammen mit den anderen frühstücken und April verabschieden, sind sie aufgestanden, doch unter der Dusche hat er ihren Rücken entlanggeküsst und ihr gezeigt, wie man sich noch auf eine ganz andere Art und Weise lieben kann.

Es war neu für April, doch alles, was sie gestern mit Alejandro erlebt hat, hat sich anders angefühlt. Sie kann es einfach nicht zuordnen. Als sie dann zum Frühstück gegangen sind, hat Alejandro kaum einen Ton gesagt, er saß ruhig und mit fast versteinerter

Miene neben ihr. Erst als Belinda sich fertig machen und April zum Flughafen bringen wollte, hat er ihre beste Freundin und seine Schwester gebeten, dass er das machen kann.

Belinda freut sich für sie und hat natürlich Verständnis dafür, doch das war das Letzte, was Alejandro gesagt hat, seitdem sitzt er schweigend neben ihr und fährt bereits auf den Parkplatz des Flughafens ein. Die ganze Zeit hat April versucht, etwas zu sagen, doch das ungute Magengefühl, was sich in ihr aufgebaut hat, nimmt immer mehr zu, deswegen hat sie geschwiegen, doch das wird nun nicht mehr gehen.

Alejandro parkt, holt ihren Koffer aus dem Kofferraum und läuft in Richtung des Gates, wo sie einsteigen muss. April schafft es kaum, mit ihm Schritt zu halten und schüttelt leicht den Kopf. Was hat er bloß? Will er sie rennend ins Flugzeug tragen? Eigentlich hat Alejandro darauf bestanden, dass sie mit dem Flieger der Familia fliegt, doch April hat ihm erklärt, was für eine Umweltbelastung das wäre und sich einen normalen Flug gebucht.

Jetzt bereut sie das fast, sie muss an Bord und offenbar gibt es einiges, was sie hier noch mit Alejandro klären muss. April sieht ihn von der Seite an, während er ihren Koffer abgibt und sie die Bordkarten bekommt. »Kommen Sie bitte gleich, das Boarding ist in ein paar Minuten vorbei.« April nickt zu der Frau hinter dem Tresen. »Eine Minute nur!« Sie greift nach Alejandros Hand und zieht ihn ein wenig von alldem weg.

»Was ist los?« Er sieht ihr in die Augen und sagt nichts, April atmet einmal tief durch. »Okay, von mir aus. Wie ich es Belinda gesagt habe, ich versuche, eine Lösung zu finden und dann wieder herzukommen, um euch zu helfen, solange es ...« Plötzlich wird Alejandros Blick hart, abweisend, und er schüttelt leicht den Kopf.

»Ich liebe dich, April.« April öffnet den Mund, will etwas sagen, doch Tränen steigen in ihre Augen. Sie sind sich nahe gekommen in den letzten Tagen, doch auch wenn April genau dasselbe empfindet, hat diese Worte noch keiner von ihnen ausgesprochen, das war der Grund, warum er sich so verhält. Sie will auf ihn zu, setzt an, ihm zu sagen, dass sie sich auch in ihn verliebt hat, auch wenn sie das beide wahrscheinlich gar nicht wollten, doch so ist es, sie liebt ihn.

Aber Alejandro hebt die Hand und seine Härte in den Augen passt so gar nicht zu den Worten, die er gerade ausgesprochen hat. »Ich liebe dich, April, es ist das erste Mal, dass ich das einer Frau sage. Ich konnte es nicht verhindern, dass ich diese Gefühle für dich aufbaue, doch ich möchte keine feste Freundin haben. Es passt nicht in mein Leben und wenn du ehrlich bist, weißt du das auch. Du kennst mein Leben nun und weißt, dass du da keinen Platz hast. Du solltest dein Leben nicht aufgeben, den Laden nicht so vernachlässigen, kümmere dich um deine Sachen, hier braucht dich zur Zeit keiner, Belinda und die anderen kommen schon klar und ...«

Nun ist es April, die zurückweicht über Alejandros harte Worte. Es fühlt sich so an, als hätte Alejandro ihr gerade die schönsten Worte gesagt, die es gibt, nur um danach auszuholen und ihr so eine Ohrfeige zu verpassen, dass April das Gefühl hat zu taumeln, obwohl er sie nie berührt hat. »Wie kannst du so etwas ...« Die Frau steht plötzlich bei ihnen. »Sie müssen jetzt an Bord, kommen Sie bitte, oder haben Sie es sich anders überlegt?« Die Frau sieht April besorgt an, sie weiß nicht, wie sie aussieht, sie spürt ihre Tränen und den Schmerz, der sich in ihrem Körper ausbreitet wie ein Feuer. Ihr Herz rast und sie ist nicht einmal in der Lage, einen klaren Gedanken zu fassen.

»Nein, sie fliegt mit Ihnen. Ich muss los, pass auf dich auf.« Er will April auf die Stirn küssen, doch mit ihrer allerletzten Kraft schubst sie Alejandro von sich. Die Frau neben ihr sieht erschrocken auf, sie weiß garantiert, wer er ist. »Wie kannst du mir das sagen? Du sagst, du liebst mich, aber ich soll verschwinden?« Alejandro sieht ihr noch einmal in die Augen. »Ich liebe dich, April, aber ich kann nicht mit dir zusammen sein. Pass auf dich auf!«

Er dreht sich um und geht, ohne sich noch einmal umzudrehen, die Frau berührt April am Arm und bringt sie in den Flieger, wo sie auf ihrem Platz zusammenbricht und beginnt, Alejandros Worte erst richtig zu begreifen.

Ponce sieht auf den gedeckten Tisch. Er überlegt, noch etwas zu essen, so wie die letzten Tage waren, wird er wahrscheinlich so schnell nicht mehr dazu kommen. Während Alejandro April zum Flughafen bringt, teilen sie auf, wer heute was macht und übernimmt. Ponce sieht sich die Listen mit Männern an, die vor ihnen liegt und überlegt, wem er es noch am meisten zutrauen würde, dass sie die Familia hintergehen.

Sie müssen sich beeilen, Levi und Suerte haben gestern schon gefragt, ob irgendetwas nicht stimmt. Es fällt ihnen sehr schwer, das vor ihnen zu verheimlichen, doch sie müssen es noch machen und Ponce hofft nur, dass sie es verstehen werden, wenn es soweit ist und sie alles erfahren. »Ich würde die beiden übernehmen und mich zum Mittag dann um die ...« Santos hat sich offenbar schon entschieden, doch Roman kommt zurück auf die Terrasse des Hauses von seinem Vater und Belinda.

Er hatte einen Anruf bekommen und ist hineingegangen, jetzt sieht er sie zufrieden an. »Ich denke, wir können uns heute mal entspannt zurücklehnen, das war das Krankenhaus. Sie haben auf mein Drängen schneller reagiert. Die Dateien werden heute abgeschickt und morgen bekommen wir die Videobilder davon, wer sich in Alenas Zimmer geschlichen hat.«

Ponce sieht zufrieden in die Runde. Morgen kennen sie endlich die Namen der Verräter, sein Handy klingelt, eine unbekannte Nummer, er nimmt den Anruf an.

»Warum hast du das getan?« Ponce ist mit den Gedanken ganz woanders, doch er erkennt die weinende und erschöpfte Stimme der sonst so taffen Alina sofort und geht von der Terrasse herunter. »Wo bist du?«

Kapitel 9

Ponce hatte nicht vor, noch einmal herzukommen, doch als er die verzweifelte Stimme von Alina gehört hat, konnte er gar nicht anders.

Er fährt auf den Waldparkplatz und sieht schon das Schrottauto, das auch auf dem Grundstück von Alina gestanden hat. Ein beißender Geruch von verbranntem Holz, Müll und vielem anderen liegt in der Luft und zwischen den Bäumen hängt ein tiefer Rauch.

Ponce sieht auf das Grundstück, auf dem nur noch Schutt und Asche übrig ist und vor dem auf einem noch übrig gebliebenen Stein die dunkelhaarige Schönheit sitzt, die ihn beim ersten Aufeinandertreffen so angegangen ist und die nun zusammengesunken auf dem Stein sitzt und auf die Ruine vor sich starrt.

Sie hat ihre Beine an sich gezogen und ihr Kinn auf die Knie gelegt, ihre Haare werden vom Wind ein wenig zur Seite geweht, und als Ponce näher kommt, zuckt sie aufgeschreckt zusammen. Es ist normal, dass man sich erschreckt, doch Ponce spürt, dass es bei Alina mehr ist. Auch wenn sie es verdrängt, das was Benjamin ihr angetan hat, wird Alina noch tief in den Knochen stecken.

»Du weißt schon, dass es nicht gesund ist, Rauch einzuatmen.« Ponce räuspert sich, erst jetzt kann er ihr Gesicht richtig sehen, erkennt die Tränen, die ihr noch immer über die Wangen gleiten, die dunklen Augenringe, den Ruß auf ihren Wangen, aber trotz allem ist Alina immer noch wunderschön. Ponce sieht ihr in die Augen, sieht die Wut darin, und wendet sich dem zu, was vom Obdachlosenheim übrig ist, es fühlt sich falsch an, sie so zu sehen.

»Wieso hast du das getan?« Ihre Stimme zittert vor Wut. »Woher willst du wissen, dass ich es war?« Alina steht auf und baut sich vor ihm auf, sodass er gar nicht anders kann, als sie anzusehen. »Weil sich niemand sonst für all das ...«, sie zeigt auf das verbrannte Grundstück, »... für mich interessiert. Nur du bist aufgetaucht, hast mich ausgefragt und dann stand alles in Flammen. Es hat dich niemand um Hilfe gebeten, Gott bewahre, hätte ich das gemacht, hätte ich wahrscheinlich selbst gebrannt.« Alina schreit ihn wütend an, doch Ponce sieht ihr ruhig entgegen. Er versteht ihre Wut und auch ihre Enttäuschung, ihr wurde viel Schlimmes angetan, sie hat ihren Vater, die offenbar einzige Person, die sie noch hatte und auch dieses komische Heim, was sie geleitet haben, verloren.

»Es ist besser so, Alina, vielleicht siehst du das jetzt nicht so, aber wenn du irgendwann daran zurückdenkst, wirst du erkennen, dass es besser so ist. Das alles war völlig verseucht, voller Ratten, überall war das Blut von den Leuten, die du gemocht hast … von deinem Vater. Wenn du hier reingegangen wärst und hättest angefangen aufzuräumen, wärst du wahrscheinlich nur krank geworden. So ist alles weg, die Seelen haben Ruhe gefunden und diese ganze Geschichte gehört der Vergangenheit an.«

Er meint die Worte nicht böse, doch er sieht, wie sich Alinas Miene immer mehr verfinstert, mit jedem Wort, das er spricht. »Du hattest kein Recht dazu! Du kennst mich überhaupt nicht und kannst nicht für mich entscheiden, was ich tun soll und was nicht! Mein Vater hat damals, als ihr nach Benjamin gesucht habt, gesagt, dass ihr über alles die Macht habt, aber weißt du was …?« Alina ist wütend, sehr wütend und sie sticht mit ihren zarten Händen gegen seine Brust, dabei funkeln ihre Augen vor Wut, und würden nicht gleichzeitig ihre Tränen die Wange herunterkullern, würde Ponce das Ganze sogar niedlich finden, doch er sieht, dass Alina wirklich verletzt ist.

»Ihr habt keine Macht über mich! Du hast keine Macht über mich und kein Recht, über mich zu bestimmen. Du hattest kein Recht dazu! Du weißt nichts über mich und du weißt nicht, was mir das bedeutet hat. Menschen wie du sehen auf uns herab und bilden sich ein, mit uns spielen zu können wie mit Marionetten, dabei habt ihr keine Vorstellung davon, was in unserem Leben vor sich geht und …«

Ponce stoppt Alina, indem er ihre Hände mit seinen umfasst. Noch immer sieht man die Spuren der Fesseln. »Und Menschen wie du zeigen immer mit ihrem Finger auf uns. Wir sind diejenigen, die Psychopathen wie Benjamin aufhalten, die dafür sorgen, dass in Puerto Ricos Straßen nicht alle denken, sie können tun und lassen, was sie wollen. Zeigt nur immer schön mit dem Finger auf uns, aber wir sind es am Ende, die die Drecksarbeit erledigen und den Abzug drücken, also solltest du lieber nicht zu schnell urteilen.

Was ist es, Alina? Was ist so verdammt wichtig an einem heruntergekommen Haus, wo ihr Menschen bekocht, die irgendetwas falsch gemacht haben. Vergewaltiger und Mörder, die, die keinen Job mehr finden und keine Wahl haben. Menschen wie Benjamin. Einer dieser Leute hat dich doch gefangengehalten und du denkst immer noch, dass das hier etwas Gutes war?«

Nun wird er auch langsam wütend, er lässt ihre Hände los und Alinas Tränen stoppen, sie sieht ihn an und atmet tief ein. »Sie waren doch nicht alle so! Meine Mutter ist, als ich noch sehr klein war, krank geworden. Sie hat sich kaum mehr an etwas erinnert, war ständig verwirrt. Kein Arzt wusste, was sie hat, sie ist abgehauen und irgendwann wieder aufgetaucht. Das ging sehr lange so ...« Alina sieht ihm in die Augen und in diesem kleinen Augenblick verändert sich etwas an Ponces Gefühlen, er kann es nicht richtig zuordnen, doch irgendetwas ändert sich.

»Irgendwann ging sie und kam nicht zurück. Erst nach einem Monat stand plötzlich die Polizei bei uns. Meine Mutter wurde tot unter einer Brücke gefunden. Sie hatte sich verletzt, war zu verwirrt, um nach Hause zu finden und ist dort gestorben, einsam und verletzt. Sie hat keinen Fehler gemacht, keinen Alkohol getrunken, sie war einfach nur krank und niemand konnte etwas machen.

Mein Vater hat sich das nie verziehen, dass er nichts tun konnte, niemand ihr geholfen hat. Er hat seinen Job als Lehrer aufgegeben und von unserem Ersparten unser Haus und dieses Haus gekauft. Wir haben es zu einem Zufluchtsort für Obdachlose gemacht und ihnen geholfen. Es hat uns beiden viel bedeutet, ja, es waren Kriminelle dabei, aber nicht alle waren das. Nun habe ich nichts mehr, keine Familie, gestern wurde uns der Strom und das Wasser abgestellt, weil wir die Rechnung nicht mehr gezahlt haben, dann bin ich hergekommen und nun hast du auch noch das Heim abgebrannt, ich ...«

Ponce atmet tief ein. »Das alles tut mir leid, Alina, wirklich. Auch das mit deiner Mutter und ich verstehe jetzt, wieso euch dieses Heim so wichtig war, doch es war nicht mehr das, was dein Vater einmal aufgebaut hatte, nicht mehr, nachdem Benjamin alles darin zerstört und getötet hat. Das musst du doch verstehen.«

Nun weint Alina doch wieder, doch dieses Mal ist es nicht wütend, sie sieht sich verzweifelt um. Ponce will sich gar nicht vorstellen, wie es gerade in ihr aussehen muss. Sie hat wirklich nichts mehr und er weiß, dass er ihr helfen sollte. »Was hast du jetzt vor?« Alina wischt sich wütend die Tränen weg und geht an ihm vorbei zum Parkplatz. »Das sage ich dir garantiert nicht, nur damit du dann wieder alles abfackeln kannst.«

Ponce folgt ihr auf den Parkplatz. »Ich wollte dir damit helfen, damit du dich nicht mehr darum kümmern musst.« Alina wirbelt noch einmal an ihrer Autotür zu ihm um. »Oh bitte, hilf mir nie wieder, wenn dabei solche Katastrophen entstehen.« Ponce atmet tief aus, Alina rast vom Parkplatz. Er sollte sie gehen lassen, sie möchte seine Hilfe offensichtlich nicht und ja, vielleicht ist er auch nicht gerade der Feinfühligste und das, was sie jetzt braucht. Aber so wie es aussieht, ist er der Einzige, der momentan da ist, also flucht er leise und fährt ihr hinterher.

Belindas Herz schlägt viel zu schnell, es kommt so vieles zusammen, sie sollte nicht hier sein, es ist gefährlich und vielleicht ist es genau diese Mischung, die sie schneller atmen lässt. Sie zieht ihre dünne Strickjacke aus, die sie über ihr schwarzes kurzes Sommerkleid gezogen hat, weil es heute nicht ganz so warm wie sonst immer ist.

Heute Morgen beim Frühstück hat ihr Vater in den Himmel geschaut und gesagt, dass sich ein Unglück zusammenbraut. Belinda ist davon ausgegangen, dass er das Wetter meint, obwohl man das in der momentanen Situation nicht so genau sagen kann, er kann auch die schweren Zeiten meinen, die die Familie gerade durchlebt.

Heute aber gab es gute Neuigkeiten: Sie werden morgen erfahren, wer bei ihnen zu den Verrätern gehört und man hat die Erleichterung bei allen spüren können. Ponce ist weggefahren, Roman und Santos kümmern sich um ein wichtiges Geschäft, was sie wegen all der Vorkommnisse der letzten Zeit völlig vergessen haben, ihr Vater ist zu einem Treffen gefahren und Belinda hat sich mit Lilly abgewechselt, um die Empfänger abzuhören.

Es ist so schön, dass Lilly da ist. Belinda und sie verstehen sich immer besser, sie verbringen viel Zeit in Belindas Loft zusammen und mittlerweile erzählt ihr Lilly auch immer mehr über die starke Liebe, die Santos und sie verbindet. Sie waren einige Tage weg und seitdem sie wieder da sind, hat man das Gefühl, sie sind eins geworden. Selten hat Belinda zwei Menschen gesehen, die so aufeinander eingespielt sind. Ein Blick von Lilly genügt und Santos weiß, was sie möchte, es wirkt so natürlich, wenn Santos Lillys Hand nimmt oder sie küsst, wenn sie da an Vidal und sich denkt, an all die Hürden, die ihnen noch bevorstehen, an die vielen Missverständnisse, die es immer wieder zwischen ihnen gibt und gab, wird Belinda ganz anders im Magen.

Lilly sagt, das liegt daran, dass Santos und sie sich schon seit ihrer Kindheit lieben, es gibt keinen Menschen, den sie besser kennt als ihn und als Belinda ihr alles von Vidal und sich erzählt hat, war sich Lilly sicher, dass sie das auch schaffen werden.

Belinda hofft es, sie hofft es von ganzem Herzen, doch dieser tiefe Hass, der zwischen ihren Familien liegt, scheint unüberbrückbar.

Alle waren weg und Belinda musste niemandem erklären, wo sie hingeht, sie löst Lilly in knapp einer Stunde wieder ab, solange hat sie Zeit, doch sie weiß, dass ihre Familie ausrasten würde, wüsste sie, wo sie jetzt gerade ist.

Es ist nicht nur gefährlich, im Grunde ist es lebensmüde, Belinda fasst vorsichtig an die vielen Kisten, die hier neu gestapelt wurden. Es muss neue Ware gekommen sein, sie sieht die Initialen der Familia, die die größten Feinde ihrer Familia sind. Wenn jemand sie hier findet, kann sie dafür getötet werden, das ist ihr bewusst.

Belindas Herz schlägt noch schneller. Obwohl es mitten am Tag ist, ist es dunkel hier, nur einige Lichtstrahlen erreichen die Fenster. Die Tür ist mittlerweile fest verriegelt, doch sie ist durch ein geöffnetes Seitenfenster geklettert. Dabei musste sie ihre Ballerinas ausziehen und hat es gleich so gelassen. Sie läuft über den kühlen Boden und sieht auf die vielen Waffen und noch geschlossenen Kisten. So viel wie sie in den letzten Monaten gelernt hat, muss hier bestimmt eine halbe Million Dollar herumliegen und es wird nicht einmal bewacht, einfach deswegen, weil niemand so verrückt wäre und diese Familia beklauen oder sich hierher wagen würde.

Niemand außer ihr, die hier als größte Feindin am allerwenigsten zu suchen hat. Belinda geht die Treppe hinauf und genau als sie am Absatz oben angekommen ist, stockt sie. Das Schloss geht auf, jemand schließt die Tür auf, ihr Herz rast und im nächsten Augenblick sieht sie in dunkle Augen, die sie anblicken. »Was tust du hier?« Die Tür fällt wieder ins Schloss und Belinda kann sich nicht mehr bewegen. »Du darfst hier nicht sein, weißt du nicht, wie gefährlich das ist?« Die dunklen Augen bohren sich in ihre und Belindas Magen zieht sich sehnsüchtig zusammen.

»Du bist schon ein wenig lebensmüde, oder? Unsere Feindin mitten im Lager, vollgestellt mit Waren zu unserem größten Geschäft.« Schneller als sie überhaupt reagieren kann, ist er bei ihr, seine warmen Hände umfassen ihre Taille und das schönste Lächeln, das ihr Herz jedes Mal zum Schmelzen bringt, legt sich auf sein Gesicht. »Was hast du für ein Glück, dass dich der Anführer über alles liebt.«

Vidal küsst Belinda, die leise auflacht, als seine Hände sie fest an sich ziehen und er ihre Lippen vereint. Der Kuss ist sehr liebevoll, man spürt, wie schwer ihnen beiden all das fällt. Zwischen ihnen ist so viel passiert, sie haben sich getrennt, obwohl sie ja eigentlich nie hätten zusammen sein dürfen. Dann hat Benjamin sie entführt und gefangengehalten und Vidal hat fast sein Leben für Belinda verloren. Nun wissen alle über ihre Liebe Bescheid, sie alle dulden es zur Zeit, doch niemand wird es jemals akzeptieren, das weiß Belinda genau.

Trotz dieses Wahnsinns oder genau deswegen haben sie keine Zeit, sich zu genießen, Zeit, überhaupt zu begreifen, was da passiert ist und auszukosten, dass sie sich nicht verloren haben. Vidal beendet den Kuss und sieht Belinda in die Augen. »Du weißt, dass wir das zur Zeit nicht sollten, mein Herz. Wie hast du es überhaupt geschafft, deinem Vater und deinen Brüdern zu entwischen?«

Belinda umfasst seinen Nacken und sieht ihm in die Augen. »Die sind alle unterwegs. Morgen kommen die Videoaufnahmen und alle sind etwas entspannter.« Vidal nickt. »Ich weiß, Alejandro hat mich angerufen.« Belinda legt den Kopf schief. »Ihr versteht euch immer besser, vielleicht ist das Ganze doch nicht so hoffnungslos.« Vidal lächelt. »Ich habe gedacht, wir nehmen uns einfach eine Stunde, Vidal. Du fehlst mir und genau jetzt, wo alles drunter und drüber geht, fehlt mir der Halt, den du mir gibst. Ich werde immer unsicherer wegen dem zwischen uns, jeder spricht sich dagegen aus, nur Lilly, Camilla, April … einige Frauen verstehen das.

Ich habe heute früh mit Camilla gesprochen, wir haben zusammen am Telefon und am Laptop ein paar Dekoartikel für ihre Hochzeit ausgesucht und dabei habe ich bemerkt, dass ich nicht einmal dabei sein kann.« Vidal küsst ihre Wange. »Natürlich kannst du das, Belinda, lass das mal meine Sorge sein.« Sie kann nicht verhindern, dass sie ernst wird. »Du denkst doch nicht im Ernst, dass mein Vater mich in eure Cuidad lässt, nicht freiwillig, und wie stellst du dir das vor, dass ich neben dir und deinen Eltern am Tisch sitze? Dein Vater kann mich kaum ansehen, es ...« Belinda spürt, dass ihr Tränen in die Augen steigen und Vidal nimmt ihr Gesicht in seine Hände.

»Denk nicht so, Belinda. Scheiß auf das alles, es ist völlig egal, was die anderen sagen. Wir bekommen das hin. Sieh mich an, Schatz.« Belinda sieht ihm in die Augen. »Ich werde dich nicht mehr aufgeben, hörst du? Das zwischen uns wird funktionieren und wir werden einen Weg finden. Es ist wichtig, dass du auf unsere Liebe vertraust, tust du das?« Belinda stockt. »Auf unsere Liebe, aber alles andere ...« Vidal unterbricht sie. »Alles andere ist egal. Vertraust du auf unsere Liebe?« Belinda sieht ihm in die Augen, sieht die Liebe, die er für sie empfindet, und nickt. »Ja.« Er lächelt und streicht mit seinen Daumen ihre Tränen weg, die ihr nun doch entwischt sind.

»Ich würde mich immer für dich entscheiden, Belinda. Immer wieder.« Nun muss sie doch über seine süßen Worte lächeln. »Du wärst fast wegen mir gestorben.« Vidals Hände gehen wieder an ihre Taille und weiter hinab, er fasst unter ihr Kleid und seufzt leise auf, als er spürt, dass sie darunter nur einen leichten Slip trägt. »Damit dir nichts passiert, würde ich sofort mein Leben geben, also mach dir wegen all dem anderen Kram keine Sorgen, ich werde das für uns hinbekommen und jetzt lass uns endlich die Zeit genießen. Wer weiß, wann wir das nächste Mal Zeit alleine verbringen können, ich habe das Gefühl, die nächsten Tage werden sehr hart.«

Vidals Hände sind schon längst weitergewandert und Belinda sieht ihm in die Augen, als ihr ein Stöhnen entfährt. »Du hast keine Vorstellungen, wie sehr ich das vermisst habe.« Doch Belinda weiß es, denn Vidals Berührungen bringen sie fast um den Verstand, auch sie hat seine Nähe viel zu sehr vermisst. Sie vereint ihre Lippen und jeder zeigt dem anderen, wie sehr sie sich vermisst haben.

Vidal hebt sie hoch und setzt sie auf eine Kommode. Sein Shirt fällt zu Boden, ihr Kleid folgt, Belinda legt den Kopf in den Nacken und genießt alles, Vidal, seine Nähe, seine Berührungen. Als er ihren BH auf den Boden wirft und sie verwöhnt, werden ihre Küsse immer leidenschaftlicher und kurze Zeit später vereint Vidal sie komplett.

Erst da hält er noch einmal ein und sieht ihr in die Augen. »Ich liebe dich, mein Herz.« Belinda streicht mit ihrer Hand über seine Wange. »Ich dich auch und es ist mir egal, wie gefährlich es ist, ich will nicht darauf verzichten, dich zu sehen, egal was im Moment ist.« Vidal knabbert an ihrer Lippe und nickt, bevor er sich in ihr zu bewegen beginnt. »Vertrau auf uns.« Belinda nickt und küsst ihn, das tut sie.

Ponce knallt die Tür zu seinem Auto zu und folgt Alina auf ihr Grundstück, wo zwei Männer stehen und sich umsehen. Was hat die Frau jetzt schon wieder vor. Alina geht direkt zu den Männern und spricht mit ihnen. Natürlich weiß sie, dass Ponce ihr gefolgt ist, doch sie ignoriert ihn, auch als er sich neben sie stellt und die Männer ihn unsicher ansehen. »Gehört er zu Ihnen?« Sie nicken Ponce zu, sie wissen, wer er ist. Alina sieht nicht einmal zu ihm. »Nein, er hat nur beschlossen, mir mein Leben zu zerstören, am besten ignorieren Sie ihn einfach. Also was sagen Sie? Wie lautet Ihr Angebot?«

Ponce muss über Alinas Worte nur lächeln, sie ist süß, wenn sie so wütend ist, doch sie kann Ponce nicht täuschen, er weiß, dass sie verletzt ist, er hat ihre Tränen gesehen. Einer der Männer sieht sich um. »Das Haus ist in keinem guten Zustand, es wird komplett abgerissen, wir würden hier eine Tankstelle für die Autobahn bauen. Wir brauchen nur das Grundstück, wir bieten ihnen 700 Dollar und das ist wirklich schon großzügig.«

Ponce zieht die Augenbrauen hoch, die wollen sie doch komplett über den Tisch ziehen. Alina geht einen Schritt vor und gibt dem Mann die Hand. »Okay, abgemacht. Ich hole nur schnell meine Sachen und bringe sie in das Motel zwei Straßen weiter, ich beeile mich und die Tiere kommen zu dem nächsten Hof, der Bauer hat gesagt, er holt sie morgen ab, dann ...« Ponce hält sie am Arm zurück. »Das ist doch nicht dein Ernst. 700? Verschenke es doch gleich, du kannst wirklich gute Geschäfte machen.« Die Männer räuspern sich und Alina tötet ihn fast mit ihrem Blick. »Ich weiß, für dich sind 700 Dollar nicht viel, doch für mich ...«

Ponce würde am liebsten die Augen verdrehen, nicht das schon wieder. »Ich biete dir das Doppelte und bezahle dir das Motel, bis du etwas Neues gefunden hast und du hast alle Zeit der Welt, um auszuziehen.« Alina sieht ihm in die Augen. Einen Moment hat er das Gefühl, sie ändert ihre Meinung, doch sie dreht sich nur um und geht ins Haus. »Ich würde niemals in meinem Leben mit dir irgendein Geschäft machen.«

Ponce ist wütend, diese Frau ist unglaublich stur. Er hat getan, was er konnte, er hat versucht, ihr zu helfen, doch Alina will sich nicht helfen lassen, nicht von ihm. Er geht zurück zu seinem Auto und gibt Gas.

Kapitel 10

Müde geht Belinda sich etwas zum Essen aus dem Kühlschrank holen. Sobald sie diesen öffnet, lässt sie die kalte Luft auf ihr Gesicht wirken und schließt die Augen. Statt eines Unwetters hat erst einmal eine unglaubliche Hitze und schwüle Luft in Puerto Rico Einzug gehalten. Blitze erhellen den Himmel und man ahnt, dass da etwas kommt, doch erst einmal ist es einfach nur heiß.

Sie sieht in den Töpfen, die hier vom Mittag stehen, nach, was sie essen könnte, doch allein beim Geruch wird ihr übel, dafür ist es jetzt wahrscheinlich zu spät. Sie wird sich hier unten ein wenig schlafen legen. Nachdem sie heimlich Vidal getroffen hat, ist sie nach Hause gekommen und hat Lilly abgelöst. Nun ist sie wieder dran, Santos hat sich dazugesetzt und weil sie die ganzen Empfänger auf ihrem Schreibtisch im Loft platziert haben, wird Belinda nur hier unten zur Ruhe kommen.

Sie nimmt sich eine Banane sowie ein kaltes Wasser und will sich auf die Couch legen, da sieht sie einen Schatten im Garten. Belinda geht zur Terrassentür und erkennt Alejandro, der auf einer Liege am Pool liegt, telefoniert und in den Himmel schaut, wo die Blitze über ihm den Himmel erhellen.

Belinda geht hinaus, es ist windiger geworden und Belinda fragt sich, ob ihr Vater recht hat, ob es wirklich so schlimm wird mit dem Wetter. Alejandro beendet das Gespräch, als Belinda an seiner Liege ankommt und sieht zu ihr. »Du siehst müde aus.« Sie lächelt und legt sich zu ihm. Ihr ältester Bruder rutscht und legt den Arm um Belinda, während sie ihren Kopf an seine Schulter legt. Ihr Verhältnis ist immer besser geworden, Belinda weiß, dass ihre Brüder sie lieben und auch sie vermisst jeden von ihnen mittlerweile richtig, wenn sie sich mal eine Weile nicht sehen.

»Es ist auch wirklich ermüdend, den ganzen Tag die Gespräche von euch Männern anzuhören. Denkt ihr wirklich nur an Sex und Essen?« Alejandro lacht auf und Belinda sieht ehrfürchtig in den

Himmel, wo jetzt auch ein Donnern zu hören ist. »Nicht immer …
aber schon öfter mal. War etwas Wichtiges heute?« Belinda
schließt die Augen, sie fühlt sich wohl bei Alejandro, es gibt nichts
mehr, was sie sich wünschte, als dass Vidal und er den Krieg der
Familias beenden würden.

»Nicht wirklich. Es ist auffällig ruhig. Mehr als einmal haben heute einige Männer gesagt, dass es gerade sehr ruhig ist, zu ruhig,
auch sie merken, dass etwas auf uns zukommt.« Alejandro nickt,
Belinda setzt sich ein wenig auf und sieht ihm in die Augen.
»Meinst du nicht, dass das alles doch ein Irrtum ist? Ich kann nicht
glauben, dass einer aus den engeren Kreisen sich gegen euch stellt.
Wir überprüfen fast alles, wenn es so wäre, dann würden sie doch
genau jetzt nicht so stillhalten. Ich denke manchmal, dass wir uns
vielleicht doch irren.«

Alejandro lächelt mild. »Nein, das tun wir nicht. Glaub mir, es
fällt mir auch schwer zu glauben, doch irgendjemand, den wir anlä-
cheln, hält im Rücken ein Messer für uns bereit, deswegen müssen
wir momentan auch sehr aufpassen.« Belindas Handy klingelt:
April hat eine Nachricht geschickt. Sie ist schon angekommen und
hat Belinda nur knapp geantwortet, dass sie gut angekommen ist.
Belinda hat sie angerufen, doch April hat nicht angenommen und
jetzt schreibt sie ihr, dass ein kleines Chaos im Laden herrscht und
sie sich erst einmal darum kümmern muss.

»Hast du schon mit April gesprochen?« Belinda sieht von ihrem
Handy auf und Alejandros räuspert sich. »Nein, wieso?« Belinda
steckt das Handy weg und zuckt die Schultern. »Keine Ahnung, ist
nur so ein Gefühl, sie sagt, dass sie sich erstmal um den Laden
kümmern muss.« Alejandro sieht in den Himmel. »Das wird auch
so sein, Belinda, April hat sich die letzten Wochen viel um unsere
Sachen gekümmert und ihr eigenes Leben vernachlässigt, sie sollte
ein wenig die Zeit bekommen, sich um ihre Sachen zu kümmern.«
Die Art, wie Alejandro das sagt, lässt Belinda aufhorchen, natürlich hat er recht, Belinda wird April auch ein wenig in Ruhe lassen
und sie nicht wieder mit all dem Chaos hier belasten, doch trotz-

dem stimmt etwas nicht. Allerdings kommen in dem Moment Roman, Ponce und ihr Vater zu ihnen in den Garten, sie müssen gerade erst wieder zurückgekommen sein, Belinda weiß nicht einmal, was sie getan haben.

»Na, hast du dich darum gekümmert?« Alejandro sieht belustigt zu ihrem Vater, der mit ziemlich schlechter Laune in den Garten tritt, was nicht verwunderlich ist in ihrer momentanen Situation, doch offenbar scheint es einen anderen Grund zu geben. »Wir werden dafür eine Lösung finden, wenn all der Mist hier vorbei ist.« Belinda sieht fragend zu Alejandro, der leise lacht. »Heute ist im Fernsehen darüber berichtet worden, dass es in unserer Gegend, also auf unserem Gebier hier, ein wenig mehr Kinder gibt, die sich den ganzen Tag über auf der Straße herumtreiben und Blödsinn machen, als im Rest des Landes.

Ich habe Papa schon gesagt, dass es daran liegt, dass hier viel mehr Bauern leben, die arbeiten halt den ganzen Tag und die Kinder machen ihr eigenes Ding, ich finde das nicht schlimm und das hat nichts mit den Familias zu tun.« Ihr Vater schnalzt die Zunge. »Mag sein, trotzdem gefällt mir das nicht. Ich wette, Gonzales hat sich über die Studie gefreut. Wir haben eurer Mutter damals versprochen, dass wir uns mehr um die Menschen kümmern müssen, die hier leben.«

Das Donnern wird immer lauter. Ponce reibt sich müde die Augen. »Ja, wir hatten halt einfach etwas viel damit zu tun, die Familia zu führen, Benjamin zu jagen und den Puentes in den Arsch zu treten, aber wenn wir mal eine lange Ruhestrecke haben, kümmern wir uns darum.« Belinda lacht und sieht zu ihrem Vater. »Ich finde die Idee gut.« Romans Handy klingelt und er nimmt an.

Alejandro steht auf, um zurück ins Haus zu gehen, doch Roman deutet ihm zu warten. Er bedankt sich und legt auf. »Holt Santos, die Dateien sind ausgewertet, sie haben sich extra beeilt. Sie haben in dem Zeitraum nur eine Person dabei gefilmt, wie er in Alenas Zimmer gegangen ist, kurz danach kam Alena selbst. Sie schicken mir das Videomaterial gerade.«

Belindas Herz rast und sie sieht in allen Gesichtern dieselbe Aufregung. Ponce ruft Santos an, der ja nur ein Stockwerk weiter oben ist und in der nächsten Minute sind Lilly und er bei ihnen im Garten. Sie stellen sich alle um Roman, der von ihrem Vater ein iPad nimmt und seine Emails öffnet, eine Datei lädt und dann sehen sie schlechte Videoaufnahmen von einem Krankenhausflur. Plötzlich kommt ein Mann in einem weißen Pullover ins Bild.

Belinda sieht genauer hin, man erkennt nur die Statur, doch dann sieht sich der Mann nach rechts und links um und jemand, der das alles ausgewertet hat, hat das Bild angehalten und herangezoomt ... in Belindas Magen breitet sich eine bittere Enttäuschung aus. »Es ist Randal!« Alejandro flucht laut und zieht seine Waffe.

Belinda sieht alle an, Randal ist neben ihren Brüdern Roman, Levi und Suerte einer ihrer wichtigsten Männer. Besonders Alejandro hat viel mit ihm zu tun, er geht hier ständig ein und aus und Belinda hat schon öfter mit ihm zusammen Filme gesehen und einen Abend zusammen verbracht. »Das glaube ich nicht!« Sie sieht ihren Vater und dann ihre Brüder an, die alle ihre Waffen ziehen.

Roman flucht auf. »Dieser verfluchte Bastard, er hat mit mir zusammen Alena gesucht und wusste die ganze Zeit, wo sie ist.« Er sieht Alejandro an. »Ruft die Puentes an. Wir holen ihn heimlich aus der Cuidad und bringen ihn in ihr Lager. Soll er sehen, dass wir zusammenarbeiten und die Stunden der Verräter gezählt sind. Wer auch immer noch dahinter steckt, soll nicht mitbekommen, dass sie gerade auffliegen.« Alejandro hat schon das Handy am Ohr und sieht zu Belinda und Lilly. »Bleibt hier im Haus!« Belinda sieht die Wut in ihren Gesichtern, als sie alle das Haus verlassen. Eine ungeheuer wütende Ladung verlässt das Haus, Lilly atmet tief ein, als die Tür ins Schloss fällt und sie alleine im Garten zurückbleiben.

Genau in dem Moment beginnt es zu regnen, wie Belinda es noch nie gesehen hat, es stürmt so stark, dass die Handtücher durch den Garten fliegen und die Blitze scheinen die Nacht zum Tag zu machen. Belinda sieht zur Haustür, aus der gerade ihre

Familie gegangen ist und dann in den Himmel. Ihr Magen zieht sich zusammen. »Es geht los!«

Elian hört das Donnern am Himmel und zieht sich eine Boxershorts über. Er ist müde, sie haben heute alles überprüft, alle engsten Kontakte zu Nacho, sein Haus durchsucht und versucht, herauszufinden, mit wem er am meisten Kontakt in der letzten Zeit hatte, vor allem zum inneren Kreis und das alles so unauffällig wie nur möglich, doch all das hat nichts ergeben.

Mit wem auch immer er zusammengearbeitet hat, er hat ordentlich gearbeitet. Nacho hätte in zwei Tagen Geburtstag gehabt und zwei Männer haben heute nach ihm gefragt, weil Lieferungen gekommen sind. Vidal hat schnell reagiert und gesagt, dass sie ihn zur Überwachung eines Geschäftes und als Überraschung für seinen Geburtstag einige Tage nach Mexiko geschickt haben, nicht sehr einfallsreich, aber so waren die ersten Fragen erst einmal beantwortet. Alle Männer lieben es, wenn sie nach Mexiko gehen können, dort lässt es sich sehr gut leben.

Morgen werden sie erfahren, wer von den Sombras zu den Verrätern gehört und hoffentlich so auch noch, wer bei ihnen noch dazugehört. Das Donnern wird immer lauter, er hat Alena nicht mehr gesehen. Er war nur unterwegs, sie haben sich geschrieben, ob alles in Ordnung ist und ob es etwas Neues gibt, doch sie haben sich nicht gesehen.

Elian hat das Puder besorgt, er geht in sein Schlafzimmer, holt es aus der Tüte, zieht sich ein Shirt über und klopft an die Verbindungstür. Allerdings ist das Donnern so laut, dass man sein Klopfen nicht hört und Elian tritt ein. Es brennt ein kleines Nachtlicht, das Bett von Alena ist leer, sie sitzt auf der Fensterbank am Fenster und sieht in den Himmel hinaus, erst als er sich räuspert, zuckt sie zusammen und sieht zu ihm. Dafür, dass sie sich sonst ständig umsieht und wachsam ist, muss sie sehr in Gedanken gewesen sein.

Elian hält das Puder hoch. »Ist alles in Ordnung bei dir?« Alena reibt sich über die Stirn. »Es geht, diese Geräusche erinnern mich an die Zeit bei …« Erst jetzt sieht Elian, dass Alenas Körper zittert. Er tritt zu ihr und setzt sich neben sie. Alena sieht weiter in den Himmel. »Woran erinnert dich das?« Alena sieht weiter zum Himmel und schüttelt den Kopf.

»Ich habe mich entschieden, nicht mehr viel von meiner Gefangenschaft zu erzählen. Ich habe gemerkt, wie sehr dieses Wissen die Menschen belastet und ich will niemandem wehtun. Außerdem sehen mich die Leute dann immer mehr mit anderen Augen und …« Elian weiß, dass er das nicht sollte, doch er winkelt seine Beine auf der Fensterbank an und zieht Alena vorsichtig in seine Mitte. Er hat mittlerweile verstanden, dass sie bei ihm diese Nähe zulassen kann und er hat sogar das Gefühl, dass ihr diese Nähe guttut. Seine Arme bilden einen schützenden Kreis um sie und sie ist komplett von ihm eingehüllt. Alena lächelt leicht und sieht ihn an, sie sind sich sehr nah, doch sie weicht nicht zurück.

»Lass uns etwas abmachen, du musst mit den anderen nicht darüber sprechen, doch mir kannst du all das sagen. Ich möchte das wissen, ich möchte wissen, was in deinem Kopf los ist, was für Ängste du hast, damit ich sie dir nehmen kann. Du kannst mir alles sagen, ich trage das für dich und ich werde dich niemals anders sehen. Vertrau mir … ich weiß, dass du mir vertraust.«

Alena sieht ihn aus ihren schönen grünen Augen an, als würde sie seine Worte in ihrem Kopf abwägen, doch dann sieht sie wieder aus dem Fenster in den Himmel, wo es donnert und blitzt. »Benjamin hatte einige Spiele, die er gespielt hat. Eines davon war es, das Licht zu löschen und mit irgendwelchen Gegenständen laut gegen das Metall in dem Käfig zu schlagen. Das war so laut, es hat in den Ohren geknallt wie der Donner, ich musste sofort daran denken, und dann hat er immer wieder aus dem Nichts mit einer Peitsche zugeschlagen, erst der laute Krach und dann dieser Schlag. Dieses Gewitter erinnert mich daran, er hat dieses Spiel geliebt.«

Elian sieht ihr in die Augen. Dieser Mistkerl, wenn er nicht schon tot wäre, wüsste er tausend neue Wege, wie er ihm den Tod wünschen würde, er hatte einen viel zu leichten Tod. Er streicht über Alenas Wange. »Aber das ist vorbei. Während er in der Hölle verbrennt, sitzt du hier und kannst all das hinter dir lassen.« Alena lächelt und wendet sich mit ihrem Oberkörper zu ihm. »Ich wünschte, ich könnte das alles wirklich hinter mir lassen. Du machst mir Hoffnungen, bei dir habe ich das Gefühl, dass ich nicht ganz zerbrochen bin, weil ich bei dir sein kann wie früher. Mir fällt all das, diese Nähe, diese Berührungen, nicht schwer …«

Sie hat ein langärmliges Top an, sie hat ihm vorhin geschrieben, dass sie ein Shirt von sich verloren hat, ob er es gesehen hat, Elian musste schmunzeln, er weiß, wo es ist. Ihre Hände hat sie nun in den viel zu langen Ärmeln versteckt. Vorsichtig legt sie ihre Arme um seinen Nacken und ihre Nasenspitzen berühren sich. »Siehst du, es ist ganz einfach für mich …« Sie küsst seine Lippen und Elian muss sich zusammennehmen, um sie nicht noch enger an sich zu ziehen. Sie muss diese Nähe herstellen, er will sie nicht überfordern, doch es kostet ihn alle Kraft, sie nicht ganz an sich zu ziehen. Doch dieses Mal wagt er sich weiter vor, ganz behutsam öffnet er ihre Lippen und vertieft den Kuss das allererste Mal, Alena schafft es auch, diese Nähe zuzulassen und ihre Hände streichen sogar einen Augenblick über seine Haare.

Würde Elian sich so mit irgendeiner anderen Frau sehen, müsste er über sich selbst lachen. Es sind sehr starke Gefühle, die Alena in ihm freisetzt, jede andere Frau hätte er hochgehoben, ins Bett gebracht und sich geholt, was er möchte, aber er weiß, dass er Alena sehr vorsichtig behandeln muss. Als sie den Kuss beenden, küsst er ihre Wange und sie lächelt.

»Du gibst mir sogar ein wenig das Gefühl, ich wäre wieder eine ganz normale Frau.« Elian sieht sie ernst an. »Nein, das bist du nicht, Alena. In meinen Augen bist du besser als jede andere Frau, die ich vor dir kennengelernt habe.« Alena sieht ihm in die Augen und Elian weiß, dass all das, was er hier gerade tut, nie passieren dürfte. Was zur Hölle denkt er sich? Er bewegt sich hier auf viel zu dünnem Eis und als in dem Moment sein Handy klingelt, ist es fast, als würde ihn jemand erhören und ihn vor noch schlimmeren Fehlern bewahren.

Elian steht auf und geht in sein Schlafzimmer. Sein Handy liegt auf dem Nachttisch und hört nicht auf zu klingeln, bis er endlich annimmt. Vidal, sie sollen zum Lager kommen, die Sombras haben die Auswertungen der Videoaufnahmen. Elian legt auf, zieht sich eine Hose über und Socken und will gerade zu Alena und ihr Bescheid geben, da lehnt sie sich an seinen Türrahmen. »Ich muss noch einmal los, geh zu deiner Mutter und bleib bei ihr, das Gewitter wird noch schlimmer. Lass dir das auftragen, okay?« Er gibt ihr das Puder und Alena nickt.

Elian dreht sich um und will gehen, dann flucht er innerlich, wendet sich noch einmal zu Alena, küsst sie auf den Mund und erst dann verlässt er das Zimmer, mit dem Wissen, dass er nicht fühlen darf, was gerade in seinem Herzen vor sich geht.

Belinda und Lilly sitzen in der Küche und trinken müde ihren Kaffee. Die Sonne ist schon vor einer ganzen Weile aufgegangen, das Unwetter vorbei und sie haben die ganze Zeit vor den Empfängern gesessen und den Gesprächen der Männer gelauscht. Außerdem sehen sie alle paar Minuten auf ihre Handys. Die Männer sind schon länger weg und sie haben noch nichts von ihnen gehört.

Belinda hat ihren Brüdern und Vidal geschrieben, Vidal hat nur knapp geantwortet, dass er mit ihren Brüdern zusammen ist und sich später meldet, Lilly hat Santos geschrieben, aber auch er hat nur gesagt, dass sie sich später melden. Deswegen hat keiner von ihnen ein Auge zugetan, doch jetzt brauchen sie eine Pause und trinken Kaffee zusammen, bevor sie sich wieder vor die Empfänger setzen. Es ist zu spät für Frühstück und zu früh, um Mittag zu essen, Belinda sucht im Kühlschrank nach einer Lösung, da geht die Haustür auf und Suerte kommt herein.

Jedes Mal wenn Belinda den hübschen Lockenkopf ansieht, stellt sich automatisch ein schlechtes Gewissen ein. Sie weiß, dass er mehr für sie empfindet und sich immer wieder falsche Hoffnungen gemacht hat. Als sie alle dachten, Vidal wäre tot, hat er ihr Blumen geschickt und ihr erklärt, dass er da ist und alles wieder gut wird, seitdem haben sie nicht mehr miteinander gesprochen.

Er stockt, als er auf Lilly und Belinda sieht. »Hey ihr beide, wo sind Ramiro und Alejandro? Ich wollte etwas mit ihnen besprechen.« Suerte ist einer der wichtigsten Männer der inneren Kreise und Belinda weiß, wie schwer es allen fällt, all das vor ihm und Levi geheimzuhalten. »Die sind schon früh los, irgendeinen Deal abschließen oder so etwas. Wir sagen ihnen, dass du hier warst, Surferboy.«

Lilly lächelt, auch sie mag ihn und Belinda wünschte, sie könnte wieder an den Punkt zurück, wo sie so unbeschwert mit ihm umgehen konnte. Sie kann ihm kaum noch in die Augen sehen. »Okay, die gehen alle grad nicht an ihre Handys, ich versuche es gleich nochmal. Kann ich kurz mit dir sprechen, Belinda?« Belinda schließt den Kühlschrank und sieht zu Lilly. Innerlich ermahnt sie sich, locker zu wirken und ihm nicht zu zeigen, was für ein schlechtes Gewissen sie hat wegen allem, was passiert ist.

»Ja klar. Ich fahre dann auch gleich zu diesem leckeren Sandwichshop und kaufe ein paar.« Lilly hebt ihre Tasse. »Das ist eine gute Idee, für mich bitte Thunfisch.« Belinda nimmt sich ihre Tasche und folgt Suerte nach draußen, allein beim Gedanken an die Sandwiches bekommt sie Hunger.

Sie laufen ein kleines Stück in Richtung Garagen. »Ich wollte mit dir sprechen wegen … Vidal. Ich habe die letzten Tage mitbekommen, dass du dich immer wieder mit ihm getroffen hast. Ich habe deinen Brüdern und deinem Vater noch nichts davon erzählt, doch ich werde ihnen das auch nicht ewig verheimlichen können. Ich weiß, dass du diese Feindschaft zwischen uns nicht empfindest, doch ich denke, du weißt mittlerweile auch, dass es ihnen nicht gefallen wird, dass du dich mit unseren Feinden triffst.«

Suerte ist stehengeblieben und sieht ihr in die Augen. Suerte ist ein hübscher Mann und Belinda ist sich sicher, hätte sie nicht schon längst ihr Herz an Vidal verloren, hätte sie sich bestimmt auch in ihn verliebt, doch das Schicksal wollte es einfach anders, aber sie mag ihn wirklich und möchte ihn nicht verletzen, deswegen wählt sie ihre Worte bedacht aus.

»Du warst doch dabei, Suerte. Ich dachte, Vidal wäre wegen mir gestorben. Was denkst du, wie es mir ging, als ich erfahren habe, dass er doch noch lebt.« Suerte nickt und geht weiter. »Das verstehe ich wirklich, Belinda, doch du musst das einstellen, deine Brüder und dein Vater ...« Sie lächelt. »Du brauchst ihretwegen kein schlechtes Gewissen zu haben. Ich rede mit ihnen. Momentan ist ... noch immer keine Ruhe eingekehrt, wir alle suchen Alena, Alicia und Emilia, aber danach werde ich mit ihnen sprechen.«

Suerte sieht ihr in die Augen und seufzt leise aus. Belinda erkennt die Enttäuschung in seinem Gesicht und ihr Magen schnürt sich zu, doch dann lächelt er und genau das mag sie so an Suerte, er gibt nie auf und versucht immer, positiv zu denken. »Ich muss auch in deine Richtung. Ich nehme dich mit und hole mir auch gleich ein paar Sandwiches.« Belinda atmet erleichtert aus und lächelt. »Sehr sehr gerne.« Suerte legt den Arm um sie und zusammen gehen sie zu den Garagen.

Kapitel 11

Alejandro knackt seinen Hals, er muss einen Moment wirklich aufpassen, dass ihm seine Augen nicht zufallen und auch, dass Randal die Augen nicht zufallen. Er steht auf und tritt gegen Randals zusammengebundene Füße. »Nicht einschlafen, du Bastard, du kannst schlafen, wenn du geredet hast.«

Randal hebt sein geschwollenes Gesicht. Er blutet aus fast allen Öffnungen, sie haben vieles angewendet, doch bis jetzt haben sie kaum etwas aus ihm herausbekommen. Sie haben ihn im Schlaf gepackt und hier ins Lager gebracht. Seitdem hat er zu spüren bekommen, was es heißt, wenn man sie hintergeht, doch Randal ist hart, sie haben ihn dafür trainiert durchzuhalten und nun hält er all das aus und sie sitzen schon seit Stunden hier und versuchen, alles aus ihm herauszubekommen, ohne ihn zu töten.

Santos und Ponce sitzen in der anderen Ecke und sehen zu Randal, neben Santos sitzt Elian, auf den Treppen ihr Vater. Sie alle haben schon versucht, etwas zu bewirken, doch nun müssen sie andere Mittel anwenden. Die Tür geht auf und Vidal kommt herein, er hat eine Tüte mit Gebäck und Wasser bei sich. So langsam bekommt Alejandro auch Hunger, sie sind schon viel zu lange hier. Randal sieht zum Wasser und Alejandro lacht bitter auf. »Das hättest du dir vorher überlegen müssen. Wie lange geht das schon? Wann hast du beschlossen, dich gegen uns zu stellen?« Randal senkt den Blick, Blut fließt an ihm herunter, doch seine sture Haltung ändert sich erst in dem Moment, als erneut die Tür aufgeht und Roman ins Lager zurückkommt und Randals Freundin bei sich hat.

Alejandro sieht zu Boden, er mag sie. Sie ist schon lange mit Randal zusammen und es ist nicht die Art von ihnen, an Frauen heranzutreten, doch das hier ist etwas anderes. Sie müssen herausfinden, wer alles dahintersteckt. Keiner der Verräter hatte Hemmungen, an Alena oder Belinda heranzutreten und zuzulassen, dass

Benjamin sich an ihnen zu schaffen macht. Sie alle haben Adrian ermordet.

»Nein!« Das erste Wort von Randal. Santos stellt einen Stuhl vor Randal und setzt seine Freundin darauf, sodass er sie ansehen muss. Sie weint und versteht nicht, was los ist.

»Oh doch, Randal, du hast beschlossen, uns ans Bein zu pinkeln und wirst jetzt dafür die Rechnung bezahlen, du alleine hast zu verantworten, wer alles in deinen Scheiß reingezogen wird.« Santos entlädt seine Waffe und hält sie der Freundin an den Kopf.

»Randal, was ist hier los? Was hast du getan?« Die Freundin bekommt Panik. Alejandro tritt auch vor. »Weißt du noch, Kassandra, die Beerdigung von Adrian? Oder wie Alena halb tot aus dem alten Zoo gerettet wurde? Wie wir immer wieder angegriffen wurden … für all das ist dein Freund verantwortlich und auch dafür, dass du nun hier sitzt.«

Randal hebt seinen Kopf. »Ich habe damit nichts zu tun. Ich habe das nicht geplant. Wir haben nur die Befehle ausgeführt und haben erst später herausbekommen, was genau passiert ist.« Er redet endlich. Santos lässt die Waffe am Kopf von Kassandra. »Von wem die Befehle? Und vor allem, warum? Du hast dein Haus, gehörst zu unseren engsten Kreisen, dir geht es sehr gut. Wie war das? Ist Benjamin gekommen und hat euch überredet, oder was genau ist passiert?«

Randal beginnt zu weinen, er spürt, dass nun alles zu Ende ist und weint wie ein kleines Kind. Dabei murmelt er immer wieder eine Entschuldigung in Richtung seiner Freundin. »Nein, so war das nicht. Ich war immer zufrieden, aber trotzdem steht ihr da oben und egal wie nah man euch ist, wie viel man für euch tut, man kommt nie in die Nähe dieser Podeste.« Er sieht zu Alejandro, Ponce, Santos und ihrem Vater, der aufsteht und Randal mit wütendem Blick fixiert.

»Nein, das geht nicht. Zum Anführer kann man nur durch die Geburt werden, dafür muss mein Blut in den Adern fließen und bei Gott, wie froh ich bin, dass das bei dir nicht der Fall ist. Wir behandeln all unsere Männer gut, du warst im engsten Kreis, doch offenbar bist du einfach nur zu gierig. Nun sieh, wohin dich das gebracht hat, Randal.« Man hört ihm an, wie enttäuscht er ist und auch Alejandro kann das nicht begreifen.

Randal atmet tief ein und sieht seiner Freundin in die Augen, die weinend den Kopf schüttelt. »Rede wenigstens jetzt. Ich möchte auch verstehen, wieso du unser Leben zerstörst.« Alejandro weiß nicht, ob er reden würde, wenn sie nicht da wäre, doch Randal scheint wenigstens sie retten zu wollen.

»All das hat eine Person begonnen, er hat sich Männer gesucht, denen er vertraut hat, die auch mal die komplette Macht haben wollten. Es war eigentlich mehr eine Idee, dass all das richtig ernst wurde, habe ich erst erfahren, als er Adrian getötet hat und es aussehen lassen hat, als wäre es Benjamin gewesen, wir haben davor viel geplant und geredet, doch dass wir all das wirklich machen, ist mir und auch den anderen Männern erst da richtig klar geworden, aber da war es schon zu spät, um noch zurückzukönnen.«

Alejandro schluckt, doch niemand unterbricht ihn. Randal hat nicht mehr viel Kraft, er sieht seiner Freundin in die Augen. »Es tut mir so leid, Baby, ich habe mich da in etwas reinziehen lassen.« Er sieht zu Alejandro. »Die ganze Zeit wart ihr auf Benjamin fixiert, dabei war er nur eher zufällig dabei. Wir haben ihn irgendwann aufgegabelt, als er um die Cuidad schlich, gemerkt, wie verrückt er ist und ihn mit allem ausgestattet, was er brauchte, um euch abzulenken und gegen die Puentes aufzustacheln, von allein wäre er zu alldem gar nicht richtig imstande gewesen.«

Vidal stellt sich zu Alejandro. »Wie viele aus meiner Familie stecken da mit drin?« Randal stöhnt auf, er scheint Schmerzen zu haben und Santos schnalzt mit der Zunge, damit Randal zu seiner Freundin und der Waffe an ihrem Kopf sieht.

»Das weiß ich nicht. Ich weiß, dass es sechs Männer sind, der Typ, der als Erstes getötet wurde … der hatte ein Treffen beobachtet und hätte sie auffliegen lassen, deswegen wurde er getötet, Benjamin musste das erledigen. Er hatte sich bei den Puentes schon vor einer Weile als Gärtner eingeschlichen und die Männer aus eurer Familia konnten ihn so immer mit allem ausstatten, was er brauchte.

Wir hatten keine Ahnung, wer alles von den Puentes dabei ist, nur er hatte Kontakt zu eurer Familie, eigentlich ist alles über ihn gelaufen. Nacho war dabei, ihn haben wir auch ein paar Mal getroffen, ansonsten weiß ich es nicht, auch nicht, wie der Kontakt entstanden ist. Es sind insgesamt 13 Männer, die eine neue Familia gründen wollen, aus der Asche, die von euren Familias zurück-bleibt.«

Ein leichtes Lächeln legt sich auf seine Lippen. »Eigentlich war der Plan gut, nur hat keiner geahnt, dass ihr irgendwann zusammenarbeitet.« Er sieht zu Vidal und Alejandro, Alejandro kann nur den Kopf schütteln. »Man sieht ja an dir, wie gut es euch gelungen ist, uns in Schutt und Asche zu legen. Wir brauchen Namen, Randal, ansonsten kannst du dich jetzt sofort von Kassan-dra verabschieden.«

Sie schreit panisch auf und Randal sieht sie flehend an. »Bitte ver-schont sie. Sie hat mit alledem nichts zu tun.« Roman lacht bitter auf und läuft unruhig auf und ab. »Alena, Belinda, so viele hatten mit alldem nichts zu tun. Sag die Namen.« Randal schluckt, noch immer strömt Blut aus seinen Wunden.

»Wie gesagt, die Namen der Puentes weiß ich nicht, nur dass es sechs Männer sind, Nacho ist einer von ihnen. Bei uns bin ich dabei, Manoel, Casper, Jasa, Elijas und sein Bruder.« Alejandro schließt einen Augenblick die Augen und auch alle anderen halten ein. Sie alle gehören zu den engeren Kreisen und sie haben ihnen blind vertraut.

»Und wer hat all das begonnen? Wer ist ER? Wer hat all das koordiniert und angeführt?« Randal sieht mit seiner letzten Kraft hoch und allen in die Augen, vielleicht will er sehen, wie sie diesen

Namen verkraften und im nächsten Moment fühlt es sich wirklich so an, als hätte er ihnen ein Messer ins Herz gerammt. »Suerte!«

Alejandro hat das Gefühl, den Boden unter den Füßen nicht mehr zu spüren. Bilder ziehen an ihm vorbei, wie er mit Suerte zusammen aufgewachsen ist, was sie alles zusammen erlebt haben. Für ihn war er immer wie ein Bruder.

Randal lacht leise auf, er sieht, wie sehr sie das trifft. Vidal neben Alejandro räuspert sich, Randal ist noch nicht fertig. »Er wollte mich heute früh abholen und ein Treffen war geplant, er wird bereits wissen, dass wir aufgeflogen sind.«

Alejandro sieht Randal in die Augen, er hört seine Brüder fluchen und auch, wie sehr ihnen das zusetzt, doch er will das nicht glauben, er sieht Randal weiter an, in der Hoffnung, er würde lachen, sagen, dass es nicht stimmt, doch Randal bricht den Augenkontakt nicht ab. Alejandro hat das Gefühl, keine Luft mehr zu bekommen. Suerte?

Er hört seinen Vater telefonieren. Vidal steht noch immer neben ihm, die Stimme ihres Vaters donnert durch das Lager.

»Schließt die Cuidad, niemand verlässt sie! Sie sollen sich alle im Versammlungsraum einfinden. Wo ist Suerte?« Levi ist am Apparat und auf Lautsprecher. Er sagt, dass er es nicht weiß und alle zusammentrommeln wird. Ihr Vater legt auf und ruft Belinda an, doch ihr Handy ist aus, er ruft Lilly an, die müde annimmt.

»Lilly, bleibt im Haus. Kannst du mir die Daten der Wanze von Suerte aufs Handy schicken, man kann das Auto so orten.« Lilly gähnt. »Suerte? Der war gerade noch hier. Er ist mit Belinda weggegangen. Soll ich sie anrufen und ...« Alle halten ein und sehen zu ihrem Vater, der das Handy anstarrt. Erst jetzt arbeitet Alejandros Verstand wieder. Er hat Belinda.

»Darf ich dich etwas fragen, Belinda?« Belinda sieht, wie sie immer weiter aus Land hinausfahren. Eigentlich wollten sie nur schnell zum Sandwichladen, doch Suerte muss etwas in einem anderen Geschäft abholen, danach gehen sie die Sandwiches besorgen. »Natürlich, frag.« Sie sieht nicht zu Suerte hinüber. Sie hat ohnehin schon ein schlechtes Gewissen.

»Wenn du Vidal nicht getroffen hättest, denkst du, es hätten dann zwischen uns …?« Er bricht ab und Belinda muss lächeln, sie hat ja selbst schon darüber nachgedacht und es gab sogar den Punkt vor einiger Zeit, als sie Vidal unbedingt vergessen und sich auf Suerte einlassen wollte, doch es ging nicht. Vidal hatte sich schon zu fest in ihr Herz gesetzt. »Vielleicht, Suerte, aber das kann man jetzt schwer sagen. Aber das bedeutet auch nicht, dass sich irgendetwas zwischen uns beiden ändern muss, ich mag dich sehr und …«

Suerte sieht von der Straße weg zu ihr und lacht leise. »Oh, zwischen uns wird sich mit der Zeit einiges ändern, meine Hübsche, glaub mir, aber das wirst du erst noch begreifen müssen.« Belinda sieht nun komplett zu ihm. »Was meinst du? Wie lange fahren wir noch? Ich muss zu Lilly, sie wartet auf die Sandwiches und …« Er fährt in ein kleines Waldstück hinein und hält auf einem Parkplatz. Belinda sieht sich um. »Wir sind schon da. Komm, da hinten ist es und dann bekommst du auch gleich deine Sandwiches.«

Belinda steigt zusammen mit Suerte aus. Sie sieht sich um, es ist alles voller Wald. Sie gehen auf ein Grundstück zu, was völlig abgebrannt ist. »Wo soll hier ein Laden sein?« Suerte deutet Belinda mitzukommen, doch sie bleibt stehen, irgendetwas stimmt hier nicht. »Was ist los, Suerte? Wo sind wir hier? Was soll das?« Er lächelt. »Heute beginnt der erste Tag deines neuen Lebens.«

Belinda versteht gar nichts mehr. »Was redest du da? Ich …« Suertes Handy klingelt, er lacht, lässt es auf den Boden fallen und tritt kräftig darauf. »Wir beide starten völlig neu, meine Süße, eigentlich war das alles komplett anders geplant, doch jetzt habe ich einen neuen Plan und der gefällt mir fast noch besser als der alte.« Belinda sieht Suerte in die Augen, ihr kommt etwas in die Gedanken, doch ihr Verstand möchte das nicht zulassen, währenddessen zieht Suerte ein anderes Handy aus seiner Hosentasche und ruft jemanden an.

»Es geht los, wir haben nicht mehr viel Zeit. Schnapp dir alle und kommt zum vereinbarten Treffpunkt am Posten. Wir müssen jetzt handeln, ich hole die CDs mit den Daten und alles andere.« Belinda kann es nicht fassen. Suerte wird sauer über das, was die angerufene Person sagt. »Ich weiß, dass das so nicht geplant war, doch es geht nicht anders. Außerdem habe ich Belinda. So können wir machen, was wir wollen, ihre Brüder werden uns nichts antun, solange sie bei uns ist und ich habe nicht vor, sie wieder gehen zu lassen. Ich sage den Puentes Bescheid und dann ...«

Belindas Herz rast, sie kann das nicht glauben, eine ungeheure Wut überkommt sie. Ohne darüber nachzudenken, geht sie auf Suerte los und schubst ihn so kräftig zur Seite, dass er ins Wanken gerät. »Du bist es? Wie kannst du nur? Denkst du im Ernst, ich lasse es zu, dass du mich ...« Suerte lässt das Handy fallen und will nach hinten in seine Tasche greifen. Belinda weiß mittlerweile, dass die Männer alle ihre Waffe dort tragen, sie kann nicht zurück zum Auto, Suerte versperrt ihr den Weg, deswegen dreht sie sich um und rennt so schnell sie kann in den Wald.

Ihre Gedanken rasen genau wie ihr Herz, doch eines weiß Belinda. Sie hat bei Benjamin gekämpft und sie wird sich auch jetzt nicht gefangennehmen lassen, niemals. Es ist Suerte, sie muss das sofort ihrem Vater sagen. Sie rennt so schnell wie sie kann durch den Wald, an Bäumen entlang, sie stürzt über eine Wurzel, dreht sich um und sieht, dass Suerte sie verfolgt, deswegen ignoriert sie ihre aufgeschlagenen Arme und Beine und rennt weiter. Sie trägt nur eine Shorts und ein Top, sie wollte ja eigentlich nicht einmal das Haus verlassen. Sie spürt Äste, die sie treffen, doch sie rennt weiter, sie muss solch einen Abstand gewinnen, dass sie sich verstecken kann, doch sie spürt, dass sie immer langsamer wird.

Belinda ist schnell, sehr schnell, doch sie hat keine gute Ausdauer, und genau in dem Augenblick, als sie merkt, dass Suerte immer mehr aufholt, taucht vor ihr eine kleine Hütte auf. Sie weiß, dass Benjamin solch eine Hütte hatte, doch die wurde abgebrannt, vielleicht gab es mehrere davon. Suerte holt sie bald ein, Belinda hat keine andere Wahl. Sie rennt in die Hütte, die Tür ist offen. Belinda schließt sie und schiebt einen Tisch, der mitten im Raum steht, vor die Tür.

Panisch sieht sie sich um. Ihr Atem rast, sie spürt erst jetzt, dass sie weint, das alles ist ihr absoluter Alptraum, wie aus einem der billigsten Horrorfilme überhaupt. Sie rennt vor einem Psychopathen im Wald davon, nur dass Belinda nicht auf Pause drücken und überlegen kann, was sie tun kann. Sie sieht sich in der Hütte um, sucht etwas, was ihr helfen kann und zieht gleichzeitig ihr Handy aus der Tasche ihrer Shorts. Auf dem Tisch liegen unzählige CDs und Papiere. Alles hier ist vermüllt und dreckig, man kann nicht einmal durch die Scheiben sehen, so verdreckt ist alles.

Es knallt gegen die Tür und den Tisch, Suerte ist da. Belinda reißt die Schranktüren auf, sie findet Geld, ein paar Kisten mit Klamotten, doch nichts, was sie gebrauchen kann, keine Waffen, kein Messer, nichts. Zweimal tritt Suerte gegen die Tür, dann ist es ruhig. Belinda entdeckt mehrere dicke Eisenstangen unter einem Regal. Sie nimmt sich eine und umfasst sie mit beiden Händen, ihr Handy lässt sie fallen, bevor sie es geschafft hat jemanden anzurufen. Es knallt auf der anderen Seite der Hütte, wahrscheinlich ist da noch eine zweite Tür, Belinda kann in den zweiten Raum nicht hineinsehen, doch sie presst sich gegen die Wand und versteckt die Eisenstange hinter sich, als Suerte die Tür zu ihrem Raum öffnet und hereinkommt.

»Was soll das, Belinda? Wir haben dafür keine Zeit. Ich weiß, dass du das alles jetzt nicht verstehst, doch du musst jetzt einfach auf mich hören. Wir packen das alles jetzt ein und fahren zu einem Posten, dort wartet ein kleines Schiff auf uns und bringt uns nach Guatemala. Dort haben wir bereits alles vorbereitet, wir werden da eine Weile untertauchen und unsere Geschäfte aufbauen und dann werden wir zurückkommen und die Familias komplett übernehmen.

Ich schätze, bis dahin haben sich Vidal und Alejandro eh schon zerfleischt und da wir dich haben, werden sie auf dumme Aktionen verzichten müssen.« Suerte lächelt, er hält die Waffe in Belindas Richtung und kommt näher. »Wie kannst du das machen? Meine Familie vertraut dir, wieso hast du das getan? Wieso hintergehst du sie alle?« Belinda kann nicht anders, sie spürt die Tränen auf ihren Wangen und sieht Suerte in die Augen, der immer näher kommt.

»Weißt du, wie viel ich für deine Familie getan habe? Wie viel ich geopfert habe und nie, nicht einmal, war ich mit deinen Brüdern gleichgestellt. Levi ja, er ist Familie, doch egal was ich getan habe oder was ich jemals getan hätte, ich war immer außen vor und das kotzt einen irgendwann an, Belinda. Verstehst du, einmal, wenigstens einmal, sollen alle auf mich hören. Ich erschaffe etwas Neues, etwas Besseres, ich habe gelernt, wie es geht und ich werde mächtiger als die Puentes und die Sombras zusammen und du …«

Nun steht er ganz nah bei Belinda, mit seiner Waffe fährt er über ihre Wange und Belinda kann kaum atmen. Sie krallt sich hinter ihrem Rücken an der Eisenstange fest. Suerte sieht sie aus seinen dunklen Augen gierig an. »Du wirst an meiner Seite sein, meine Hübsche. Du wirst lernen, mich zu lieben und diesen Hund Vidal vergessen. Wir werden viel Spaß haben und du bist meine Garantie, dass uns nichts passiert. Sie alle lieben dich, meine Schöne, keiner wird es riskieren, dich zu verletzten, doch am Ende von allem wirst du an meiner Seite stehen.«

Seine Lippen legen sich hart auf ihre. Belinda schließt angeekelt die Augen, als er sie grob küsst, sie verweigert sich ihm, doch es ist ihm egal. Seine Lippen fahren ihren Hals entlang und seine Hand geht an ihre Oberschenkel. »Ich freue mich schon darauf, wenn wir mehr Zeit haben, jetzt müssen wir erst einmal hier weg.« Er wendet sich ab und Belinda hat das Gefühl, sich übergeben zu müssen.

Suerte zieht eine Tasche hervor, öffnet die Schränke, wirft das Bargeld, diverse Papiere und CDs hinein, dabei dreht er ihr immer wieder kurz den Rücken zu und Belinda schließt die Augen. Sie muss jetzt handeln, sonst ist es zu spät. Sie schluckt schwer, nimmt all ihre Kraft zusammen und schlägt mit voller Wucht Suerte mit der Eisenstange in den Rücken.

Der Schlag kam unerwartet und Suerte knallt gegen einen Schrank, sein Kopf trifft hart auf das Holz und er taumelt. Ohne darüber nachzudenken, schlägt Belinda noch einmal zu und noch einmal. Sie nimmt alle Kraft zusammen und plötzlich sackt Suerte zusammen, die Waffe in seiner Hand geht los und schießt an Belinda vorbei, doch er geht zu Boden und als er da liegt, sieht Belinda, dass er am Kopf blutet, Sie muss ihn dort getroffen haben.

»Suerte?« Sie geht zu ihm, sieht das Blut aus seinem Kopf strömen und lässt die Eisenstange fallen. Sie hat ihn getötet.

Kapitel 12

Belinda kann keinen klaren Gedanken mehr fassen, alles in ihr schreit danach wegzulaufen, doch sie schafft es nicht. Sie entfernt sich von Suerte, lässt ihn dabei aber nicht aus den Augen. Sie spürt die Wand hinter sich und lässt sich daran hinabgleiten, kniet sich zu Boden und beginnt zu weinen. Gedanken rasen in ihrem Kopf umher und doch kann sie sich nicht bewegen, nicht aufhören, zu Suerte und der blutigen Eisenstange zu sehen. Sie weiß nicht einmal, wie lange sie da sitzt, sie spürt ihre Wunden an Armen und Beinen nicht, hört nur ihren Atem und sieht zu Suerte und wie sich das Blut immer mehr verteilt, sie bewegt sich so lange nicht, bis die lange Stille unterbrochen wird.

Es gibt Tritte gegen die Tür, der Tisch hält nur noch kurz stand, bei einem weiteren Tritt gibt er nach und im selben Augenblick stürmt ihr Vater, wie Suerte zuvor, von der anderen Seite in den Raum, er muss auch den Hintereingang benutzt haben, er hält seine Waffe hoch, sieht sie und kommt zu ihr.

Belinda bleibt hocken, sie spürt seine warmen Arme um sich und beginnt noch mehr zu weinen. »Ich habe ihn getötet.« Der Raum wird immer voller, Santos hockt sich zu ihr hinunter, nimmt ihr Gesicht in seine Hand, sieht ihr in die Augen und an ihr herunter. »Wir haben einen Schuss gehört, bist du verletzt?« Belinda schüttelt den Kopf und Santos küsst erleichtert ihre Stirn. »Er hat mir nichts getan, er wollte mich mitnehmen, er war es, Santos, er hat alles geplant und ...« Santos sieht zu Suerte. »Das wissen wir.«

Ihr Vater küsst Belindas Wangen und murmelt ein kleines Gebet, dann hilft er ihr auf die Beine, wo sie erst so richtig sieht, was los ist.

Ihr Vater, Alejandro, Elian, Santos, Ponce, Roman und Vidal sind da. Sie alle sehen an ihr hoch und herunter. Sie weiß, dass sie Kratzer hat und blutet, doch sie achtet auf all das nicht. Sie sieht Vidal in seine besorgten Augen und geht zu ihm, in seine Arme, die sie sofort empfangen. Vidal nimmt ihr Gesicht in seine Hände und sieht an ihr hinunter. »Was hat er getan, Belinda? Fehlt dir etwas?« Sie schüttelt den Kopf und sieht ihm in die Augen, dann wieder zu Suerte, Alejandro beugt sich gerade über ihn.

»Ich habe ihn getötet … ich wollte nur, dass …« Alejandro hebt Suerte hoch und platziert ihn auf einem Stuhl. »Er ist nicht tot. Er lebt noch … allerdings nicht mehr lange.« Suerte liegt halb auf dem Stuhl, aber offenbar ist er nur ohnmächtig.

Alejandro kommt zu Vidal und ihr und nimmt Belinda in die Arme, Ponce ebenfalls. Roman hält währenddessen Suerte fest, während Elian und ihr Vater sich die Unterlagen und CDs ansehen, die Suerte hier hinausschaffen wollte. Sie beginnen, Wasser über Suerte zu gießen und Vidal greift nach Belindas Hand. Als Suerte panisch wieder durch das Wasser zu Bewusstsein kommt, atmet Belinda durch. Sie hat ihn nicht getötet.

Alejandro sieht ihr in die Augen. »Ist wirklich alles in Ordnung?« Belinda nickt, sie erzählt, was Suerte gesagt hat, von dem Posten, dass er telefoniert hat, alle hören ihr zu und ihr Vater nickt. »Wir haben die Männer festnehmen lassen, bevor sie die Cuidad verlassen konnten. Wir kümmern uns gleich um sie. Erst müssen wir das mit Suerte klären.« Suerte lacht laut auf, offenbar ist er wieder richtig da und Alejandro wendet sich an Vidal und Belinda.

»Sie sollte das nicht mitbekommen.« Vidal nickt, noch immer hält er Belindas Hand. »Ich bringe sie zu einem Arzt. Elian wird hierbleiben und nachsehen, ob es noch Informationen zu unserer Familia gibt. Eure Verräter sind nun bekannt, doch von unseren wissen wir nur, dass es sechs sind, mehr nicht!« Alejandro sieht Vidal in die Augen. »Wir werden alles tun, um aus Suerte mehr herauszubekommen, danach gehen wir unsere … Cuidad von allen Verrätern befreien.« Vidal nickt und Belinda atmet aus.

Das bedeutet, dass es in ihrer Familia zu Ende ist? Belinda kämpft gegen eine starke Übelkeit an, die in ihr hochkommt, sie kann das alles nicht glauben, vielleicht muss sie wirklich zu einem

Arzt, sie fühlt sich schlecht, obwohl Suerte ihr nichts getan hat, doch alles, was in den letzten Wochen passiert ist, ist einfach zu viel gewesen.

Vidal nickt und sieht zu Elian, der ihm andeutet, dass es in Ordnung ist, wenn er geht. Belinda spürt den Blick ihres Vaters auf Vidal und sich, doch auch wenn er es nicht zugeben wird, er weiß, dass Belinda bei Vidal sicher ist. Auch wenn niemand das hier jemals zugeben wird, haben die Anführer der Familias seit einiger Zeit sehr gut zusammengearbeitet. Sie wissen, dass sie Verräter in den Familias haben und haben sich mehr vertraut als ihren eigenen Leuten, doch der Hass in ihnen drin ist so stark, dass er es sie gar nicht erkennen lassen wird, was da passiert ist.

Belinda kennt Vidal, sie weiß, dass er keinen Respekt vor ihrer Familia hat, nicht vor ihrem Bruder und nicht vor ihrem Vater, nicht als seine Feinde, doch er hat Respekt davor, dass sie die Brüder und der Vater der Frau sind, die er liebt und so nimmt er Belinda, nachdem sie das Haus hinter sich gelassen haben, richtig in die Arme. Sie zittert noch immer, wenigstens verschwindet die Übelkeit an der frischen Luft.

»Es ist alles gut, mein Schatz. Ich hatte geschworen, dass ich es nie wieder zulasse, dass dir jemand etwas tut und wieder konnte ich es nicht verhindern. Ich ...« Belinda stoppt ihn, indem sie sich hochbeugt und Vidal küsst. Ihre Hände gehen an seine Wange und sie zeigt ihm, wie sehr sie ihn liebt. »Du kannst mich nicht jede Sekunde an jedem Tag beschützen, das geht einfach nicht. Ich habe drei Brüder, mehrere Cousins, einen gefährlichen Freund ...« Sie zwingt sich zu lächeln, auch wenn es ihr noch immer nicht gut geht. »Doch gewisse Sachen passieren einfach.« Belinda meint die Worte ernst, auch wenn sie selbst spürt, dass sie noch immer zittert und ihr der Schreck weiterhin tief in den Knochen sitzt.

»Das Problem ist, dass du nun einer der Anführer der Cinco Sombras bist, mit mir zusammen bist und gleichzeitig das leichteste Ziel bist in all dem Wahnsinn.« Belinda legt ihre Stirn an seine, doch bevor sie etwas sagen kann, ertönt ein Schrei aus dem Haus und Vidal nimmt wieder ihre Hand in seine. »Lass uns gehen. Vertraue mir, es wird alles wieder gut.« Auch wenn Belinda sich langsam wieder etwas beruhigt und versucht, Vidal nicht zu zeigen, wie zittrig sie noch auf den Beinen ist, weiß wie genau, dass Vidals Worte nicht stimmen, es wird nicht alles gut, sie spürt es.

Elian atmet tief ein, als er endlich die Haustür hinter sich schließt. Die Sonne geht gerade unter, er hat eine Weile nicht mehr geschlafen und so langsam spürt er das überall. Sie haben die letzte Nacht damit verbracht, Randal zu verhören und sich Suerte geschnappt. Elian ist danach einfach auf ihrem Gebiet herumgefahren und hat alles noch einmal Revue passieren lassen, was in den letzten Stunden passiert ist.

Er fühlt sich miserabel, sie haben nichts weiter herausgefunden. Die Sombras sind ihre Verräter nun los. Man hat ihnen allen angesehen, dass sie schwer getroffen waren von der Erkenntnis, wer sie alles hintergangen hat, besonders Suertes Verrat war wie ein Faustschlag in den Magen, das konnte man genau sehen, doch sie wissen all das jetzt. Sie können ihre Familia umkrempeln und reagieren, bei ihnen sieht das leider noch ganz anders aus.

Sie haben erfahren, dass sechs Männer sie hier hintergehen und bisher ist nur einer beseitigt: Nacho. Sie wissen nicht, wer da noch alles mit drin hängt. Randal wusste es nicht und Suerte hat nicht geredet. Er hat geahnt, dass all das böse für ihn enden kann, er ist noch einige wilde Wünsche losgeworden, hat den Brüdern ins Gesicht gesehen und ihnen gesagt, warum er sie hintergangen hat, dass er einfach die Macht wollte, die er nie hätte bekommen können, doch bevor sie überhaupt richtig mit der Befragung anfangen konnten, hat er sich blitzschnell eine Kapsel, die er sich irgendwann aus seiner Hemdtasche genommen hat, in den Mund genommen und schnell geschluckt. Er hat geahnt, dass es so kommen würde, und das Gift in der Kapsel hat ihn getötet, bevor es ein anderer tun konnte.

Elian hat die Brüder mit all dem Wahnsinn allein gelassen, nun ist ihre Zusammenarbeit offiziell beendet. Alejandro hat Elian versichert, dass sie auch weiterhin helfen werden, die Verräter in ihrer Familia zu finden, doch Elian weiß, dass sie diese Hilfe nicht brauchen und nicht annehmen werden. Alles was sie verbunden hat für diese paar Tage, war das Wissen, dass die Verräter zusammen gegen sie arbeiten, nun sind die Sombras ihre los, sie stehen immer noch vor einem großen Fragezeichen und einem noch größeren Haufen von Chaos, den die letzten Wochen hinterlassen haben.

Elian flucht leise, es ist ganz still und überall ist es dunkel. Alena, ihre Mutter und Emilia wurden sofort hier herausgeholt, nachdem alle Verräter geschnappt waren. Elians Vater hat sie genauso ungesehen aus der Cuidad geschafft, wie sie hereingekommen sind. Die Haushälterinnen und ihre kleinen Lieferwagen haben dabei geholfen. Elian hat nicht weiter nachgefragt und ist extra noch nicht zurückgekommen. Nun steht er im Haus und etwas von Alenas Duft liegt noch in der Luft.

Er schaltet das Licht ein und sieht sich im unteren Geschoss um. Es ist alles aufgeräumt, der Boden glänzt, die Haushaltshilfen waren ja da. Es steht Essen auf dem Herd und nicht einmal ein Glas steht herum. Elian löscht das Licht wieder und geht nach oben. Hier sieht es noch etwas mehr nach den letzten Tagen aus, die Haushälterinnen gehen noch nicht nach oben, Elian wird ihnen sagen, dass sie das ab jetzt wieder tun sollen. Auch die Bauarbeiten sollen zu Ende gebracht werden und sie sollen auch gleich ein bisschen mehr verändern, vielleicht neu streichen oder sonst etwas.

Er geht in das Schlafzimmer, in dem Alenas Mutter geschlafen hat, wo alles so aussieht, als hätte hier nie jemand geschlafen, genauso in Emilias Zimmer, Elian geht in das Zimmer, das sie als Überwachungsraum benutzt haben. Die Boxen sind leise gestellt, er stellt den Regler an und sofort ertönen viele Stimmen und Geräusche. Elian stellt die Lautstärke wieder ab, all das bringt nichts. Sie müssen sich etwas Neues einfallen lassen.

Er bleibt noch eine Weile sitzen und sieht auf die vielen Empfänger. Morgen kommt Besuch aus Mexiko, Vidal hat den größten Deal, den ihre Familia jemals eingegangen ist, vorgezogen und nun starten die Verhandlungen bereits morgen. Viel zu früh, sie haben ihre Familia momentan nicht im Griff und ziehen diesen Deal durch. Wenigstens ist ihr Vater noch da, auf alle anderen können sie momentan nicht vertrauen.

Dante hat ihn vorhin angerufen, er plant seine Hochzeit mit Camilla, er denkt, alles wäre in Ordnung und hat Elian gefragt, wieso Vidal und er momentan allen aus dem Weg gehen. Auch Benito und Cuca haben ihn schon gefragt, Aaron hat sich sehr zurückgezogen, doch er kann nicht sprechen.

Elian bezweifelt, dass er sich mit anderen gegen sie verbündet hat. Vidals bester Freund steht wie ein Schatten hinter ihnen, seit sie alle noch kleine Kinder waren. Aber auch bei keinem der anderen kann Elian das glauben, doch es muss einer von ihnen gewesen sein. Es wusste niemand anderer außer der engsten Familia von diesem Deal.

Nur sie sechs, ihr Vater und ihre Onkel wussten davon, doch Elians Verstand weigert sich zu glauben, dass einer dieser Menschen sie hintergeht, doch so wird es den Sombras auch gegangen sein und am Ende hat sich herausgestellt, dass es Suerte war. Elian weiß gar nicht, ob er den Tag herbeisehnen soll, an dem sie den Namen kennen oder ob er davor weglaufen soll, beides fühlt sich richtig an.

Er sieht auf die Empfänger und fegt sie alle mit einer wütenden Bewegung vom Tisch, all das, all die letzten Wochen und Monate, all dieser Wahnsinn hat ihn müde werden lassen, müde, misstrauisch und schlecht gelaunt. Er sehnt die Zeit davor herbei, die Zeit, wo es noch nicht so war, wo sie ganz normal die Familias geführt haben, Spaß mit Frauen hatten und das Leben genossen haben, all das fühlt sich schon lange nicht mehr so an.

Elian steht auf und geht in das Schlafzimmer von Alena. Auch hier ist alles, als wäre sie nie dagewesen. Er bildet sich ein, auch hier noch einen Hauch ihres Duftes wahrzunehmen, doch er schüttelt über sich selbst nur den Kopf.

Als er dann in sein Schlafzimmer kommt und sich sein Shirt auszieht, um duschen zu gehen, stockt er. Das Handy, das er Alena gegeben hat, um mit ihr im Kontakt zu bleiben, wenn er unterwegs ist, liegt auf seinem Bett und die Decken sind so zusammengedreht, dass man erkennt, dass jemand sich darauf hingelegt hat.

Elian sieht auf sein Bett, Alena war noch einmal hier im Zimmer, er kann sie bildlich vor sich sehen, wie sie hier liegt und ihm dann das Handy dalässt. Es wäre der einzige Weg gewesen, wie sie beide hätten Kontakt halten können, doch sie war schlau genug, es hier zu lassen. Elian legt sich auf das Bett und sieht zur Decke. Auch ihm fällt es viel zu leicht, wenn Alena um ihn herum ist, alles zu vergessen und die Zeit mit ihr zu genießen.

Elian macht sich da gar nichts vor, Alena bedeutet ihm schon viel zu viel, viel mehr als gut wäre und das hat auch nicht nur etwas damit zu tun, was ihr angetan wurde und dass er sie gerettet hat und die ersten Tage für sie da war, das hat angefangen, als Elian sie das erste Mal gesehen hat und sie von diesem Tag an nie wieder wirklich vergessen konnte.

Elian atmet tief aus, nimmt das Handy in die Hand und schleudert es gegen die Wand. Er muss an Nachos Worte denken, auch wenn er ein Verräter war und sie hintergangen hat, hatte er ihnen damals gesagt, dass am Ende immer die Sombras als Sieger hervorgehen, sie haben ihre Verräter und sie, die Anführer der Puentes, sind völlig abgelenkt von den Frauen der Sombras.

Das mit Vidal und Belinda ist nicht mehr aufzuhalten, Elian kennt seinen Bruder, er wird es nicht zulassen, dass sich irgendjemand ihm und Belinda in den Weg stellt, niemals. Momentan akzeptieren das noch alle, keinem gefällt es und auf Dauer wird das nicht gut gehen, es ist wie ein Feuer, auf das man zurennt. Man spürt, dass es heißer und heißer wird und man weiß, dass man sich verbrennen kann, doch irgendwie scheint keiner der beiden aufhören zu können, auf das Feuer loszurennen.

Vidal verdrängt es, doch Elian und sein Vater wissen, dass nach all dem Chaos dies ihr nächstes Problem sein wird, aber Elian weiß nicht, wie das jemals gelöst werden kann. Er hat den Blick von Ramiro auf Vidal gesehen, er hat gehört, was sein Vater von alldem hält, das wird niemals gut gehen.

Deswegen ist er froh, dass es bei Alena und ihm anders liegt. Belinda kannte diesen Krieg nicht und deswegen hat das zwischen Vidal und ihr erst richtig begonnen und ist nun nicht mehr aufzuhalten. Das mit Alena und ihm hingegen ist zwar auch mehr als nur die Hilfe eines Menschen oder das Verlangen von Alena, bei Elian zu sein, weil sie sich bei ihm sicher fühlt, es ist bereits mehr als all das, da macht er sich nichts vor und er hat es zugelassen, sie beide haben das, doch im Grunde und tief in ihrem Herzen wissen Alena und er, dass da niemals mehr zwischen ihnen sein wird.

Es geht nicht, es darf nicht sein und es wird nicht sein, deswegen hat Alena das Handy hier gelassen und deswegen ist Elian nicht da gewesen, als sie gegangen ist, sie wissen es, jetzt in diesem Moment, als Elian seine Augen schließt und noch einmal Alenas süßen Duft in sich aufnimmt, fühlt es sich nicht gut an, doch sie wissen, dass sie keine andere Wahl haben und dass das der einzig richtige Weg ist. Im Gegensatz zu seinem Bruder geht er von nun an dem Feuer aus dem Weg und rennt ihm nicht mehr entgegen.

Kapitel 13

Belinda schließt die Augen und öffnet sie eine Sekunde später wieder, als sie eine Nachricht von Vidal bekommt, ob sie schon zuhause ist und sich ausruht.

Erst jetzt merkt Belinda langsam, dass ihr alles wehtut. Sie stand wahrscheinlich so unter Adrenalin, dass sie das alles am Anfang nicht gemerkt hat. Vidal hat sie ins Krankenhaus gebracht, wo die Ärzte sich ihre Wunden angesehen und sie versorgt haben, sie haben ihr sicherheitshalber auch Blut abgenommen, doch Belinda fehlt nichts weiter, deswegen haben Vidal und sie das Krankenhaus relativ schnell wieder verlassen und sind etwas essen gegangen.

Vidal hat darauf bestanden, auch wenn Belinda eher übel war, als dass sie Hunger hatte, als dann allerdings das Essen vor ihr stand, hat sie doch alles gegessen. Kurz danach kam schon Roman mit Alena, Alicia und Emilia zu ihnen. Vidal hat sich mit Roman besprochen, es war das erste Mal, dass sie die beiden so ruhig hat miteinander sprechen hören, Roman ist sonst immer viel zu aggressiv dafür, doch am Tisch, während alle, selbst Roman, gegessen haben, haben sie vereinbart, dass sie weiterhin Informationen austauschen, so lange, bis wirklich alle Verräter geschnappt sind.

Vidal hat gesagt, dass, wenn all das vorbei ist, sich die Anführer der Familias treffen sollten und noch einmal neu über den Waffenstillstand verhandeln. Nun hat sich zwischen den Familias ja einiges geändert. Roman hat gesagt, dass er mit Ramiro darüber reden wird, doch Belinda hat ihm angesehen, dass er davon nichts hält. In dem Moment hat Santos Lilly zu ihnen gebracht, ist aber direkt wieder gegangen. Ihre Brüder und ihr Vater kümmern sich um die Verräter in der Cuidad und die Frauen sollen nicht dabei sein.

Belinda weiß, dass auch Vidal dieses Treffen, worauf er besteht, nicht möchte, doch dass er es tut, weil er weiß, dass sie das alles noch einmal neu besprechen müssen wegen Belinda und ihm. Sie müssen die Familias an einen Tisch bekommen und neue Vereinbarungen treffen lassen, sonst haben Belinda und er keine Chance.

Vidal musste kurz danach aufbrechen, er hatte Belinda schon vorher erzählt, dass sie Besuch wegen des großen Deals bekommen werden und er in den nächsten Tagen komplett eingespannt sein wird, zusätzlich muss er sich ja immer noch um die Verräter bei ihnen kümmern. Das Wissen, dass bei Belindas Familia nun aber wieder Ruhe einkehrt und sie in Sicherheit ist, beruhigt ihn. Er hat ihr versprochen, dass sie sich danach ein paar Tage eine Auszeit gönnen werden, doch Belinda sieht noch lange kein Ende all dieses Wahnsinns.

Sie sind im Restaurant geblieben. Roman hat mit Petro telefoniert und ihm alles erklärt. Belinda hat nicht gehört, wie er darauf reagiert hat, doch er macht sich auf den Rückflug. Sie sind bis zum Abend im Restaurant geblieben, auch wenn Belinda einfach nur noch ins Bett und schlafen wollte, doch sie weiß, dass ihr Vater und ihre Brüder die Zeit brauchten, um sich um die Verräter und den Rest der Familia zu kümmern und sie wollen das tun, ohne dass sie etwas davon mitbekommen.

Als sie dann endlich zurückkonnten, war es ein merkwürdiges Gefühl, wieder die Cuidad zu betreten. Die Wachposten haben sich wie immer verhalten, auch alle Männer, die sie getroffen haben, haben gegrüßt wie immer, doch allen konnte man ansehen, dass etwas passiert war, dass sie alle überrumpelt sind, keiner von ihnen hatte ja etwas geahnt.

Belinda hat sofort gesehen, dass mehrere Männer dabei waren, Häuser leerzuräumen, die müssen den Männern gehört haben, die den Verrat begangen haben. Roman hat Emilia ein Haus gezeigt, das gleich bei dem von Alejandro steht und gesagt, dass es komplett renoviert und für Petro fertiggestellt wird. Petro möchte, dass Emilia die erste Zeit bei ihm dort lebt.

Die hübsche junge Frau, mit der Belinda bis jetzt noch nicht sehr viel zu tun hat, die aber noch immer das dunkle Tuch über ihren

Haaren trägt und deren helle Haut sehr auffällig schimmert, hat darauf kaum reagiert, doch was soll sie zu alldem auch sagen? Was gibt es zu so etwas zu sagen? Wie soll man das alles verarbeiten? Belinda hat langsam begriffen, dass das nicht geht und nicht möglich ist, man muss einfach versuchen, das zu akzeptieren und weiterzuleben, aber vielleicht hat sie damit schon die wichtigste Lektion gelernt, die es in Puerto Rico und im Leben mit den Familias zu lernen gibt.

Sie alle sind langsam durch die Cuidad gelaufen, es war fast schon gespenstisch, sehr ruhig, Blätter und Kleidungsstücke sind umhergeflogen, Möbel wurden aus den Häusern geworfen, überall standen kleine Grüppchen von Männern und haben sich unterhalten. Roman hat sich wie sie alles genau angesehen, doch dann hat er Lilly zu Santos' Haus gebracht und seine Mutter ist mit Emila und Alena zu ihrem Haus gegangen. Bis Petro da ist, wird Emilia bei ihnen leben.

Zusammen mit Belinda sind sie dann zum Haus ihres Vaters gegangen. Gerade als sie eintreten wollten, kam eine Gruppe Männer heraus, Belinda hat sofort gesehen, dass es die Männer der engeren Kreise sind, der zweite engere Kreis, die zwanzig Männer, von denen nun sechs fehlen. Sie alle haben nur eine leichte Begrüßung gemurmelt und sind gegangen. Es ist schwer zu sagen, was nun in ihren Köpfen vor sich geht.

Im Wohnbereich haben sie sofort laute Stimmen vernommen und haben ein merkwürdiges Bild vorgefunden. Ramiro ist hin- und hergelaufen. Ignacio hat auf der Treppe gesessen und den Kopf gesenkt, Alejandro und Santos standen am Kamin und haben sich in der Runde umgesehen, während Ponce, Levi und Rehan auf den Sesseln und Sofas gesessen haben. Rehan sah völlig überrascht aus, während Levi den Kopf hat hängen lassen und auf den Boden gesehen hat. Er scheint wütend zu sein, als sie eintreten, verstummt ihr Vater, der gerade etwas erklärt hat.

Belinda sieht sich alle an, es fällt sofort auf, dass Suerte in dieser Gruppe fehlt und Belinda atmet tief durch. Sie weiß, dass viele jetzt enttäuscht und wütend sind und das all das nicht einfach so wieder heilen wird, das braucht Zeit wie jede Wunde, die einem zugefügt wurde, deswegen ist sie auch direkt nach oben gegangen, hat ihrem Vater nur schnell einen Kuss auf die Wange gegeben und die Männer dort anfangen lassen, sich darum zu kümmern, dass diese vielen Wunden langsam anfangen können zu heilen.

Belinda hört von unten weiterhin die Stimmen, sie ist müde, zum Glück ist die schlimme Übelkeit vorbei, nachdem sie etwas gegessen hat. Sie schreibt Vidal, dass sie sich schlafen legt und ihn vermisst. Kaum hat sie die Nachricht abgeschickt, klingelt ihr Handy und April ist dran. Seit ihrem Abflug haben haben sie nicht richtig miteinander gesprochen, April ist ihr ständig ausgewichen und Belinda wollte ihr die Zeit geben, sich in Portland um alles zu kümmern, doch sie ist froh, dass April jetzt anruft und sie ihr sagen kann, dass sie die Verräter geschnappt haben und hoffentlich bald wieder mehr Ruhe einkehren wird.

Doch schon nach der Begrüßung und einem kurzen 'Wie geht's' hört Belinda, dass etwas nicht stimmt. Sie kennt April besser als sonst jemand und setzt sich im Bett auf. »Was ist los?«

Belinda weiß, dass es gerade viel zu besprechen gibt für ihre Brüder, Cousins und ihren Vater, doch noch niemals hat sie April so niedergeschlagen erlebt wie jetzt und sie hat sich die größte Mühe gegeben, vor Belinda zu verstecken, wie es ihr wirklich geht. April hat sich bewusst einige Tage nicht gemeldet, aber trotzdem konnte Belinda sofort hören, dass etwas nicht stimmt.

Sie geht die Treppen hinab, noch immer sprechen alle miteinander, Ponce setzt gerade an, etwas zu sagen, als alle zu Belinda sehen. »Alejandro, ich muss kurz mit dir sprechen.« Ponce erzählt, was sie alles für Dinge bei Suerte in dem Haus am Wald gefunden haben, es ist gut, dass nun auch alle anderen wirklich alles erfahren, doch Belinda ist auf Alejandro konzentriert, der sich von der

Wand abstößt und hinter ihr her in den Flur zum Eingangsbereich kommt.

Kaum sind sie aus der Sichtweite der anderen, dreht sich Belinda zu ihrem ältesten Bruder um. »Wieso hast du das getan?« Alejandro knackt seine Schultern und greift nach einer Strähne, die Belinda aus ihrem Knoten gerutscht ist und gibt sie Belinda in die Hand, die sie wieder nach oben steckt. Sie weiß, dass die Männer alle nicht geschlafen haben, doch sie muss das jetzt mit ihm besprechen.

»Warum habe ich was getan?« Belinda verschränkt die Arme vor der Brust und sieht ihrem hübschen Bruder in die Augen. Alejandro ist ein sehr hübscher Mann und er hat eine sehr sanfte Seite an sich, bei all der Härte, die er haben muss, Belinda versteht, wieso April sich so in ihn verliebt hat.

»Ich habe gerade mit April gesprochen, sie ist mir die ganzen Tage aus dem Weg gegangen und ich habe sofort gehört, dass etwas nicht stimmt, Alejandro.« Sobald Belinda Aprils Namen sagt, sieht sie eine winzige Sekunde, wie Alejandros harter Gesichtsausdruck, den er im Augenblick aufsetzt, weicht, doch dann sieht er sie gleichgültig an.

»Da ist nichts, Belinda, ich habe ihr keine Versprechen gemacht.« Er will sich umdrehen und gehen, doch Belinda hält seinen Arm fest. »Alejandro, du sagst ihr, dass du sie liebst und gleichzeitig, dass das zwischen euch vorbei ist, wie denkst du, soll sie das aufnehmen?« Er dreht sich wieder zu ihr um. »Sie wird es verkraften und darüber hinwegkommen. Ich habe ihr doch gesagt, wieso ich keine Beziehung führen kann, muss ich dir das etwa erklären? Soll ich wirklich April in all das hineinziehen? Soll sie wegen mir ihr Leben aufgeben?«

Belinda würde am liebsten die Augen verdrehen, immer dieselben Argumente. »Vor allem möchte ich keine Beziehung führen. Die Tage, die April da war, habe ich gemerkt, wie sehr mich so etwas Festes ablenkt. Ich hatte wirklich Probleme, mich auf die Familia zu konzentrieren und das kann ich mir nicht leisten. Ich bin ihr Anführer.« Belinda kann das nicht verstehen. »Aber du liebst sie doch, Alejandro.« Ihr Bruder sieht ihr in die Augen, und auch wenn er es nicht zugeben würde, sie erkennt darin, dass ihm diese Entscheidung nicht so leichtfällt, wie er tut.

»Belinda, ich führe eine Familia an, eine Familia, die gerade in der größten Krise steckt, die sie wahrscheinlich jemals hatte, als Anführer musst du auf gewisse Sachen verzichten und zurückstecken, es wäre einfacher, wenn das Vidal auch verstehen würde, dann hätten wir einige Probleme weniger!« Mit diesen Worten dreht er sich um und geht.

Belinda atmet schwer ein, eine ungeheure Wut beginnt in ihrem Magen zu brennen, sie geht ihm hinterher und stockt, als Roman gerade einen Satz beendet und ihr Vater dazwischenfährt. »Wir werden auf keinen Fall irgendwelche neuen Verhandlungen mit den Puentes beginnen, unsere Zusammenarbeit ist beendet. Wenn wir noch etwas wegen ihrer Männer erfahren, teilen wir ihnen das mit, aber das war's. Keine neuen Verhandlungen, nichts!«

Belinda spürt, wie ihr Tränen in die Augen steigen, diese Männer lernen einfach nicht dazu, sie sind so stur, viel zu sehr auf ihren Krieg und diesen Hass, diese Familias fixiert, dass sie nicht einmal merken, was sie damit alles zerstören. Ohne noch jemanden anzusehen, geht Belinda an allen vorbei, augenblicklich ist Stille, sie geht nach oben und schlägt die Tür lautstark zu, bevor sie ihre Tränen nicht mehr zurückhalten kann.

»Ist alles in Ordnung?« Romans Mutter streicht über seine Wange, als er sie in der Küche seines Elternhauses trifft. Er hat mittlerweile sein eigenes Haus, doch hier wird immer sein Zuhause sein. »Ja, es geht. Wir werden uns morgen weiter besprechen. Wir alle sind zu müde und es ist zu viel passiert, als dass es an einem Tag zu klären wäre. Es gibt auch noch einige Treffen mit der ganzen

Familia, alle Geschäfte werden gerade auf Eis gelegt, wir müssen erst einmal reparieren, was hier kaputtgegangen ist.«

Seine Mutter lächelt mild und sieht sich um. »Du erinnerst mich an deinen Vater, wenn du so sprichst. Es ist schön, wieder zuhause zu sein, weißt du, am Ende macht das diese Familie aus. Es herrscht das größte Chaos, alles geht drunter und drüber und doch ist es einfach nur schön, wieder zuhause zu sein.«

Roman gibt seiner Mutter, die sich einen Tee macht, einen Kuss. »Bleibst du hier? Du solltest schlafen, du siehst müde aus.« Roman geht die Treppen nach oben. »Ich gehe gleich zu mir. Ich will nur kurz nach Alena sehen.« Seine Mutter sagt nichts dazu, sie weiß, wie sehr er an seiner kleinen Schwester hängt.

Roman klopft leise an und tritt dann ein. Es brennt ein kleines Licht. Alena schläft inmitten ihrer vielen Kissen und Kuscheltiere. Sie hat ein altes Fotoalbum auf dem Bett liegen und Roman legt es weg, bevor er sich über sie beugt und ihre Wange küsst, dabei fällt ihm ein, dass es das erste Mal ist, dass Alena wieder zuhause ist, nachdem Benjamin sie entführt hat.

Sie war danach direkt im Krankenhaus und von dort sind sie nach Österreich geflogen. Er sieht auf das hübsche Gesicht und hört auf den ruhigen Atem. Vielleicht können ihre Wunden hier noch besser heilen.

Er geht aus dem Zimmer und sieht sich nach Emilia um, er wollte mit ihr reden. Er klopft an alle Gästezimmer, bis er aus einem ein leises »Ja?« hört. Er tritt ein und sieht, wie Emilia auf dem Balkon ihres Zimmers sitzt. Sie rückt ihr Tuch zurecht, als sie erkennt, dass er es ist. Roman geht zu ihr, nachdem er die Tür geschlossen hat.

Emilia lächelt, als er zu ihr auf den Balkon tritt, sie hat eine Tasse in der Hand und ein Buch, dass sie auf den kleinen Abstelltisch neben sich legt und ihn dann ansieht. »Hey, wie geht es dir?« Roman lehnt sich gegen das Geländer und sieht in das hübsche Gesicht von Emilia. Er mag sie, sie ist anders als die anderen Frauen, ein wenig ungewöhnlich, doch man merkt schnell, dass sie ein gutes Herz hat. Alle Menschen, die in Kontakt mit ihr kommen, mögen sie sofort.

Sie ist hübsch, auch wenn sie sich verhüllt und versucht, sich so unauffällig wie nur möglich zu geben, kann man auch so erkennen, wie schön sie ist. Roman wüsste nur zu gern, wie sie mit einem engen Kleid aussehen würde und wenn man ihre Haare sehen könnte.

»Es geht, es ist viel los gerade ...« Er sieht auf die Cuidad hinunter und reibt sich müde die Augen, bevor er Emilia wieder ansieht, er braucht unbedingt Schlaf. »Also ... hast du Gefallen an Büchern gefunden?« Emilia lächelt und legt fast schon beschützend ihre zarte Hand auf das Buch neben sich.

»Ich liebe es, es ist jedes Mal, als würde ich in eine neue Welt ein- tauchen. Ich kann gar nicht genug davon bekommen. Diese Gefühle und die Liebe ... ja, ich liebe es, zu lesen.« Er muss lächeln, als er die Begeisterung in ihren schönen braunen Man- delaugen erkennt. »Ich hoffe, du beginnst auch, über die Bücher hinwegzusehen und auch dieses reale Leben wahrzunehmen.« Er verschränkt die Arme vor der Brust. »Also wenn ich ehrlich bin, verzichte ich darauf lieber. Es ist beängstigend, wie hart und rau die Welt hier ist.«

Roman sieht zur Seite und auf die Cuidad. Auch wenn es sehr still ist, spürt man die Unruhe, die Unsicherheit, die durch ihre Cuidad schleicht und alle und jeden einnimmt. Emilia steht auf, stellt sich neben ihn an die Balkonbrüstung und sieht ebenfalls auf die Cui- dad hinaus.

»Wir sind auf einer Insel versteckt worden, doch es war bis auf Benjamin sehr friedlich. Jetzt hier ... dieses Leben ist so schnell, hart und verwirrend. Es gibt so viel Gewalt und Hass. Man kommt kaum zum Durchatmen. Ich weiß nicht, ob ich das alles so wirk- lich an mich ranlassen möchte.«

Roman lächelt mild. »Da kann ich dir nicht einmal widersprechen, aber es werden auch wieder andere Zeiten kommen. Es war nicht immer so, weißt du. Aber um diese Art von Leben führen zu können, wie wir es tun, muss man auch immer mal wieder dafür kämpfen. Wir beschützen unsere Familien, die Familia und das Leben, was wir hier führen. Ich denke aber, dass du bald sehen wirst, dass es auch anders sein kann, dieses Leben hier. Wir werden bestimmt bald das Ende dieser Zeit feiern, bald ist Weihnachten ... Gab es bei euch Feiern?« Sie sieht noch immer auf die Cuidad hinunter.

»Nein, wir haben Weihnachten nicht wirklich gefeiert, eher viel gebetet und uns bedankt, es gab etwas Gutes zu essen und die Nonnen haben uns neue Kleidungsstücke gebracht. Das war es eigentlich ... Meinst du wirklich, all das kann so spurlos an allen vorbeigehen? Ob alles wie vorher wird? Glaubst du daran?« Roman sieht sie an. Er nimmt jedes Detail ihres schönen Gesichtes in sich auf. An ihrer rechten Augenbraue hat sie einen kleinen Leberfleck. Ihre Haut schimmert so hell, nun weiß er ja auch warum, das ist der eigentliche Grund, wieso er hier ist.

»Ja, ich glaube daran. Es muss einfach!« Er wendet sich ihr zu. »Hör mal, Emilia, ich habe dir ja versprochen, mich umzuhören, ob ich erfahre, wer deine Eltern waren. Wie es dazu kam, dass du dort gelandet bist, obwohl du ja nachweislich zu keiner Familia gehörst, also zumindest nicht über die Blutlinie.« Er räuspert sich, er ist nicht sehr einfühlsam, das weiß er, er möchte Emilia auch nicht wehtun und versucht, genau zu überlegen, wie er es ihr sagt, doch Emilia hebt ihre Hand.

»Ich weiß nicht, ob ich das wirklich wissen möchte.« Nun hat sie Roman aus dem Konzept gebracht, der sich die Worte schon zurechtgelegt hat. »Aber ... willst du nicht wissen, wer deine Eltern sind?« Er erkennt eine Furcht in ihren Augen, die er vorher noch nie bei ihr gesehen hat. »Ich weiß nicht, will ich das? Du kennst die Geschichte. Sollte ich es erfahren? Was denkst du?«

Nun ist Roman wirklich überfordert, Emilia ist einen Schritt auf ihn zugekommen und sieht ihn fragend an. »Die Geschichte ist wie alle Geschichten damals nicht nur schön, Emilia, aber ich denke, du solltest sie kennen, damit du weißt, woher du kommst, wer du bist und du vielleicht so einen Platz in diesem Leben findest.«

Emilia legt den Kopf ein wenig schief, als wäre sie über seine Worte überrascht. »Okay, du hast recht. Ich würde mich sonst mein Leben lang nur fragen was ist und … sag es einfach.«

Roman lächelt. »Ich habe mit Ramiro gesprochen. Damals hat sich eher sein Vater mit den Babys und alldem beschäftigt. Mein Vater und die anderen Männer, sie alle waren viel zu sehr mit den Kämpfen gegen die Puentes beschäftigt. Ich denke auch, dass sie vieles von damals nicht mitbekommen, vergessen oder verdrängt haben. Ramiro hat sich ein wenig umgehört, doch als er dich gesehen hat im Lagerhaus und nochmal gründlich nachgedacht hat, ist ihm klargeworden, wer deine Mutter war.«

Er stockt. Es fällt ihm schwer, das zu erzählen und ihr dabei so in die Augen zu sehen. »Ein sehr guter Freund Ramiros, Roberto, er war einer der engeren Mitglieder und immer an Ramiros Seite, er war auch sehr gut mit meinem Vater befreundet … Dieser Roberto hatte damals eine Freundin, Emily. Sie stammte aus Finnland, Roberto hat sie auf einer Auslandsreise in London getroffen, wo er ein paar Handlungswege ermöglicht hat.

Sie haben hier zusammen gelebt, sie waren wohl einige Zeit zusammen und sollen sich sehr geliebt haben, daran konnte sich Ramiro noch sehr gut erinnern. Roberto wollte sie vor dem Leben hier schützen, doch deine Mutter hat deinen Vater so sehr geliebt, dass sie das Leben hier in Kauf genommen hat.

Die Zeit, wo der Krieg eskaliert ist, war sehr kurz und hart, auch deine Mutter wurde damals gefangengenommen, offenbar nicht von einem Mitglied der Puentes, aber von einer Familia, die ihr unterstand und die sich so quasi ein wenig gute Punkte einheimsen wollten …«

Er stoppt, Emilias braune Augen haben sich mit Tränen gefüllt, doch sie deutet ihm an, weiterzusprechen. »Sie wurde mit zwei anderen Frauen gefangengehalten, mehr weiß er nicht. Damals haben die Familias alles getan, um besonders die Anführer und engsten Kreise schwer zu treffen und das, womit man einen Mann am meisten verletzten kann, ist es, sich an seiner Familie zu vergreifen, an die Menschen, die er liebt und die sich nicht wehren können. Deswegen haben sich Benjamin und die Verräter auch vor allem an unsere Frauen rangewagt, sie wissen, dass uns das am meisten trifft.

Roberto hat sie befreit, doch dabei sind er und ein anderer Mann getötet worden, Emily kam frei und hat das nicht überwunden. Sie wollte Puerto Rico verlassen, doch dann hat sie gemerkt, dass sie schwanger ist. Keiner wusste, ob du von Roberto oder den Entführern bist, Ramiro sagt, dass es eine harte Zeit war, Emily ist hiergeblieben, doch sie wusste nicht, ob sie dich lieben oder ablehnen soll, und es hatte auch niemand die Zeit, sich um sie zu kümmern. Ramiro bereut das heute.

Emily ging es von Tag zu Tag schlechter, sie hat nicht mehr bei ihnen gelebt, sie hat die Erinnerungen nicht ausgehalten, doch Ramiro weiß, dass sie noch Kontakt zu seinem Vater hatte. All das hat sie verrückt gemacht, der Tod von Roberto, dass sie nicht weiß, von wem das Baby in ihrem Bauch ist, sie wurde immer schwächer. Als du zur Welt gekommen bist, hatte sie starke Blutungen und ist noch während der Geburt gestorben, sie hatte die Kraft nicht mehr, doch du hast überlebt.

Ramiro weiß nicht genau, wie es dazu kam, aber wahrscheinlich haben die Leute dich dann einfach mit den anderen Babys weggebracht. Keiner hat mehr danach gefragt. Allerdings hat er dich jetzt gesehen und er ist sich absolut sicher, dass du Robertos Augen hast, sonst kommst du ganz nach deiner Mutter ...« Roman greift in seine Hosentasche und zieht das Bild heraus, das Ramiro ihm gegeben hat, es zeigt Emilias Eltern auf einer Feier mit Ramiro und seinem Vater.

Als er jetzt auf das Bild blickt, das Emilia in ihren zitternden Händen hält, sieht auch er, dass sie zu beiden sehr viel Ähnlichkeit hat, sie ist eine Mischung aus beiden. Sie hätte niemals bei diesen anderen Babys sein dürfen, keines der Babys hätte das mitmachen dürfen, doch Roman will nicht über diese Zeit urteilen, er sieht selbst, zu was für Entscheidungen schwere Zeiten einen bringen können.

»Es ...« Emilia sieht auf das Bild. »Ich ... danke, dass du es mir gesagt hast.«

Sie weint und Roman räuspert sich, was soll er jetzt tun? »Ich hoffe, dass du jetzt besser damit umgehen kannst.« Emilia wendet sich ab, sie sieht auf die Cuidad hinaus, sicherlich möchte sie nicht, dass er noch mehr Tränen von ihr sieht. »Ramiro möchte, dass du weißt, wie leid ihm all das tut, alles. Dein Vater war einer seiner besten Freunde und er möchte gerne, dass du hierbleibst. Eigentlich wollte er selbst mit dir sprechen, aber ich dachte, ich sage es dir lieber erst.«

Sie nickt, sieht aber nicht zu ihm. »Petro möchte, dass du bei ihm lebst fürs Erste und Ramiro hat Pläne für eine soziale Einrichtung hier in unserem Gebiet. Belinda will mithelfen, Lilly auch, ich habe gedacht, dass wäre doch bestimmt etwas für dich ... also, du kannst ja zumindest darüber nachdenken ...«

Roman sieht Emilias Tränen nicht, doch er weiß, dass sie da sind. Wie ein unfähiger kleiner Junge steht er hinter ihr und weiß nicht, was er tun soll, doch dann atmet sie tief durch und sagt ihm mit gebrochener Stimme, dass sie erst einmal über all das nachdenken möchte. »Natürlich, ich lasse dich allein. Wenn etwas ist ... weißt du, wo ich bin!«

Ganz toll, Roman hat unzählige Frauen gehabt, Abenteuer hinter sich und unzählige heiße Affären, doch in dem Moment spürt er, dass er keine Ahnung von richtigen Frauen hat, nicht von denen, wo es drauf ankommt. Er schließt leise die Tür und ist froh, seine

Mutter zu treffen, die gerade die Treppen hochkommt. »Du solltest vielleicht mal nach Emilia sehen.«

Er gibt ihr einen Kuss und geht erleichtert die Treppen hinunter. Er kann so etwas einfach nicht. »Was ist passiert?« Seine Mutter sieht ihn überrascht an. Roman zuckt die Schultern. » … Sie ist nun ein Mitglied der Familia … das ist passiert.« Anders kann er es nicht formulieren und dass es hart ist, ein Teil von alldem hier zu sein, spürt er, sobald er wieder auf der Straße der Cuidad ist und auf das Chaos blickt, was die letzten Monate hier angerichtet haben. Er kann nur hoffen, dass es nicht mehr lange dauern wird und Emilia auch mal die guten Seiten kennenlernen wird: Die Seiten, die ihn all das hier über alles lieben lassen, egal was für schwere Kämpfe er dafür auch kämpfen muss.

Kapitel 14

Vidal wirft sein Handy auf den Beifahrersitz, seine Laune ist auf dem Tiefpunkt, noch tiefer kann sie nicht sinken.

Er hat wirklich angefangen durchzuatmen. Die letzten Tage lief alles so ruhig, das erste Mal seit Langem hatte er das Gefühl, dass endlich sie wieder das Ruder in der Hand haben. Sein Vater hat vollkommen recht, sie können sich zurücklehnen und abwarten, dabei dürfen sie allerdings nichts übersehen.

Doch all das fühlt sich besser an, als so in der Luft zu hängen wie all die Wochen zuvor, wo sie nicht wussten, was als Nächstes passiert, was auf sie zukommt. Nun wissen sie, mit was für einem Gegner sie es zu tun haben und, auch wenn es hart zu verdauen ist, dass diese aus den eigenen Reihen kommen, ist es immer noch besser, es zu wissen, als im Dunkeln zu tappen.

Was Vidal wirklich zu schaffen macht, ist das Misstrauen. Er erwischt sich selbst dabei, wie er jedem seiner Männer, mit dem er redet, in die Augen sieht und sich fragt, ob er dazugehört, ob er ihm in den Rücken gefallen ist. Vidal ist sich nicht sicher, ob er das jemals abstellen können wird, ob er jemals wieder einem seiner Männer vertrauen kann.

Noch mehr macht ihm das Wissen zu schaffen, dass einer der Verräter aus den inneren Kreisen sein muss, dass die Informationen, die über den Deal weitergegeben wurden, nur Dante, Benito, Cuca und Aaron hatten.

Es muss einer von ihnen sein, doch egal wie sehr Vidal versucht, sich das begreifbar zu machen, er kann es nicht, er kann niemandem von ihnen misstrauen, doch er muss es und das macht ihn wirklich fertig.

Dass er jetzt ständig Kontakt zu Alejandro hat, ist eine Sache, an die er sich auch nicht gewöhnen kann, doch es muss sein. Vidal kann einfach nur hoffen, dass sie alle bald die Verräter finden. Dann wird er seine Familia komplett auf den Kopf stellen, neu strukturieren und es wird sich einiges ändern, so etwas wird ihm nie wieder passieren.

Sein Handy klingelt, es ist sein Vater, doch Vidal nimmt nicht ab, sondern hält schlitternd auf dem Parkplatz des Krankenhauses. Er darf gar nicht hier sein, nicht jetzt, nicht hier. Da denkt er einmal, es läuft etwas besser und dann bekommt er einen Anruf und das ganze Gerüst, das sie aufgebaut haben, beginnt wieder zu wackeln, Vidal hasst es über alles.

Er nimmt sein Handy und seine Waffe und verlässt das Auto. Als er die Autotür zuschlägt, schrecken zwei Frauen auf, die gerade in eine Unterhaltung vertieft waren. Vidal geht zum Eingang und fährt in den ersten Stock, er beachtet niemanden hier, steckt sich seine Waffe hinten in seinen Hosenbund ein und verlässt den Fahrstuhl wieder.

Vor der Tür, die er ansteuert, stehen zwei Ärzte, beide in weißen Kitteln und mit den typischen Clipboards in den Händen. Beide öffnen den Mund, um ihm etwas zu sagen, doch er hebt nur die Hand, er will jetzt nichts hören. Er öffnet die Tür und sieht sofort in schöne verweinte Augen, die ihn verzweifelt anblicken. Vidals Herz zieht sich zusammen, doch er kann seine Wut nicht kontrollieren.

»Wieso hast du das getan?« Alle im Raum zucken zusammen, seine Tante und seine Mutter sehen ihn mahnend an. Ein Arzt, der die Monitore überprüft hat, nickt und geht hinaus.

»Wenn Sie merken, dass sie wieder das Bewusstsein verliert, drücken Sie sofort den Knopf. Fürs Erste konnten wir mit dem Gegenmittel das Schlimmste verhindern, doch das heißt nicht, dass nicht noch eine Nebenwirkung auftreten kann. Das war in der allerletzten Minute. Sie sollten sehr vorsichtig sein.«

Er sieht Vidal in die Augen, erkennt, wie wütend er ist und versucht ihm damit zu sagen, dass er aufpassen muss, vorsichtig und behutsam vorgehen soll, doch Vidal ignoriert ihn und sieht weiter in die schönen und verweinten Augen, die ihn müde, aber doch so schuldbewusst ansehen.

Vidal hat sich völlig auf die Familia konzentriert, die Männer wegen des Deals sind da und sie stecken mitten in den Verhandlungen, er hat damit genug zu tun. Im Gegensatz zu den Sombras haben sie noch keinen Schimmer, wer hinter alldem steckt und genau jetzt passiert etwas in der Familie, womit niemand gerechnet hat und was er nicht verstehen kann. »Wieso hast du das getan, Delicia?« Sie weint immer mehr und seine Mutter und seine Tante nehmen ihre Arme, die schlapp neben ihr liegen.

»Hör auf, Vidal, du siehst doch, dass sie völlig fertig ist. Sie hat gerade versucht, sich das Leben zu nehmen.« Vidal schließt die Augen, er kann das nicht verstehen. Er setzt sich an ihr Bett, automatisch gehen seine Mutter und seine Tante zurück und überlassen ihm den Platz.

Sie alle wissen, wie sehr Vidal seine Cousinen liebt, wie sehr es ihn getroffen hat, Dalila zu verlieren und nun hat er auch fast Delicia verloren, er kann sich einfach nicht beruhigen. Sie selbst wollte es so? Wie kann das sein? Wieso?

»Delicia, sieh mich an!« Seine Cousine sieht ihm in die Augen. Er beugt sich vor und küsst ihre Stirn. Sie ist ganz blass, sie hat Tabletten genommen, sie wissen nicht einmal genau welche, ihre Mutter ist gerade zurück auf die Cuidad gekommen, das war nicht geplant, sie sollte erst zwei Tage später kommen und nur weil sie Delicia begrüßen wollte, hat sie sie gefunden. Delicia war schon ein wenig länger zurück auf der Cuidad auf dem Land.

Ihr Vater ist bei seinem Vater geblieben, beide sind mit Benito und Elian hierher unterwegs. Vidal war am nächsten am Krankenhaus, deswegen ist er als Erster hier. Dante und Cuca haben sich auch auf den Weg gemacht.

»Vidal, ich kann einfach nicht mehr mit dem leben … es ist alles meine Schuld.« Sie atmet tief ein und ihr gesamter Körper zittert dabei. Vidal bekommt ein ungutes Gefühl. »Was redest du da, Guapita? Was ist deine Schuld?« Sie lächelt und er wischt ihr die Tränen weg. »Weißt du noch? Wo wir damals auf der Schule waren und Elian und du immer alle Jungs von uns ferngehalten habt? Du hast gesagt, dass nur ein ganz besonderer Mann mich verdient hat.«

Vidal nimmt ihre Hand in seine und küsst sie. Sie ist kalt, er spürt, wie nah seine Cousine dem Tod war. »Ja, natürlich weiß ich das noch.« Sie lächelt schwach. »Ich dachte wirklich, ich habe ihn gefunden, Vidal. Ich … ich wollte das alles nicht. Ich wusste nicht, dass er mich nur benutzt.« Nun beginnt Vidals Herz zu rasen. »Vom wem redest du?«

Delicia schluchzt laut auf. »Angelito.« Vidal schließt kurz die Augen, es ist einer ihrer besten Männer, er gehört zu den engeren Kreisen und sie vertrauen ihm blind. Er war alle zwei Wochen für eine Woche für den Schutz der Cuidad auf dem Land eingeteilt.

»Was hat er getan?« Delicia zuckt die Schultern. »Am Anfang gar nichts, wir haben uns ineinander verliebt, ich zumindest, ich schätze, von ihm war das alles von Anfang an reine Berechnung. Wir haben uns abends heimlich getroffen, oder er hat sich in mein Zimmer geschlichen … nur Dalila wusste davon.

Er hat mir immer gesagt, wie sehr er euch alle liebt und bewundert und sein größter Wunsch war es, zu eurem inneren Kreis zu gehören, so wie Aaron, er war immer einer der Männer der engeren Kreise, aber nicht einer der wichtigsten Männer … er hat ständig davon gesprochen.«

Vidal versucht ruhig zu bleiben, auch wenn es ihm schwerfällt, sein Handy klingelt und er schaltet es aus, dann sieht er ihr wieder in die Augen.

»Was genau ist passiert?« Sie beginnt noch mehr zu weinen. »Er hat mir gesagt, dass er sich das gerne erarbeiten möchte, er braucht ein wenig Insiderwissen, damit er vorarbeiten kann, sich besser als andere auf Einsätze vorbereiten kann, um euch zu zeigen, wie gut er arbeiten kann. Er hatte die Hoffnung, so aufsteigen zu können wie Aaron. Ich habe dann begonnen, bei den Gesprächen von deinem und meinem Vater mehr zuzuhören und habe ihm immer mal wieder etwas gesagt.

Was gerade geplant ist, woran ihr arbeitet, für mich waren das alles unwichtige Informationen, doch er war immer ganz versessen darauf.

Als er mich nach Unterlagen gefragt hat wie den Plänen der Cuidads, oder ob ich dafür sorgen kann, dass alle abgelenkt sind, habe ich schon geahnt, dass etwas nicht stimmt, aber ich schwöre, ich habe niemals geahnt, dass er irgendjemandem schaden will. Das habe ich erst gemerkt, als es zu spät war.

An dem Abend, als ich alle ablenken sollte, kam mir alles schon so komisch vor, am nächsten Tag ging die Autobombe hoch, doch selbst da habe ich es noch nicht richtig begriffen.

Ich habe getrauert und als ich dann das erste Mal daran gedacht habe, dass nur Angelito jemanden auf die Cuidad hat kommen lassen können, wollte ich ihn zur Rede stellen. Ich bin zur Cuidad der Familia gefahren, doch er war nicht da. Ich habe aber in seinem Haus komische Unterlagen gefunden über den großen Deal, von dem ich ihm erzählt hatte und von dem er alles genau wissen wollte.

Ich habe deinen Vater mit dir darüber sprechen hören und wusste nicht, wie geheim diese Pläne sind. Ich bin zurückgefahren und habe sein Auto auf dem Weg zurück am Wegrand zu dieser Holzhütte im Wald entdeckt. Dort war er mit einigen Männern, es sah aus wie eine Besprechung und Angelito wurde sehr sauer, als ich da reingeplatzt bin.

Er hat mich rausgebracht und mich angeschrien, als ich ihm gesagt habe, was ich glaube und dass er mir erklären soll, ob es stimmt, was ich denke. Ich habe ihn gefragt, ob er das mit der Bombe war, er hat darüber nur gelacht und gesagt, dass im Grunde ich die Einzige bin, die das alles verschuldet hat. ICH bin die Person, die ihrer eigenen Familie in den Rücken gefallen ist. Weil ich dachte, dass er mich liebt.

Er hat mich einfach dort stehen gelassen und sich nie wieder bei mir gemeldet. Er hat mir gedroht, dass wenn ich ein Wort zu irgendjemandem sage, alle wissen, dass ich schuld bin und mich hassen werden. Am Anfang habe ich mich nicht einmal getraut, irgendjemandem mehr in die Augen zu sehen, doch ich kann einfach nicht damit leben.

Wegen mir ist Dalila tot, wurden so viele verletzt. Ich habe euch hintergangen, nur wegen mir ist alles passiert. Ich kann damit nicht mehr leben, Vidal. Ich weiß, dass du mich jetzt hasst, aber glaube mir, niemand hasst mich so sehr, wie ich mich selbst hasse.«

Vidal hat nicht gemerkt, wie seine Mutter und seine Tante angefangen haben zu weinen, sein Kopf arbeitet auf Hochtouren. Das alles bedeutet … Er nimmt Delicia in den Arm. »Ich hasse dich nicht, niemand tut das. Du hättest sofort zu uns kommen müssen, dafür sind wir doch da. Delicia, welche Männer waren alles bei Angelito? Weißt du das noch?«

Sie nickt. »Dort waren Angelito, Nacho, Sombra, Luis, Diego und Manta.« Vidal schließt die Augen, sie alle sind wichtige Männer für sie, doch es ist niemand aus den engsten Kreisen. Nicht einer von den engsten Kreisen hat die Informationen weitergegeben, Angelito hat sie über Delicia herausbekommen, auch die von dem Deal. Er hat sofort ein schlechtes Gewissen, weil er gezwungen war, allen zu misstrauen, obwohl er doch gespürt hat, dass es falsch ist.

Gleichzeitig kocht Vidals Blut vor Wut, doch er fühlt sich auch befreit. Jetzt wissen sie es endlich und können handeln. In dem Moment kommen sein Onkel Ruben und sein Vater zusammen mit Dante, Benito, Cuca und Elian herein. Sie alle sehen sich besorgt Delicia an, doch bevor seine Cousine, die immer müder wirkt, all das noch einmal erzählen muss, handelt er, er weiß, dass jetzt jede Minute zählt.

»Ihr geht es gut, sie muss sich ausruhen. Wir müssen zurück zur Cuidad, sofort! Ich erkläre euch alles unterwegs.«

Er nimmt sein Handy heraus, während Benito seine Schwester umarmt. Elian sieht ihn fragend an, doch Vidal ruft im Wachhaus an. Er sagt den Männern, die dort gerade sind, dass sie alle Männer zusammenrufen sollen. Sie sollen ihnen erzählen, es geht um den Deal, sie alle, wirklich alle, sollen sich im Gemeinschaftshaus einfinden. Dann sieht er wieder zu den anderen und Delicia in die Augen.

»Sie braucht Ruhe, die Frauen bleiben bei ihr und Ruben. Ich sage euch, was passiert ist, ihr könnt später herkommen, sie muss jetzt etwas schlafen und wir müssen Verräter aus unserer Familia verbannen, die, die für den Tod so vieler verantwortlich sind und die auch für das hier verantwortlich sind.

Es ist an der Zeit, die Schuldigen zur Rechenschaft zu ziehen. Wir kommen später wieder, Delicia und alles, worüber du noch nachdenken solltest ist, dass wir alle dich lieben und immer hinter dir stehen werden.«

Er wendet sich um und sieht Benito, seinem Vater, Dante, Cuca und Elian in die Augen. »Lasst uns diese verdammten Bastarde dahin schicken, wo sie hingehören.«

Er weiß, dass Dante, Cuca und Benito nicht wissen, wovon er spricht, doch sie vertrauen ihm blind und stellen seine Worte nicht einmal infrage. Er wird sich niemals verzeihen können, dass er das nicht auch getan hat.

Santos sieht Alejandro in die Augen, der sein Handy wegsteckt. Sie sind zusammen unterwegs gewesen, haben nachgesehen, wie es den Männern geht und was bei ihnen auf dem Gebiet los ist, und selbst der unerfahrenste Mann spürt, dass alle verunsichert sind. Levi, Rehan und Ignacio haben gesagt, sie würden es verstehen, wie sie handeln mussten, doch trotzdem spürt man, dass sie es nicht so leicht wegstecken, dass ihnen misstraut wurde, misstraut werden musste.

»Das war Elian, er hat nur Bescheid gegeben, dass sie nun die Namen der Verräter kennen und gerade dabei sind zu handeln. Das bedeutet, dass nun wirklich alle, die beiden Familias schaden wollten, aufgespürt wurden und all der Scheiß jetzt endlich ein Ende hat. Benjamin, die Verräter, all das ist vorbei.«

Se halten vor Santos' Haus, er sieht seinem ältesten Bruder in die Augen. Sollten sie beide nicht ein wenig erleichterter sein? »Aber all das ist nicht vorbei, Alejandro, all das liegt uns allen noch in den Knochen.

Heute haben wir Ponce ein Geschäft überprüfen lassen, was jeder hätte machen können, sieht dir Alena an, sieh dir unsere Schwester an, Emilia. Petro kommt morgen wieder, auch ihm haben wir nicht vertraut. Das ist ein Problem, was wir nicht ignorieren können, oder würdest du momentan den Männern das Leben von Belinda anvertrauen?

Es ist nicht vorbei, wir müssen umdenken, wir müssen alles neu bedenken und neu strukturieren und versuchen, die Familia wieder an den Punkt zu bringen, an dem wir waren, bevor das alles begonnen hat.«

Alejandro sieht sich um und nickt. »Du hast recht, um ehrlich zu sein, traue ich immer noch keinem so richtig. Wir werden uns allen ein paar Tage zum Durchatmen geben und dann noch einmal alles neu aufarbeiten und neu planen.« Santos nickt und sieht, wie müde Alejandro aussieht.

»Ist sonst alles in Ordnung? Was war das mit Belinda? Sie sieht dich ja kaum noch an, hat das etwas mit April zu tun?« Alejandro unterbricht den Augenkontakt sofort.

»Nein, ich bin einfach nur müde. Wir besprechen uns morgen mit Papa, wie wir das alles neu organisieren können.« Sein Bruder hebt die Hand und geht in die Richtung seines Hauses und Santos muss leise lachen.

Er kennt das, er selbst hat jahrelang verdrängt, wie sehr er Lilly vermisst und liebt und er weiß, dass dieser Kampf hart ist, den Alejandro nun versucht zu kämpfen.

Als er die Tür öffnet und ihm der Duft von leckerem Essen und der Frau, die er über alles liebt, entgegenschlägt, weiß er, dass er alles richtig gemacht hat, als er aufgehört hat, gegen seine Gefühle anzukämpfen.

Santos legt seine Waffe auf die Kommode im Flur und geht in die Küche, wo Lilly verträumt am Herd steht und mit einem Löffel etwas umrührt.

Sie sieht auf und lächelt, sie ist ungeschminkt, ihre Haare sind zu einem unordentlichen Knoten auf ihrem Kopf zusammengebunden. Sie trägt nur ein längeres weißes Hemd, die Jeansshorts, die sie vorhin dazu anhatte, hat sie ausgezogen. Santos kann niemals genug von diesem Anblick bekommen. »Hey, ich habe dein ...«

Santos küsst sie und zieht sie fest in seine Arme, sie lässt sogar den Löffel fallen und lacht, als er den Kuss beendet. »Ich habe dich auch vermisst, aber ich habe nicht geahnt, wie sehr du mich offenbar vermisst hast.«

Lilly legt ihre Arme um seinen Nacken. Santos spricht endlich das Thema an, worüber er trotz all der Sachen, die die ganze Zeit passieren, immer wieder nachgedacht hat und er hält diese Ungewissheit nicht mehr aus.

»Lilly, deine Ferien sind bald um und es gibt nichts, was ich mir mehr wünsche, als dass du hierbleibst. Ich weiß nicht, ob du mir jemals wieder komplett vertrauen kannst, doch ich werde versuchen, es dir immer wieder zu beweisen, selbst wenn es noch Jahre dauert. Doch ich möchte, dass du diese Zeit hier verbringst ... mit mir.

Ich wollte dich die ganze Zeit zu keiner Entscheidung drängen, doch ...«

Nun ist es Lilly, die ihn mit einem süßen Kuss unterbricht. »Ich habe schon vor zwei Tagen meine Unterlagen angefordert. Ich werde mich an der Uni am Hafen einschreiben und hierbleiben. Es war bisher einfach nicht die richtige Situation, um das mit dir zu besprechen, doch wer weiß, ob die in der nächsten Zeit überhaupt jemals kommt.

Ich habe viel darüber nachgedacht, auch wie es wäre, in Frankreich zu bleiben und nur die Ferien hier zu verbringen oder was man sonst tun könnte, doch ... ich kann gar nicht anders.

Ich will nichts anderes. Ich muss einfach dieses Risiko eingehen. Hier ist mein Zuhause, das war es schon immer und wird es auch immer bleiben.«

Santos weiß, dass er über sein ganzes Gesicht strahlt und sein Herz schwillt an vor Glück und Erleichterung. »Du wirst es nicht bereuen, mein Engel. Ich schwöre dir, dass ich dir nie wieder dein Herz breche und alles tun werde, damit die alten Wunden heilen.«

Lilly stupst ihre Nase an seine. »Alejandro hat gesagt, wenn du es doch tust, bricht er dir deine Nase.«

Santos lacht leise, seine Familie liebt Lilly über alles und er weiß, dass er nie wieder zulassen wird, dass irgendetwas sie trennt. Seine Hände umfassen Lilly stärker.

»Dann habe ich ja schon einen Punkt auf meinem Weg geschafft.«

Er küsst ihre Wange, ihr Kinn und ihren Hals entlang. »Und was sind da noch für Punkte auf deinem Weg?« Seine Hand geht unter ihre weiße Bluse und streicht ihren Rücken entlang.

»Heiraten und vier Kinder bekommen.«

Lilly lacht. »Vier?« Er nickt. »Ich muss für den Bestand der Familia sorgen.« Lilly seufzt leise auf, als seine Hand unter ihren Slip rutscht.

»Du hast Brüder, ihr könnt euch das einteilen.« Santos' Lippen werden fordernder, er wird niemals genug von Lilly haben. »Ponce und Alejandro? Du kennst sie doch, das sieht momentan überhaupt nicht danach aus, also sollten wir schon mal anfangen zu üben ...«

Lilly würde garantiert protestieren, doch Santos kennt sie und ihren Körper und Lilly seufzt nur noch laut aus, bevor er ihre Lippen wieder vereint.

Kapitel 15

Es sind jetzt schon ein paar Tage her, dass sie die Verräter herausbekommen und ihrer gerechten Strafe zugeführt haben, doch trotz allem fühlt sich noch immer alles komisch an. Wenn er mit seinen Männern spricht, spürt er, dass sich etwas geändert hat. Alle Männer sind weiter respektvoll, begrüßen ihn, doch es ist nicht mehr so, als wären sie alle befreundet, es gibt kein gemeinsames Lachen mehr. Es ist, als würden sie alle auf den Glasscheiben, die der Sturm, den die Verräter und Benjamin hier hinterlassen haben, laufen und jeder muss sehr aufpassen, dass er sich nicht schneidet.

Nicht nur er spürt das, sie alle spüren es. Sein Vater hat die ganzen letzten Tage herumgegrübelt und für heute Abend ein Familiatreffen einberufen. Ponce weiß noch nicht genau, worum es dabei gehen wird, doch er hofft, dass alles wieder besser wird. Zumindest Levi hat sich langsam etwas beruhigt. Er hat gestern mit Alejandro und ihm die halbe Nacht gezockt und Bier getrunken, beide schlafen noch auf seiner Couch. Sie haben sich noch einmal richtig ausgesprochen, ihnen allen liegt der Verrat von Suerte im Magen und Levi tut sich schwer damit, dass sie ihn außen vor gelassen haben, auch wenn er weiß, dass es einfach nicht anders ging.

Ponce konnte nicht mehr schlafen und um sie nicht zu wecken, geht er zu seinem Vater, um zu frühstücken. Als er ins Haus tritt, sitzen Belinda, Alena, Lilly und Emilia mit seinem Vater und Alicia über einigen Plänen. Ponce begrüßt alle verwundert, doch er spürt gleich, dass die Stimmung hier viel gelöster ist als die Tage zuvor. Belinda war sauer auf alle, gestern hat sie sich allerdings mit Vidal für zwei Stunden am Hafen getroffen. Sie wussten davon, haben es nicht verhindert, aber sie wollen es auch nicht akzeptieren, niemals.

Seitdem hat sie wieder ein wenig bessere Laune, in zwei Tagen fliegt sie zu April. Ponce weiß nichts Genaues, doch Belinda geht Alejandro gerade aus dem Weg, deswegen, so schätzt er, hat es etwas mit ihm zu tun. Da es momentan ruhig ist und nun wirklich keine Gefahr mehr droht, spricht auch nichts dagegen. Sie wird über die Feiertage wieder zurück sein und sie werden das erste Mal Weihnachten zusammen feiern. Ponce hofft, dass sich bis dahin alles wieder eingespielt hat. Als er seine Schwester auf die Wange küsst, lächelt sie und lehnt sich einen kleinen Augenblick an ihn, dabei sieht Ponce, dass sie sich Pläne für ein Haus ansehen und einen Katalog mit Kindermöbeln.

Er gibt Alena einen Kuss, seine hübsche Cousine sieht sich gerade Stühle und Tische an und zuckt bei seiner Berührung zusammen, doch sie lächelt ihn danach an und sieht ihm entschuldigend in die Augen. Sie wird mit jedem Tag mehr wieder zur alten Alena. Gestern war er bei ihr und sie haben zusammen in ihrem Garten gesessen. Alena sagt, dass es ihr unglaublich guttut, wieder zuhause zu sein. Sie hätte selbst nicht gedacht, dass sie sich hier wieder völlig sicher fühlen kann.

Sein Vater und Rehan haben dafür gesorgt, dass ihre Behandlung hier fortgesetzt wird. Zwei der wichtigsten Ärzte aus Österreich arbeiten hier für einige Wochen im Jahr in einem Therapiezentrum in der Nähe des Hafens und bleiben nun etwas länger hier. Alena wird hier weiterbehandelt. Sie warten auf ein neues Gerät, das Narben am allerbesten verschwinden lassen soll, es wird extra aus Amerika eingeflogen, doch Ponce findet, dass auch so nicht mehr sehr viel von allem zu sehen ist.

Selbst die riesige Wunde über ihrer Nase ist gut verheilt und die Narbe sieht man nur, wenn man es weiß und genau darauf schaut. Belinda hat Alena gestern geschminkt, um etwas auszuprobieren und man hat nichts mehr gesehen, gar nichts mehr, vor ihnen stand die alte Alena, nur mit kürzeren Haaren, doch dass sie sich immer wieder umsieht, egal wo sie ist und dass sie bei Berührungen noch immer zusammenzuckt, auch wenn sie sich zwingt, sie immer mehr zuzulassen, zeigt ihnen, dass sie noch lange nicht geheilt ist.

Sie ist oft abwesend und man traut sich kaum, sie anzusprechen, doch dann gibt es wieder Augenblicke wie jetzt, wo sie Belinda etwas zeigt und leise lacht und Ponce weiß, dass sie wieder die Alte wird, auch wenn es noch dauern kann.

Er gibt Lilly einen Kuss und fragt gleich, wo Santos ist, er wollte gestern noch vorbeikommen, doch hat es wohl nicht mehr geschafft. Als Ponce jetzt danach fragt, sieht Lilly schnell weg und ihre hübschen Wangen färben sich leicht rot, was Ponce auflachen lässt. Er ist froh, dass die beiden wieder zusammengefunden haben. Sie gehören zusammen, schon immer.

Santos ist am Hafen Ware abholen, hoffentlich hat er ein paar Männer mitgenommen, sie haben versucht, alles allein zu erledigen, doch das merken ihre Männer auch und zeigt nur, dass eben noch nicht alles wieder in Ordnung ist. Emilia nickt Ponce zu.

Sie wissen alle, dass sie jetzt zu ihnen gehört, dass sie die Tochter eines guten Freundes von ihrem Vater ist, der viel für die Familia getan hat. Allerdings weiß nicht nur Ponce so richtig, wie er mit ihr umzugehen hat. Sie ist sehr zurückhaltend, noch immer verdeckt sie sich, obwohl auch ihm langsam auffällt, dass sie auch mal ein andersfarbiges Oberteil anzieht, das nicht ganz so weit ist und auch jetzt sieht er, dass sie Nagellack trägt, denselben wie Alena.

Auch sie scheint sich zu verändern, es ist natürlich auch kein Wunder, sie hat ein Leben auf einer Insel geführt und nun lebt sie bei ihnen, das wird mit der Zeit seine Auswirkungen haben, aber Ponce hat zu wenig mit ihr zu tun, als dass er das bei ihr so richtig einschätzen könnte.

Roman redet hin und wieder mit ihr, auch die Frauen und sein Vater. Alle anderen halten eher ein wenig Abstand, nicht weil sie sich nicht mögen, aber es ist schwer einzuschätzen, wie sie mit ihr umzugehen haben. Petro ist zurück und er hat immer ein Auge auf sie. Das Haus, in das er und Emilia ziehen werden, wird renoviert, genau wie die anderen, die nun leer geworden sind. Solange lebt Emilia bei Alicia und Alena, Petro schläft bei Roman.

Ponce mag Romans Bruder, von dem niemand etwas geahnt hat, immer mehr. Sie binden ihn immer mehr in die Geschäfte ein, durch Suertes Verlust können sie jeden Mann gut gebrauchen und man spürt schnell, dass ihr Blut in ihm fließt. Er versteht ihr Leben, manchmal wirkt es noch so, als könnte er es nicht ganz gutheißen, doch er versteht, wieso sie manche Entscheidungen treffen müssen und respektiert es.

Gestern waren Ponce, Roman und er den ganzen Nachmittag zusammen bei einem wichtigen Kunden von ihnen und der hat immer wieder eingeschüchtert zu Petro gesehen. Sie alle wirken gefährlich, doch Petro strahlt etwas Gleichgültiges und Kaltes aus, was alle Männer ihm gegenüber erst einmal ein wenig Abstand halten lässt. Ponce und Roman haben sich deswegen nach dem Treffen kaputtgelacht und zusammen mit Petro den Nachmittag in einem Restaurant am Strand zu Ende gehen lassen.

Ponce ist sich sicher, dass sie mit Petro noch viel Spaß haben werden, doch auch dafür muss erst noch mehr Zeit vergehen, nur die Zeit kann all das, was passiert ist, ein wenig mildern. Ihr Vater kümmert sich gerade besonders viel um Emilia, aber auch um Belinda, Alena … Lilly liebt er eh sehr. Er scheint sich etwas für sie alle überlegt zu haben, denn sie alle planen begeistert. Alicia gießt Ponce mit einem Lächeln Kaffe ein und er fragt, was los ist.

Die Frauen zeigen ihm die Pläne für das Haus und das Grundstück genau gegenüber der Cuidad, das leer steht, seit sie die Cuidad gebaut haben. Damals gab es Probleme mit der Baufirma, das Grundstück gehört noch zu ihrer Cuidad, doch die Arbeiter haben es nicht berücksichtigt und die Wachposten und die Mauern vorher gezogen. So ist das Grundstück ein Teil der Cuidad, aber irgendwie auch nicht. Jedes Mal wenn man die Cuidad verlässt, sieht man auf das Gebäude, was aber noch immer leer steht und niemand so richtig weiß, was man damit anfangen soll.

»Ramiro möchte, dass wir den Menschen, die hier leben, etwas zurückgeben. Sie leben mit den Familias und auch mit dem Krieg der beiden größten Familias, und auch wenn die meisten hier von ihnen profitieren, sollten wir uns ein wenig mehr um die Menschen in der Umgebung kümmern.«

Alena sieht zu ihm und Alicia nickt. »Ich finde, das ist eine sehr gute Idee.« Ponce muss sich ein Grinsen verkneifen und nimmt sich ein Croissant. Seinen Vater stört dieser Beitrag und der Vergleich mit dem Gebiet der Puentes sehr. Zwar haben sie momentan wirklich andere Probleme, wenn sie aber eh alles umkrempeln wollen, können sie sich auch gleich darum kümmern.

»Und was wollt ihr machen?« Belinda schiebt ihm die Pläne zu. »Ein Zentrum für Kinder. Damit sie sich nicht mehr auf der Straße herumtreiben. Viele Eltern müssen arbeiten und haben nicht das Geld und die Zeit, sich um das Essen nach der Schule oder um Hausaufgaben zu kümmern. Wir bauen in dem leer stehenden Gebäude ein Zentrum dafür auf und wir alle helfen mit. Es werden Frauen aus der Gegend eingestellt, die für die Kinder am Mittag kochen, sodass die Kinder, die hier leben, alle umsonst Essen bekommen. Das bezahlt die Familia für sie.

Auf dem Grundstück wird ein kleiner Spielplatz gebaut und ein Fußballplatz, wir alle helfen mit, dass die Kinder nach dem Essen Hausaufgaben machen und dann können sie noch etwas spielen, wir besorgen Kickertische und hören uns um, ob es Leute gibt, die vielleicht ein paar Kurse anbieten können, wie Tanzen oder Theater. Das alles planen wir gerade … das Center soll immer von 14-18 Uhr geöffnet sein in der Woche.«

Ponce kann nicht anders, er muss grinsen, auch wenn er sieht, wie begeistert alle sind. »Tanzen und Theater … gute Idee, Papa, das passt so gut zur Familia.« Alena neben ihm kneift ihn in den Arm und Ponce lacht. »Hör auf, das sind Kinder und wenn du weiter denkst, ist es auch auf lange Sicht gut, sie wachsen mit uns auf, mit der Familia und werden loyal zu ihr. So bekommen wir Mitglieder, die wir von klein auf kennen und denen wir vertrauen. Aber auch wenn nicht, sollten diese Kinder Hilfe bekommen und wir haben die Macht und das Geld, das zu tun.«

Belinda nimmt die Pläne an sich. »Meine Mutter hat auch immer viel für andere Menschen getan, sie würde diese Idee lieben und stolz sein, wenn ich dabei mithelfe. Emilia und ich kümmern uns darum und es wird uns guttun. Lilly hilft neben dem Studium so gut es geht.« Ponce sieht alle an, sie alle sind begeistert, besonders Emilias Augen strahlen, als sie sich auch mal zu Wort meldet. »Ich habe so viele Ideen, wir alle haben das, doch noch nicht so wirklich die Erfahrung, wie man das alles organisiert und leitet.«

Ponce hält ein, bevor er den letzten Bissen des Croissants verdrückt, sofort kommt ihm die sture Schönheit Alina vor das innere Auge. Er hat sich die letzten Tage immer wieder gefragt, was mit ihr ist und sogar überlegt, hinzufahren und nachzusehen, doch dann hat er es gelassen. Er spült alles mit Kaffee herunter. »Ich weiß, wer das machen kann, ich frage mal nach und gebe euch später Bescheid. Bis später!« Er weiß, dass ihn die Frauen mit Fragen bombardieren würden, deswegen küsst er schnell Belinda auf die Wange und ist schon weg.

Alena konnte schon immer wie eine kleine Hexe richtig böse kneifen, er streicht über seinen Arm, bevor er zu seinem Auto geht und die Cuidad verlässt. Dabei sieht er zu dem Gebäude und seufzt leise auf. Er ist wirklich neugierig, wie es Alina jetzt geht.

Keine halbe Stunde später klopft er an dem Motelzimmer, in dem sie untergekommen ist. Alina hatte das Motel vor den Männern erwähnt, die ihr Grundstück gekauft haben. Auf dem Weg hierher ist Ponce an dem Grundstück vorbeigefahren und hat gesehen, dass die Arbeiten darauf bereits begonnen haben. An dem Tag, als sie Suerte geschnappt haben, hat er auf dem Grundstück, auf dem er das Obdachlosenheim von Alina und ihrem Vater in Brand gesteckt hat, einen weißen schönen Grabstein gesehen.

Der Stein trägt als Gravur den Namen von Alinas Vater und den Beisatz 'und all die vielen anderen Seelen, die hier ihre letzte Ruhe gefunden haben'. Ponce weiß, dass diese Grabsteine bei ihnen sehr teuer sind und dass Alina nicht mehr viel von dem Geld haben wird, das sie für das Grundstück bekommen hat. Eigentlich wollte er schon längst mal nach ihr sehen, auch ohne dass ihn seine Schwester daran erinnert, hat er sich immer wieder gefragt, was sie wohl macht und ob sie klarkommt.

Es hat ihm leidgetan, Alina ist eine sehr stolze Frau und sie beim letzten Mal so niedergeschlagen zu sehen und auch noch einen Teil der Schuld dafür getragen zu haben, hat ihn nicht so kalt gelassen, wie er es sich gewünscht hat, doch Alina ist sehr stur. Ihm war klar, dass sie gar nicht mir ihm sprechen möchte und er hat es gelassen, doch nun hat er einen Grund, er weiß, wie er ihr helfen kann, ohne dass sie sich dabei so vorkommt, als bräuchte sie seine Hilfe, es ist perfekt und genau das, was Alina jetzt gebrauchen kann.

Als er an der Rezeption nach Alina gefragt hat, hat die Frau ihm gleich gesagt, das Alina ihr Zimmer kaum verlässt und seit drei Tagen nicht für das Zimmer bezahlt wurde. Wenn bis morgen kein Geld da ist, lässt sie das Zimmer räumen, und da weiß Ponce, dass er gerade rechtzeitig hier ist. Allerdings öffnet niemand. Er klopft noch einmal energischer, erst da hört er es rumpeln, so als würden Flaschen umfallen. »Ich bezahle später!« Alinas müde Stimme.

»Ich bin es, Ponce, mach kurz auf, ich ...« Es rumpelt lauter und wieder ihre Stimme, nun gar nicht mehr so müde. »Du? Hier? Wie kannst du es wagen, nochmal herzukommen?« Ponce muss lächeln. »Mach auf! Ich habe ein Angebot für dich. Es ist ...« Sie scheint immer noch sauer auf ihn zu sein. »Verschwinde, ich ...« Ponce ist wirklich nicht der geduldigste Mensch. »Bist du angezogen?« Er zieht seine Kreditkarte aus der Hosentasche. »Bin ich was?« Egal, Ponce öffnet mit einem Handgriff die Tür und sieht sich im dunklen Raum um.

Alles ist abgedunkelt, eine Mischung aus Alkohol und dem feinen reinen Duft von Alina liegt in der Luft. Ponce erkennt, dass sie sich empört von der Couch aufgesetzt hat, das Bett ist unberührt.

Er geht zum Fenster und schiebt die schweren Vorhänge beiseite, erst da wird ihm bewusst, was hier wirklich los ist.

Überall liegen Weinflaschen herum, Kartons von Essen, aber viel mehr Weinflaschen. Ponce hebt eine auf und sieht zu Alina, der das Licht des Tages wohl etwas zu hell ist und die ihn aus zusammengekniffenen Augen wütend ansieht. »Was soll das? Was machst du hier? Wieso kannst du mich nicht einfach in Ruhe lassen, du hörst das Wort Nein wohl nicht sehr oft? Es bedeutet NEIN!«

Ponce lässt die leere Flasche auf den Boden fallen und sieht Alina an. Sie ist wunderschön, ihre dunklen Mandelaugen sehen ihn müde und traurig an, sie scheint abgenommen zu haben, doch noch immer strahlt sie eine unglaublich starke Kraft aus. Ihre Haare fallen ihr wild um das Gesicht und sie trägt nur ein weißes viel zu großes Shirt, vielleicht hat das ihrem Vater gehört. »Was tust du hier, Alina?« Eigentlich weiß Ponce das.

Er hat gesehen, was für eine kranke Verwüstung Benjamin hinterlässt. Er hatte Alina tagelang in seiner Gewalt, hat sie täglich vergewaltigt und sie gezwungen, heile Familie zu spielen, kurz davor hat er ihren Vater und viele Menschen, die sie sehr gemocht hat, ermordet, natürlich versucht sie, mit all dem Schmerz in sich klarzukommen, doch das ist der falsche Weg.

Er seufzt leise aus und setzt sich neben Alina. Sie will ansetzen, etwas zu sagen, Ponce weiß, dass es nichts Nettes sein wird, deswegen lässt er das erst gar nicht so weit kommen und stoppt sie vorher. Er muss gut überlegen, was er sagt, sie ist eine stolze Frau und sollte auf keinen Fall das Gefühl haben, dass er ihr einen Gefallen tut.

»Ich habe einen Job für dich, wir starten gerade ein größeres Projekt und haben niemanden, der es leiten könnte und da bist du mir sofort eingefallen. Du hast genau die richtigen Erfahrungen dafür. Hast du dich im Obdachlosenheim immer um alles Organisatorische gekümmert?« Er sieht, dass er Alina damit wirklich überrascht. »Ja, habe ich … was für ein Projekt sollte ich für euch leiten?«

Ponce lehnt sich zurück und erzählt ihr von den Plänen seines Vaters, seiner Schwester, Alena, Lilly und Emilia. Er sagt ihr auch, dass sie keine Zeit haben, sich darum zu kümmern, dass die Frauen ihr alle helfen, aber sie keine Erfahrungen damit haben, so etwas zu leiten und dass er sie gerne dafür haben möchte.

Alina schreit ihn nicht an oder versucht, ihn hinauszuwerfen, deswegen wagt er sich weiter vor. »Du würdest eine Wohnung gestellt bekommen, bekommst ein gutes Gehalt und hast freie Hand. Du kannst selbst Entscheidungen treffen und alles planen, dich mit den anderen Frauen absprechen und hin und wieder meinen Vater auf dem Laufenden halten, das war's. Hast du Interesse?«

Er sieht, dass Alina ein wenig überfordert ist. »Und du denkst, ich sollte das … also es hört sich sehr gut an. Ich liebe Kinder und ich könnte wieder etwas Soziales tun und … ja, wieso eigentlich nicht? Ich meine, man könnte auch wenn das Center um 18 Uhr geschlossen wird, das Essen, was übrig ist, an die Obdachlosen verteilen, meinst du, das würde auch gehen?«

Ponce muss leicht lächeln. »Bestimmt, also hast du Interesse? Du kannst gleich mitkommen. Ich zeige dir alles, du musst eh raus hier. Ich bringe dich in deine neue Wohnung und stelle dich den anderen Frauen vor, die planen schon und du kannst gleich mitmachen.« Alina sieht ihn unsicher an, doch wie sollte sie zu diesem Angebot nein sagen? Allerdings steht ihre Sturheit ihr vielleicht auch dieses Mal im Weg, deswegen steht Ponce auf. »Mach dich fertig und pack alles zusammen. Ich kläre das unten an der Rezeption.« Er wartet keine Antwort mehr ab und geht aus dem Motelzimmer.

Ponce wartet im Auto. Als er sieht, wie Alina mehrere Taschen vor die Tür hievt, geht er ihr helfen. Zusammen verstauen sie all ihren Kram in seinem Auto und als sie beide drin sitzen, passt wirklich nichts mehr hinein. Alina hat geduscht, sie hat sich einen strengen Zopf nach hinten gebunden und eine Jeans und ein weites graues Shirt mit V-Ausschnitt an. Sie wirkt viel wacher und richtig aufgeregt, diese Seite hat Ponce bisher noch nicht an ihr gesehen, doch er beantwortet ihr alle Fragen, auch wenn er selbst noch nicht sehr viel über das neue Projekt weiß.

Sie halten an dem leerstehenden Haus und Alina sieht sich alles an. Dann fahren sie auf die Cuidad. Ponce weiß, welche Häuser leerstehen. Ganz am Anfang gibt es ein kleineres, es ist hell und alles ist frisch renoviert, das wäre perfekt für Alina. Während er davor hält, ruft er Belinda an und bittet sie und die anderen, zu ihnen zu kommen, damit sie Alina kennenlernen und alles mit ihr besprechen können.

Alina ist ganz still geworden, sie sieht sich das Haus an. Es hat einen kleinen Wohnbereich und einen sehr kleinen Garten, in dem nur ein winziger Pool ist, eine kleinere Küche und oben gibt es zwei Schlafzimmer mit Bädern. Im Vergleich zu ihren Grundstücken ist das hier eher eine kleine Kammer, doch Alina sieht ihn fassungslos an. »Das ist keine Wohnung, das ist ein Haus und wow, hier soll ich wohnen?« Ponce holt ihre Taschen herein und stellt sie in den Flur. »Ja, es steht frei und du kannst sogar auf das Zentrum sehen, ich denke, es ist gut für dich.« Alina lacht und Ponce stockt einen kurzen Augenblick.

Kleine Grübchen bilden sich auf ihren Wangen und ihre Augen strahlen. Alina ist immer eine bildhübsche Frau, doch wenn sie lacht, hat sie noch einmal etwas ganz Besonderes an sich. »Es ist gut? Es ist perfekt, ich habe solch ein schönes Haus noch nicht einmal betreten.« Sie sieht sich um, Ponce trägt ihr die Sachen nach oben und legt ihr Bargeld auf die Küchentheke. Als Alina es entdeckt, stockt sie erneut. »Dein erster Lohn, du musst ja von etwas leben, ich muss los.« Sie haben gleich ein Treffen mit seinen Brüdern, Cousins und ihrem Onkel, um die wichtigsten Punkte, die sie heute Abend mit der Familia besprechen wollen, schon einmal durchzugehen.

Es klopft und Belinda und Alena treten zusammen mit Emilia ein. Sie begrüßen Alina, auch sein Vater kommt und begrüßt sie, man spürt sofort, dass sie ein wenig eingeschüchtert von seiner Präsenz ist. Die Frauen sehen sich zusammen das Haus an, bevor sie die Pläne ausbreiten. Ponce nimmt Belinda zur Seite und sagt ihr, wer Alina ist und dass sie mit ihr zusammen Möbel einkaufen sollen, seine Schwester nickt. Als sie anfangen, sich über Spielgeräte für den Spielplatz zu unterhalten, verlassen sein Vater und er die aufgeregte Gruppe.

»Ich kann mich nicht daran erinnern, dass wir jemals eine Frau in ein Haus haben ziehen lassen.« Sein Vater steigt zu ihm ins Auto und Ponce lacht. »Du willst Veränderungen, da hast du sie!«

Kapitel 16

Alejandro sieht sich im Garten um.

Sein Vater und seine Brüder stehen neben ihm auf der Terrasse und sie blicken auf all die Männer aus ihrer Familia, die diesen Wirbelsturm, der die letzten Wochen über ihnen getobt hat, überlebt haben. Sie selbst hatten gerade eine lange Besprechung und eigentlich ist Alejandro mittlerweile müde zu reden, doch er weiß, dass es sein muss. Niemand fühlt sich so richtig wohl, es ist, als würde ihnen allen ein dicker Kloß im Hals stecken und er hofft, dass nach dem heutigen Abend sie alle ihn herunterschlucken und weitermachen können.

Er sieht zur Seite, wo Alena, Emilia, Lilly, Petro, Levi und Roman sitzen. Belinda stellt sich gerade zu ihrem Vater, sie gehört nun zu ihnen an die vorderste Front und Alejandro weiß, dass das für sie alle auch bedeuten wird, dass Belinda immer gefährdeter sein wird als andere. Er sieht ihr kurz in die Augen. Sie reden wieder normal miteinander, sie beide können offenbar nicht lange sauer aufeinander sein, doch sie meiden das Thema April. Alejandro hat auch nichts dazu gesagt, dass sie übermorgen zu ihr fliegt.

Es ist besser so. Wenn er ehrlich zu sich selbst ist, muss er sich eingestehen, dass es ihm nicht so leicht fällt, wie er es gehofft hatte, ohne April zu sein. Man gewöhnt sich ziemlich schnell an die Anwesenheit eines anderen Menschen in seinem Leben, doch Alejandro weiß, worauf er sich zu konzentrieren hat und das ist sicherlich keine Freundin.

Sein Vater räuspert sich und Alejandro ist dankbar, dass er ihn aus diesen Gedanken holt.

»Es ist schön, dass wir alle uns hier heute treffen können und doch noch so viele von euch bei uns stehen, um zu erfahren, wie es mit der Familia weitergeht …

Das alles, die ganzen letzten Wochen haben uns schwer zugesetzt. Die Männer, die uns hintergangen haben, haben uns nicht nur mit ihrem Betrug getroffen, sie haben es auch geschafft, Unruhe und Unsicherheit in der Familia zu verstreuen. Unsere engsten Kreise waren betroffen, doch was am Ende in unserer Familia, die die mächtigste in Puerto Rico ist, zählt, ist dieser Kern: Die Familie, die all das führt und die sich durch nichts und niemanden zurückschlagen lässt.

Diese Familia wird aus alldem nur noch stärker und erfolgreicher herausgehen, dafür werden wir ab heute sorgen. Wir brauchen keine Männer, die sich unsicher sind, die an etwas heranwollen, an das sie nicht herankommen werden. Die engsten Kreise bilden nur Mitglieder der Familie Sombras. Anders kann man da nicht reinkommen, da darf sich niemand falsche Hoffnungen machen.

Es wird in Zukunft zwei weitere engere Kreise geben, einen der engsten Zehn und einen darunter, bestehend aus fünfzehn Männern, die zu den engsten Mitgliedern gehören. Zusammen werden wir diese Familia leiten und führen und alle werden aufpassen, dass uns so etwas nie wieder passiert.

Wir möchten niemanden in der Familia, der nicht hundertprozentig hinter uns steht und hier sein möchte, niemanden, dem es nur um das Geld und die Feiern geht. Wir brauchen Männer, die an das, wofür wir stehen, glauben und die für die Familia sterben würden, so wie wir es ohne zu zögern tun werden.« Alles ist still, jeder lauscht den Worten seines Vaters und Alejandro hat Gänsehaut. Er sieht auf die Männer und das erste Mal erkennt er in deren Gesichtern den Willen, weiterzukämpfen. Für sie ist die Familia nicht gestorben, wie sie es befürchtet hatten.

»Wir werden heute feiern, es wird gerade alles vorbereitet. Wir feiern heute Nacht die Familia, dass wir diese Zeiten und die Verräter hinter uns lassen und was wir in den letzten Jahren zusammen erreicht haben, doch wenn ihr morgen früh wach werdet, seid ihr kein Teil der Familia mehr!« Ein unruhiges Gemurmel geht durch die Reihen. »Kein einziger von euch gehört dann noch zu den Cinco Sombras, außer denen, die in die Familie geboren wurden. Ihr alle seid ganz normale Bürger Puerto Ricos, ihr könnt zu uns kommen und wir geben euch Geld für einen Neustart oder jede andere Hilfe, die ihr braucht, als Dank für die letzten Jahre. Keiner ist sauer, wenn ihr euch dazu entscheidet, einen neuen Weg zu gehen, tut, was immer ihr möchtet. Meine Söhne und ich werden hier im Versammlungshaus warten. Wenn ihr sorgfältig darüber nachgedacht habt, was ihr möchtet und ihr entscheidet euch dafür, dass ihr weiter an unserer Seite arbeiten und kämpfen möchtet, kommt ihr zu uns und wir heißen euch in unserer Familia willkommen. Wir möchten, dass sich jeder überlegt, was er tun möchte, denn diese Familia wird nie wieder aus Verrätern bestehen. Denkt also morgen gut darüber nach, wie ihr euch entscheidet, doch jetzt …. lasst uns erst einmal feiern!«

Es knallt und überall gehen bunte Lichter an. Die gesamte Cuidad wird beleuchtet, erst jetzt sieht man die Grills, die gerade angezündet werden, Musik ertönt und Tische mit Essen werden in den Garten und in die Straßen gebracht. Alejandro umarmt seinen Vater, die Rede war sehr gut und sie haben die richtige Entscheidung getroffen, sie werden alle entlassen und sie neu entscheiden lassen, ob sie noch ein Teil dieser Familia sein möchten. Alejandro geht nach unten, sieht in die Gesichter der Männer und erkennt etwas Erlöstes, als wären sie alle froh, dass das nun angesprochen wurde.

Alejandro geht den ganzen Abend herum, redet mit den Männern, für sie alle wird es auch schwer, neue innere Kreise zu bilden, sie müssen das sorgfältig tun, denn diese inneren Kreise haben in Zukunft auch die Aufgabe, darauf zu achten, dass sich solche Verschwörungen erst gar nicht bilden können. Er trinkt und lacht viel und er spürt, wie der Kloß im Hals sich schon verkleinert. Er liebt es, den Geruch der Grills, das Lachen der Männer, er setzt sich zu Belinda, Alena, Lilly, Emilia, Roman, Levi und Santos. Ponce kommt auch zu ihnen und stellt Alina noch einmal vor. Sie alle sitzen bis spät in die Nacht zusammen und genießen diesen Umschwung, der durch die Cuidad zieht.

Doch erst als Alejandro am nächsten Morgen aus seinem Haus tritt, um zum Gemeinschaftshaus zu kommen, wo sich die Männer neu anmelden sollen, kann er den Kloß im Hals komplett herunterschlucken. Obwohl sie alle viel getrunken und gefeiert haben, und auch wenn sie die Chance auf etwas anderes haben, stehen die Männer schon so früh Schlange, um wieder in die Familia aufgenommen zu werden.

Alejandros Brust füllt sich mit Stolz, er umarmt jeden einzelnen Mann, der hier steht und der mit ihnen zusammen dafür sorgen wird, dass die Cinco Sombras das Stärkste und Mächtigste sein werden, was Puerto Rico jemals gesehen hat.

Belinda sieht auf das unruhige Meer. »Hier hat alles angefangen!« Camilla schließt die vielen Kataloge und sieht auch in die Richtung. »Was alles?« Pablo kommt und bringt ihnen belegtes Baguette und Limonade. Es ist heiß, seit knapp zwei Stunden sitzen Belinda und Camilla im Casitas und sehen sich zusammen Hochzeitstorten, Dekorationen und Kleider an. Belinda wollte Camilla so gern wiedersehen und sie wollte sich unbedingt Belindas Meinung zu ihren Ideen holen.

»Na all das eben, Vidal, Dante … all dieser Wahnsinn, der danach passiert ist. Manchmal frage ich mich, was würde sein, wenn ich nicht auf Vidals Flirtereien eingegangen wäre, wenn du Dante doch nicht an dich rangelassen hättest, wenn ich doch früher zurückgeflogen wäre, ohne zu wissen, wer genau meine Familia ist … wie unser Leben jetzt aussehen würde?« Camilla lehnt sich zurück und beißt in ihr Baguette. Belinda nimmt ihres in die Hand, doch es ist Ei darauf und Belinda kann Eier im Moment nicht einmal mehr riechen, deswegen schiebt sie es von sich.

Pablo kommt noch mal zurück und stellt ihnen das Gebäck hin, was sie beide sehr gerne mögen, er hat sich gefreut, sie hier zu sehen und sich gleich über die neuen Aushilfen beschwert und gefragt, ob sie nicht wieder bei ihm anfangen möchten, doch das wird wohl nicht mehr möglich sein. Nicht bei dem Leben, das sie nun führen.

»Ich wäre wahrscheinlich auf der Uni und mit irgendeinem schmierigen Studenten zusammen und würde noch immer nicht mit meiner Familie sprechen.« Belinda nimmt einen Schluck und lacht leise. »Du hast recht und ich würde wahrscheinlich im verregneten Portland sitzen, von acht bis sechzehn Uhr arbeiten und dann vor dem Fernseher China-Food in mich reinschlingen.« Camilla lacht und legt den Kopf schief. »Es ist nicht perfekt, Süße, und ich weiß, dass dir das alles momentan viel zu schaffen macht, doch ich bin mir sicher, dass alles wieder gut wird, es wird doch Stück für Stück besser.

Du hast gesagt, dass deine Familia langsam wieder zusammenfindet, gestern hatte unsere eine große Besprechung. Vidal und Elian haben alles auf den Kopf gestellt, neue Leute an die wichtigen Positionen gesetzt, Dante, Benito und Cuca haben verstanden, dass die Brüder sie nicht einbeziehen konnten und alle sind froh, das alles nun hinter sich zu lassen. Aaron hat ein neues Konzept entwickelt, um in Zukunft alles besser kontrollieren zu können und die Männer sind einfach nur froh, dass es ihre engsten Kreise nicht getroffen hat.«

Belinda hat gestern lange mit Vidal gesprochen, er hört sich auch sehr zuversichtlich an, und bei den Puentes scheint es auch wieder besser zu werden. »Was ist mit seiner Cousine?« Camilla hebt die Augenbrauen. »Ihr geht es noch immer nicht sehr gut. Momentan sind ihr Vater und Vidals Vater noch bei uns und Delicia auch. Dante hat das Gefühl, es würde ihr, Sofia und Suela eh besser gehen, wenn sie bei ihnen statt bei den Älteren auf der Cuidad leben würden, er wollte noch einmal mit Elian und Vidal darüber sprechen.

Sofia möchte unbedingt Petro und Emila besuchen, doch Vidals Vater stellt sich komplett dagegen.« Belinda streicht sich über die

Stirn. »Ja, das glaube ich, dass ich hier bin, war auch sehr anstrengend, dabei treffe ich nur dich und das hier am Hafen. Sie alle haben sich vielleicht innerhalb der Familias beruhigt, doch dafür wächst der Hass wieder. Morgen fliege ich zu April, ich bin Weihnachten zurück. Ich werde Weihnachten bei meiner Familie verbringen, es ist das erste Mal, dass wir zusammen feiern und am zweiten Weihnachtstag wollen Vidal und ich für eine Weile mit den Boot wegfahren, endlich mal etwas Ruhe finden … doch ich weiß noch nicht, wie ich das meinem Vater oder meinen Brüdern sagen soll, ich meine, im Grunde können Vidal und ich machen, was wir wollen, niemand kann uns daran hindern, doch es belastet einen sehr, wenn man sieht, wie sehr alle das hassen, was zwischen uns ist, als würde sich die ganze Welt gegen uns stellen.«

Camilla greift nach Belindas Hand. Ihre Freundin strahlt, auch wenn sie Mitleid in ihren Augen erkennt, sieht man Camilla an, wie glücklich sie mit Dante ist, Belinda hat sie noch nie schöner gesehen. »Aber das alles wird sich vielleicht mit der Zeit legen, Belinda, gib ihnen etwas Zeit.« Belinda schüttelt den Kopf. »Das hat nichts mit Zeit zu tun. Sieh doch, was alles passiert ist, sie haben zusammen gearbeitet, Vidal hat fast sein Leben wegen mir verloren … was soll jetzt noch passieren, dass sich etwas ändert, wenn all das gar nichts geändert hat? Es ist ja nicht nur meine Familie, der Blick von Vidals Vater …«

Ihre Freundin isst den Rest ihres Baguettes auf, während Belinda sich mit dem Gebäck begnügt. »Ja, also wenn ich ehrlich bin, keiner sonst, denke ich, würde etwas zu Vidal sagen … es kann keiner. Doch er ist da sehr … festgefahren. Als ich aus der Cuidad gefahren bin, habe ich ihn und Elian getroffen. Sie haben gefragt, was ich mache und ich habe ihnen gesagt, das ich dich treffe wegen der Hochzeit. Gonzales hat gesagt, dass du nicht kommen wirst. Er duldet niemanden der Cinco Sombras mehr auf seinem Gebiet, nur weil sein Sohn ein wenig vergessen hat, was wichtig ist.«

Belinda hebt ihr Glas und trinkt. »Siehst du, ich meine, er ist sein Vater und er hasst mich.« Camilla schüttelt den Kopf. »Nein, er hasst deine Familia, aber Elian hat sofort gesagt, dass Vidal darauf bestehen wird, dass du kommst und der Vater hat nur noch leise vor sich hingemurmelt. Das meine ich, Süße, sie alle werden sich damit abfinden.«

Belinda sieht wieder aufs Meer. »Damit abfinden, ich meine, es ist doch keine schlimme Krankheit, von der wir sprechen. Ich finde es schön, dass ihr alle versucht, es so positiv zu sehen, doch so langsam fällt es mir schwer, noch daran zu glauben, dass Vidal und ich eine richtige Chance haben, wenn die kompletten Familien dagegen sind. Und im Grunde schwäche ich auch sein Ansehen bei seinen Männern und alles ...«

Ihr Handy unterbricht sie. Es ist das Krankenhaus, in dem sie mit Vidal war, nachdem sie von Suerte festgehalten wurde. Sie hat gar nicht mehr daran gedacht, sie sollte sich wegen der Blutuntersuchungsergebnisse noch einmal melden und da sie das nicht getan hat, rufen sie jetzt an und bitten sie, noch einmal vorbeizukommen. Belinda sagt, dass sie gleich da sein wird, sie wollte sich eh noch aus einer Apotheke Tabletten gegen Magenschmerzen besorgen, dann kann sie das auch gleich dort machen.

Camilla und Dante wollen am Silvestertag heiraten, Camilla möchte unbedingt, dass sie mit zur Anprobe des Brautkleides kommt, kurz nach Weihnachten. Es ist schon bestellt und wird zurechtgeschneidert und was Belinda auf Fotos gesehen hat, ist einfach nur traumhaft. Belinda umarmt Camilla lange, sie hofft wirklich, dass sie ihrer Freundin bei den Vorbereitungen helfen kann. Sie wird in Portland einen berühmten Dekorationsladen besuchen und für sie Sachen heraussuchen und ihr Bilder schicken, damit sie sich ein paar aussuchen kann, doch dass sie viel mehr helfen kann, bezweifelt sie, sie wünscht es sich, doch es sieht nicht danach aus, nicht so, wie die Dinge zur Zeit liegen.

Belinda fährt ins Krankenhaus und ist ganz in Gedanken versunken, die Hochzeit von Camilla, die Tage, die Vidal mit Belinda nach Weihnachten alleine verbringen möchte, all das wird noch eine Menge Probleme mit sich bringen.

Im Krankenhaus soll sie in einem kleinen Untersuchungsraum warten und sehr schnell kommt auch eine Ärztin zu ihr. Sie entschuldigt sich, dass sie krank war und die Unterlagen auf ihrem Schreibtisch liegen geblieben sind und fragt nach ihrem Befinden. Belinda erzählt ihr, dass sie im Moment Probleme mit dem Magen hat und gerne etwas dagegen bekommen würde, da lächelt die Ärztin nur breit und sieht noch einmal in die Akte.

»So wie es aussieht, wird das nicht gehen und sie werden damit noch einige Zeit zu kämpfen haben. In ihren Blutergebnissen haben wir festgestellt, dass sie schwanger sind. Es waren nur sehr schwache Werte, deswegen würde ich sie gerne noch einmal untersuchen.«

Belinda hört auf zu atmen und das nicht nur im wörtlichen Sinn. Sie ist so schockiert, dass sie wirklich nicht mehr atmet und die Ärztin sie schon sehr besorgt ansieht, bis sie laut wieder einatmet. »Das darf nicht sein!« Die Ärztin hat wahrscheinlich gedacht, sie würde ihr etwas Freudiges mitteilen, aber nun ändert sich ihr Blick. »Oh, ich dachte, sie haben es geahnt oder geplant, der Mann, mit dem sie hier waren ...«

Belinda steht auf. »... ist mein Freund und ich liebe ihn über alles, aber wenn ich schwanger bin, bricht eine Katastrophe aus. Meine Güte, ich kann gar nicht so weit denken, was das bedeutet. Dieses Kind würde von allen Familien gehasst werden ... wie die verstoßenen Kinder, es ist ...«

Die Ärztin spürt, dass Belinda in Panik gerät und steht auch auf. »Legen sie sich erst einmal hin, der Wert war ja sehr schwach, ich sehe mir das alles jetzt mal an.« Belinda spürt, wie Tränen ihre Wange herunterlaufen, während sie sich frei macht und die Ärztin sie untersucht. Ihre Gedanken rasen, das darf nicht wahr sein. Sie hat immer die Pille genommen, doch während ihrer Gefangenschaft bei Benjamin natürlich nicht, und danach hat sie nicht daran gedacht, sich wieder neue Tabletten zu besorgen, wie auch, bei all dem Chaos.

»Sehen sie.« Die Ärztin zeigt Belinda etwas am Monitor. »Da ist das Baby, es ist noch sehr früh, sie sind ungefähr in der fünften bis sechsten Woche, deswegen war der Wert auch noch so schwach, aber jetzt sieht man es deutlich, sie sind schwanger und es sieht alles gut aus.« Belinda sieht auf das graue Bild, auf dem man kaum etwas erkennen kann und die Ärztin bricht die Untersuchung ab. Belinda schließt die Augen und rechnet zurück.

Es muss passiert sein, als sie sich verkleidet zu Vidal ins Lager geschlichen hat. Als sie an die Liebe denken muss, die sie in dem Moment für ihn empfunden hat, sie war so glücklich, dass er lebte und nun ist aus diesem Augenblick ein Baby entstanden. Die Ärztin hat sich wieder an den Schreibtisch gesetzt, Belinda aber zieht sich wieder richtig an und bleibt stehen, sie möchte hier nur noch weg.

»Ich sehe ja, dass sie das alles nicht sehr zu freuen scheint und sie werden auch sicherlich ihren Grund dafür haben. Denken sie in Ruhe über alles nach. Es gibt viel Hilfe für schwangere Frauen, doch wenn sie wirklich keinen Ausweg sehen und das Baby nicht möchten, haben sie auch noch ein wenig Zeit, sich dagegen zu entscheiden. Jetzt gehen sie erst einmal nach Hause und denken in Ruhe darüber nach. Ich gebe ihnen hier Tabletten, die wichtige Vitamine für schwangere Frauen enthalten. Damit geht es ihnen dann sicherlich auch besser. Vielleicht finden sie jemanden, mit dem sie darüber sprechen können.«

Belinda lacht kurz verzweifelt auf, sagt aber nichts weiter, murmelt eine Verabschiedung, packt sich die Tabletten ein und verlässt so schnell sie kann das Krankenhaus wieder. War ihr vorher übel, so ist ihr nun schlecht. Sie geht schnell zurück ins Gebäude, auf die Toilette und übergibt sich. Mit jemandem darüber sprechen?

Wenn irgendwer dachte, dass nun alles ruhiger und besser wird, hat er sich schwer getäuscht. Belinda fasst an ihren Bauch und Tränen verlassen ihre Augen. Sollte sie dieses Baby bekommen, wird das die ganze Ruhe, die gerade wieder einkehrt, mit einem Schlag beenden und sie hat keine Vorstellungen, was das alles freitreten kann.

Belinda setzt sich auf die kalten Fliesen und schließt die Augen. Kann es denn nicht einfach nur besser werden?

Lesen Sie weiter in ...

El Puerto – Der Hafen 8

Unerwartete Wendungen

Belinda sieht traurig auf das Grab ihrer Mutter und zieht den Schal etwas weiter in ihr Gesicht. Dicke Flocken fallen auf die harte Erde.

Es ist ganz still, alles hier ist mit einer funkelnden weißen Schneedecke zugedeckt. Es ist so anders als in Puerto Rico, doch auch wenn alle Schaufenster schön geschmückt sind und es aus allen Türen nach Keksen und heißem Kakao durftet, kommt bei Belinda keine Weihnachtsstimmung auf.

Sie ist jetzt zwei Tage hier und hat sich das Wochenende mit April in ihrer Wohnung eingesperrt, auf der Couch gelegen, über alles gesprochen, alles ausdiskutiert, gedreht und gewendet, noch einmal von vorne versucht zu analysieren und doch sind sie beide kein bisschen schlauer als vorher.

Das Leben in Puerto Rico lässt sich nicht beschreiben, lässt sich nicht erklären oder in eine Schublade stecken. Man kann es mit nichts anderem vergleichen und auch nicht denken, dass man viel dort verändern kann, man muss sich genau überlegen, ob man mit alldem leben kann oder nicht.

Sie hätte gerne eine andere Antwort, eine Lösung, für sich oder für April, der sie ansieht, wie sehr sie das mit Alejando trifft, wie sehr sie sich in ihn verliebt hat und ihn nun vermisst, obwohl sie das wusste und es nicht zulassen wollte. Sie hätte gern eine Lösung für sich und das Baby in ihrem Bauch, bis jetzt weiß nur April davon und ihre Reaktion hat ihr die Augen geöffnet.

Sie hat sie nicht freudig angestrahlt, sie kennt die Familias, den Hass zwischen allen und als Belinda ihr von dem Baby erzählt hat,

hat sie ein leises 'oh nein' gemurmelt und Belinda fest in die Arme genommen. Dann haben sie angefangen zu reden, sich Lösungen zu überlegen, sich vorzustellen versucht, wie es weitergehen kann, was Belinda machen soll, und doch steht Belinda nun zwei Tage später hier am Grab und weiß noch genauso wenig wie an dem Tag, als sie das Krankenhaus verlassen hat.

Sie war in dem Haus, in dem ihre Mutter gelebt hat, auf ihrer alten Arbeitsstelle, vielleicht hat sie versucht, ihrer Mutter wieder näher zu kommen, vielleicht hat sie gehofft, so eine Lösung zu finden, doch es hat nicht funktioniert.

Belinda steckt die Nase in den Himmel und lächelt, als die Schneeflocken ihr Gesicht befeuchten. Sie sieht wieder aufs Grab und atmet tief aus. Das erste Mal versteht sie ihre Mutter wirklich. Die ganze Zeit dachte sie, dass sie ihre Entscheidung, damals schwanger Puerto Rico zu verlassen, versteht. Dass sie begreift, wieso sie den Mann, den sie liebt, verlassen und Belinda alleine, so weit weg von allem aufgezogen und ihr nie gesagt hat, woher sie kommt und wer ihre Familie ist.

In Puerto Rico dachte Belinda wirklich, sie hätte verstanden, wieso sie das getan hat, doch jetzt erst, wo sie schwanger an ihrem Grab steht, versteht sie es wirklich. Wenn Belinda sich für dieses Baby, was aus Liebe zwischen Vidal und ihr entstanden ist, entscheidet, wird das alles ändern, alles. Schon jetzt passt Belinda ungewöhnlich viel auf, dass sie nirgendwo anstößt oder sich überanstrengt, nicht bewusst, doch sie macht es völlig automatisch.

Sie liebt Vidal und ihre Familie über alles, doch es wird nicht daran kommen, was es ihr bedeuten wird, dass dieses Baby friedlich aufwachsen kann, ohne diesen Hass zu spüren, den diese Geburt entfachen wird. Dieses Kind wird ungewollt sein, niemand wird es lieben können, weil es zur Hälfte ein Sombras sein wird und zur Hälfte ein Puentes. Wenn Belinda an die Blicke ihres Vaters denkt oder die von Vidals Vater und sich vorstellt, dass sie so dieses Baby betrachten, wird ihr ganz anders.

Doch Belinda wird auch aus der Geschichte ihrer Mutter lernen, sie liebt Vidal und sie weiß, dass Vidal dieses Baby lieben wird, zumindest darf sie es nicht vor ihm geheim halten.

Sie kann nicht einfach fliehen und davonlaufen, auch wenn sie weiß, dass es für das Baby das Beste wäre. Sie könnte das Baby bekommen und es könnte eine ebenso friedliche Kindheit wie Belinda haben, doch sie würde das Kind dem Vater vorenthalten, aber das will sie nicht, nicht ohne mit ihm Gesprochen zu haben.

Belinda atmet tief aus, gibt einen Kuss auf ihren Handschuh und fasst damit das Kreuz ihrer Mutter an. Sie weiß noch immer nicht genau, was sie machen soll, doch sie weiß, dass sie handeln muss. Doch eines haben April und sie schon bemerkt, was sie auch tun wird, egal wie sie sich entscheidet, es wird immer jemanden verletzen, den sie liebt.